Oh, lift me as a wave, a leaf, a cloud!
I fall upon the thorns of life! I bleed!

P. B. Shelley
Ode to the West Wind

Gert Heidenreich

SCHWEIGEKIND

Roman

: TRANSIT

1

NACH WOCHEN TROCKENER KÄLTE begann an jenem Dezember-
nachmittag Schnee zu fallen. In den freien Morgenhimmel waren
von den Bergen her einzelne Wolken eingezogen, hatten sich über
dem See gesammelt und zu einer grauen Schicht verbunden.
Während die ersten Flocken durch die Luft irrten, lief Hans Sahlfeldt zum Ende des Uferstegs, der auf die Eisfläche ragte. Sein kleiner,
altersmagerer Begleiter versuchte zu folgen, kam aber auf den glatten
Holzplanken kaum voran und rief seinem Patienten zu:
»Das Eis trägt nicht!«
»Wer will aufs Eis?«, wandte sich Sahlfeldt zurück. »Ich sehe den
Schnee auf dem See, mein Gott, ist das schön, kommen Sie, Tiefenbach, morgen trägt der See ein Fell, und wir dürfen es jetzt schon
wachsen sehen!«
Der Arzt holte ihn ein, stellte sich neben ihn an die Kante des Badestegs, ergriff seinen Arm, beide schwiegen. Das Schneegestöber
nahm zu, und die blauschwarze Bergkette hinter dem jenseitigen Ufer
wurde zu einem einförmigen Schatten, der schließlich verschwand.
Hans Sahlfeldt nahm seinen Hut ab, legte den Kopf in den Nacken
und schien zu genießen, dass auf seinen geschlossenen Augen die
Flocken schmolzen.
»Die schönen Tage von Aranjuez sind nun vorbei...«, sagte er leise
und leckte das Schmelzwasser von seinen Lippen. »Sehen Sie, Tiefenbach, da ist es wieder, ich habe einen Satz im Kopf und weiß nicht
woher und weiß nicht, warum und wohin, obwohl es schneit.«
Tiefenbach nahm ihm den Hut aus der Hand und setzte ihn sich
selbst auf. »Ich werde mich erkälten Ihretwegen!«
Sahlfeldt lachte. »Sie können von Glück sagen! Unsereiner weiß

überhaupt nicht, was Schnee ist! Sie hingegen! Die Flocken schweben auf Ihren nackten Schädel nieder, und jede schenkt Ihnen eine Gewissheit über die Menschenseele!«

»Bitte kommen Sie, Hans. Mir ist kalt, unser Therapieraum ist wunderbar warm, wir unterhalten uns dort über die Gewissheiten des Schnees und meinetwegen auch über meine Glatze.«

Sein Patient blieb ungerührt stehen, breitete die Arme aus und sagte: »Es geschieht. Und so früh.«

Tiefenbach trat einen Schritt zurück. Er deutete auf das Nottelefon der Klinik, das in einem kleinen Holzkasten neben dem Steg an einem Pfahl installiert war. »Ich kann Sie auch von der Aufsicht holen lassen!«

»Ja! Holen Sie, holen Sie ruhig!«, rief Sahlfeldt, »eine Bankrotterklärung für den Seelenarzt, das wissen Sie, holen Sie! Der Schnee fällt dennoch, dennoch, dennoch! Schauen Sie, wie er auf dem Eis liegt, wir wollen Spuren hinterlassen!«

Er stieg die Eisentreppe hinab, und Bruno Tiefenbach, mit seinen fünfundsiebzig Jahren weniger trittsicher als sein acht Jahre jüngerer Patient, sah sich genötigt zu folgen und hielt sich an Sahlfeldts Mantel fest. Nebeneinander stapften sie auf den See hinaus.

Der Schnee fiel jetzt dicht, leichter Wind erhob sich, die Welt schien sich aufzulösen.

Ein Knall zerschoss die Stille.

Wachsam und wie gegen einen Feind verbündet, blieben die beiden Männer stehen. Weitere Schläge peitschten durch die Eisdecke und verliefen sich. Dann erklang unter ihnen ein dunkler Ton, als klagte ein Tier am Grund. Der Ton schwoll an und löste sich in Donner auf, der über den See rollte und am unsichtbaren Ufer gegenüber erstarb.

»Hören Sie«, flüsterte Sahlfeldt und umklammerte Tiefenbachs Arm, »hören Sie. Das Eis singt für uns. Man muss einen Bericht schreiben, einen präzisen Bericht!«

»Ja, genau das wollen wir jetzt tun. Kommen Sie.«

Folgsam wandte Sahlfeldt sich um, die beiden Männer arbeiteten sich, der große Patient Hand in Hand mit seinem vor Kälte zitternden Arzt, zur Treppe am Steg vor und liefen durch das Schneetreiben zurück zum Sanatorium.

Der Fußboden des Therapieraums aus hellgrau lackierten Holzbohlen war beheizt, weshalb Tiefenbach seine Stunden hier in Stoffschuhen abhielt und auch seine Patienten bat, ihre Schuhe vor der Tür zu lassen und die in ihren Krankenzimmern bereitliegenden Pantoffeln zu tragen.

Er hatte für Sahlfeldt und sich selbst Tee zubereitet, man saß einander in dunkelgrünen Ledersesseln mit hoher Rückenlehne und Ohrenbacken gegenüber, getrennt von einem kleinen weißen Korbtisch. Darauf standen die Tassen, zu denen die Männer gleichzeitig griffen, daraus tranken, sie wieder abstellten. Sahlfeldt räusperte sich und schwieg. Sein Therapeut fixierte ihn und lehnte sich im Sessel zurück. Zum ersten Mal in seiner Zeit als Analytiker hatte er einen Patienten, der selbst Therapeut war – wenn auch von anderer Richtung und Schule: Als Paar- und Familientherapeut hielt Hans Sahlfeldt die Behandlungsweise nach Sigmund Freud für überholt und hatte seit Jahren mit der Methode gearbeitet, die auf die Amerikanerin Virginia Satir zurückging. Von ihr wiederum war Tiefenbach nicht überzeugt.

Der Raum wurde von Lichtleisten erhellt, die unterhalb der Decke die Wände umliefen. Auf halber Höhe wechselte hinter dem Patientensessel eine Digitaluhr, die in die Mauer eingelassen war, geräuschlos ihre Ziffern. Vor den drei Fenstertüren, aus denen man auf den Hortensiengarten und die Liegewiese des Sanatoriums blickte, fiel in der frühen Dämmerung fortdauernd Schnee und schien mit seiner rieselnden Lautlosigkeit die Stille im Zimmer noch zu vertiefen.

»Ich *muss* nicht erzählen«, sagte Sahlfeldt plötzlich. Tiefenbach nickte. »Ihr Analytiker«, fuhr Sahlfeldt nach einer Pause fort, »wollt ja immer was von der Kindheit hören und von Mutterliebe, aber ich habe keine Lust, von meiner Kindheit zu sprechen, überhaupt keine Lust, ganz und gar keine, und von der Liebe meiner Mutter schon erst recht nicht.«

»Natürlich nicht.« Tiefenbach schien amüsiert. »Aber wir wollen auch nicht schon wieder unsere Arbeitsweisen diskutieren, nicht wahr? Ich haben Ihnen damals, als Sie bei mir die Lehranalyse machten –«

»Abgebrochen!«, fuhr Sahlfeldt auf. »Aus gutem Grund abgebrochen!«

»Das kann man so sehen oder anders. Vielleicht wären Sie kein schlechter Analytiker geworden. Wie immer wir das betrachten, so ist doch festzuhalten, dass wir in der unvorhergesehenen Situation hier und jetzt keine Kollegen sind, sondern Sie sind der Patient und ich bin Ihr Arzt, der feststellen darf, dass Sie längst begonnen haben, über Ihre Kindheit zu sprechen.«

»Habe ich nicht.«

»Die schönen Tage in Aranjuez sind nun zu Ende«, griff Tiefenbach auf, was Sahlfeldt keine Stunde zuvor im Schnee gesagt hatte, und wartete. Als die Reaktion ausblieb, half er nach: »Hat der junge Don Carlos nicht einen gewaltigen Konflikt mit seinem Vater, der ihm die Verlobte weggeheiratet hat, weswegen Carlos jetzt folglich die Stiefmutter liebt? Also, warum fiel Ihnen der erste Satz aus Schillers Drama ein?«

Sahlfeldt presste die Lippen aufeinander und schlug zornig mit den Handflächen auf die Sessellehnen.

»Es gibt auch andere Sätze!«

»Gewiss. Ich höre jeden gern von Ihnen.«

Wieder trat Stille ein, Tiefenbach schloss die Augen und lehnte den Kopf zurück. Der Spaziergang im Schnee hatte ihn erschöpft. Sahlfeldt entschied sich, ihn am Schlaf zu hindern.

»Wohin geht das Glück, wenn es verschwindet?«

Der Analytiker öffnete ein Auge. »Wie?«

Laut wiederholte Sahlfeldt: »Wohin – geht – das – Glück, – wenn – es – ver – schwindet?«

Tiefenbach war sofort hellwach. »Eine sehr gute Frage. Was antworten Sie?«

Sein Patient stöhnte, schlug die Hände vors Gesicht und überließ sich seiner Erinnerung. Nach Minuten öffnete er die Augen und fuhr sich mit beiden Händen über die Wangen.

»Ich danke Ihnen«, sagte Tiefenbach leise und beugte sich zu seiner Teetasse vor. »Lassen Sie uns über diese Frau reden, deren Schuld Sie auf sich nehmen.«

Sahlfeldt atmete tief und beruhigte sich. »Wenn Sie das so sehen, hat es keinen Sinn. Ich verlange Gitter vor meinem Fenster und Zäune um das ganze Areal. Dieses Sanatorium ist ein Skandal. Einen wie mich derart ungesichert herumlaufen zu lassen! Sie werden sich verantworten müssen!«

Der Therapeut nickte und stellte seine Tasse zurück.

»Wird gemacht. Das ist ein erheblicher Aufwand für einen Unschuldigen, denn die Untersuchungen werden ergeben, dass Sie den alten Mann keineswegs getötet haben.«

»Verbrannt!«, rief Sahlfeldt, »verbrannt! Ich habe beabsichtigt, ihn als tote, tote, tote Asche zu hinterlassen!«

»Nicht mal der Untersuchungsrichter hat Ihnen das geglaubt. Und ich weiß, dass es andere Gründe für Ihr Geständnis geben muss.«

»Sie wissen? Dann nur heraus damit, Herr Tiefenbach, heraus damit, ich bin begierig zu hören, was der Analytiker weiß!«

Tiefenbach herrschte ihn an: »Wohin – geht – das Glück, wenn es – verschwindet? Das *war* doch die Frage, nicht wahr?!«

Sein Patient starrte zu ihm hinüber. Er schien nicht zu begreifen, was Tiefenbach bewog, derart zu intervenieren. Dann besann er sich und nickte. Leise sagte er:

»Lenja war nackt. Oktober. Sonne. Irgendwo zwischen Berg und Tal.«

Sie hatte sich auf dem Grashang zu ihm her gewälzt. »Wohin geht das Glück, Hans, wenn es verschwindet?«

Er hatte geantwortet: »Nach dem Energieerhaltungsgesetz kann es nicht verschwinden.«

»Oh doch. Doch. Du wirst sehen, eines Morgens wachen wir auf, und es hat sich davon gemacht. Warum ziehst du dich nicht aus?«

»Wenn jemand kommt.«

Lenja lachte. »Niemand kommt.«

»*Wir* sind gekommen…«

Er hockte sich neben sie und zog Hemd und Unterhemd aus.

»Das Glück«, sagte er, »ist ein Komet und kehrt nach hundert Jahren wieder.«

»Nach tausend«, widersprach sie.

»Nein. Hundert.«

Sie setzte sich auf und strich mit den Fingerspitzen über seinen Mund.

»Die Sonne auf der Haut wird dir gut tun.«

Damals hatten sie in einer Mulde der Alm miteinander geschlafen, er voller Angst, Wanderer könnten sie überraschen. Als sie dann sorglos im Mittagslicht lagen, wunderte er sich über die Unbedenklichkeit, mit der er sich unter dem Himmel ausstreckte. Er wünschte, der Augenblick möge anhalten, und sagte:

»Ich würde dich gern fotografieren.«

»Warum?«

»Warum malt ein Maler seine Geliebte? Du bist schön, und der Augenblick ist flüchtig.«

Lenja setzte sich auf, zog die Knie an den Körper und umschlang sie mit ihren Armen.

»Was machst du mit dem Foto?«

Er begriff, dass er die Stimmung zerstört hatte, und wollte widerrufen. »Ich weiß nicht, warum ich das gesagt habe, verzeih.«

Sie löste ihre Arme, warf sich zurück ins Gras, ließ ihre angewinkelten Beine auffallen. »Origine du monde... Für alte Kerle.«

»Und?«, fragte Tiefenbach, »haben Sie fotografiert?«

»Ich habe mich geschämt!« Sahlfeldt schrie. »Man fotografiert nicht, wenn man sich schämt! Man schämt sich! Es wäre gut, wenn Sie nicht solche Fragen stellen würden, für die Sie sich schämen sollten!«

Er hatte sich wütend abgewandt, seine Kleider von der Wiese gerafft und sich angezogen.

Lenja legte sich auf die Seite und igelte sich ein. Er hörte, dass sie weinte. Er hatte keinerlei Recht, getroffen zu sein, es stimmte, er *war* ein alter Kerl, Jahrgang 1948. Und sie war in diesem sommerlich warmen Oktober siebenunddreißig. Eine aussichtslose Beziehung. Auch wenn sie nicht seine Patientin war, wie konnte er sich auf sie einlassen, ohne zu bedenken, dass er sich lächerlich machte? Und sie? Seit zwei Wochen war er ihr Geliebter, doch sie hatte von sich fast nichts preisgegeben. Wie lange würde sie ihn ertragen?

Der Gebirgszug gegenüber, der ihm mittags noch behütend erschienen war, sah jetzt bedrohlich aus. Die Schatten hatten Risse und Senken gefüllt und die Konturen der Grate und Scharten geschärft. Oder war es sein Blick? Er wusste, dass seine Seelenstimmung seine Sichtweise veränderte und ihn manchmal Bilder sehen ließ, die mit der Realität nicht übereinstimmten.

»Bitte.« Sie lehnte sich an seinen Rücken. »Irgendwann bin ich das los. Das Glück ist nicht verschwunden, ja? *Sag, dass es nicht verschwunden ist, Hans.*«

Er wandte sich zu ihr um.

»An diesem unheimlichen Gebirgsbild arbeiten wir morgen weiter«, sagte Tiefenbach, »für heute, lieber Sahlfeldt, halten wir fest, dass Sie damals ein glücklicher Mensch gewesen sind.«

Sein Patient stand sofort auf.

»Morgen wieder ein Gang in den Schnee?«

»Wenn es sein muss.« Tiefenbach nickte.

2

MAN HATTE SAHLFELDT EINEN Einzeltisch im kleineren Speiseraum, der dem Hauptraum angegliedert war, zugewiesen, was ihm recht war. Sich auf andere Klinikpatienten und ihre Krankheitsgeschichten einlassen zu sollen, war eine Vorstellung, die spürbar Widerwillen in ihm erregte, eine Idiosynkrasie, die er sich als bedenklich attestierte; sollte sie anhalten, würde er seinen Beruf aufgeben müssen.

Während der Mahlzeiten beobachtete er beim Gang durch den Speisesaal, wie an den Tischen vertraut geplaudert wurde und man wohl nicht nur die Krankengeschichten, sondern auch Details des Privatlebens austauschte. Die wenigsten hatten damit gerechnet, sich hier postoperativ oder prophylaktisch, posttraumatisch oder mit Burnout einzufinden; die meisten fühlten sich von ihrer Beschädigung hinterrücks überfallen und sahen sich als Opfer, was sie für die Zeit des Aufenthalts solidarisch mit den anderen Opfern werden ließ.

Sahlfeldt nahm an, dass die Gespräche nach dem Abendessen in der Weinstube des Sanatoriums fortgesetzt wurden und dass sich beim Genuss der ausgeschenkten Weine die Einsicht in die Biografien vertiefte. Er schloss nicht aus, dass in der mit Eiche getäfelten Bar erotische Beziehungen geknüpft wurden, die sich heilsamer auswirkten als die verordneten Behandlungen. Selbst ließ er sich nie in der Weinstube sehen und sah allen Grund, den Anlass seiner Anwesenheit in der Klinik zu verbergen – preiszugeben, dass ein Therapeut Therapie brauchte, hätte die verbreiteten Vorurteile gegen seinen Berufsstand befeuert.

Im kleinen Speiseraum standen außer seinem noch zwei Zweiertische. Am einen saß ein magerer Greis mit abweisender Miene seiner sichtlich jüngeren Frau gegenüber. Er hatte flusiges graues Haar und trug einen weißen Backenbart, der von den Schläfen bis zu den Kinnmuskeln reichte. Anscheinend sah und hörte er schlecht, denn bei der Wahl der Nachspeise von der täglichen Menükarte las seine Gattin ihm die Alternativen laut vor, wobei sie jede Silbe von der anderen trennte: »Li-mo-nen-tor-te?«

Am anderen Tisch redete eine Frau um die Sechzig, deren schwarze Haare das Gesicht in Fransen umhingen, unaufhörlich und ohne ihn anzusehen, auf ihren überreifen, dicklichen Sohn ein, der dann und wann »Ja« sagte, oder, wenn er sich ermannte, »Vielleicht«. Er fotografierte seine bleiche Mutter bei jeder Mahlzeit. Zu diesem Zweck stand er auf, richtete ihr Mobiltelefon von schräg oben auf ihren Kopf, an dem Hautinseln sichtbar waren, und reichte es ihr anschließend zurück. Sahlfeldt nahm an, dass auf keinem der Bilder ihr Gesicht erkennbar war, und hatte den Sohn im Verdacht, eben dies zu beabsichtigen.

Keinem der vier Menschen, die mit ihm den Raum teilten, auch nicht der Bedienung, die ihn zu den Mahlzeiten in bayerischem Dialekt begrüßte, hätte er erklären können, weshalb er hier war.

Am darauffolgenden Tag verzichteten Tiefenbach und Sahlfeldt auf den vereinbarten Spaziergang und fühlten sich am frühen Nachmittag zu Beginn der Therapiestunde etwas dösig. In der Nacht war Schnee mit alpenländischer Ausgiebigkeit auf das Klinikgelände gefallen, hatte sich zu Pilzhauben auf den Dächern getürmt, die Wege verschüttet, und, als er am hellen Vormittag nachließ und schließlich aufhörte, eine Stille hinterlassen, die von nun an endgültig zu sein schien. Niemand hatte damit gerechnet, dass der Dezember so entschieden winterlich beginnen würde. Die Hausmeister liefen mit Dachlatten in den Händen an den Unterkünften entlang und schlugen von den Regenrinnen Eiszapfen ab. Blitzend fielen sie durch das Licht der Wintersonne und zersplitterten auf der Brüstung der Balkone.

»Was liegt uns heute auf der Leber?«

Wenn Tiefenbach versuchte, seine eigene Rolle zu ironisieren, erweckte er zuverlässig Sahlfeldts Ärger.

»Ich habe beim Frühstück Ihren Namen vergessen. Und es dauerte fast eine halbe Stunde, bis ich wieder wusste, dass Sie Bruno Tiefenbach heißen, und ich kam nur darauf, weil ich mich erinnerte, dass ich damals schon dachte, mit dem Namen blieb dem armen Mann ja nichts anderes übrig als Analytiker zu werden, wie finden Sie das?«

Der Arzt verkniff sich ein Grinsen. »Nicht ungewöhnlich.«

»Nicht ungewöhnlich? Ich verliere stündlich Namen! Sie machen sich aus meinem Kopf davon! Nur die Gesichter bleiben. Ich versuche, die zerrissenen Erinnerungsfäden wieder zu verknoten, ich arbeite wie eine Spinne, aber je mehr ich mich bemühe, bestimmten Augen einen bestimmten Namen zuzuordnen, um so schneller weichen sie aus, als ob es sie erleichtert, nicht mehr in Verbindung zu sein. Das finde ich durchaus ungewöhnlich, ich finde es beängstigend, es deutet auf eine fortschreitende –«

»Nein, deutet es nicht«, unterbrach ihn Tiefenbach. »Ich muss Sie enttäuschen, Demenz ist nicht Ihr Problem. Oder noch nicht. Sie wurden nach allen Regeln ärztlicher Kunst untersucht. Es handelt sich zweifellos um ein seelisches Phänomen. Sie trennen sich von den Menschen. Sie bestrafen sie mit Auslöschung. Ihr Gehirn, lieber Sahlfeldt, ist vollkommen in Ordnung. Es ist ihre Einstellung zur Menschheit, die Ihnen zu schaffen macht! Und ich fände es an der Zeit, dass Sie mir endlich erzählen, wann Sie begonnen haben mit dieser Verachtung.«

Sahlfeldt stand auf. »Ich verachte niemanden!«

»Sie können gern ein wenig herumlaufen, wenn es Sie belustigt, aber dann bitte ich Sie, sich wieder zu setzen.«

Sein Patient trat ans Fenster, zog den Vorhang zur Seite und blickte hinaus in die weiße Landschaft.

»Dass etwas so Kaltes so tröstlich sein kann.«

»Manche denken beim Schnee an ein Leichentuch.«

Tiefenbachs Stimme schien Sahlfeldt nicht aus dem Raum hinter ihm zu kommen, sondern aus einer weit größeren Entfernung. Er wandte sich zu ihm um.

»Warum denken Sie beim Schnee an den Tod?«

Tiefenbach wedelte abwehrend mit der Hand. »*Sie* sind der Patient. Vielleicht werden wir einmal die Rollen tauschen. Aber nicht jetzt. Erzählen Sie mir von Lenja. Beginnen Sie mit der ersten Begegnung.«

»Davon haben wir schon gesprochen.«

»Ich bin ein vergesslicher alter Mann und erinnere mich nur daran, dass es Herbst war, nein?«

Sahlfeldt drehte sich wieder zum Fenster.

»Es war Herbst. Ja. Der zweite Oktober.«

Wohin ging der Sommer? Er hätte ihn gern festgehalten. Hans Sahlfeldt stand am Fenster seiner Praxis und blickte in die Straße hinab. Unten flackerten die Laternen auf. Ihr Licht spiegelte sich in den nassen Autodächern: der abendliche Korso aus Missmut und Müdigkeit.

Seine letzten Patienten für heute traten aus dem Haus auf den Bürgersteig. Er konnte sehen, wie die blonde Frau den Streit als brennende Schleppe hinter sich her über den Asphalt zog. Er wusste, dass er nicht die Wirklichkeit, sondern seine Ausdeutung sah. Hier oben noch hatte seine Einbildung ihm den Mann gezeigt, wie er sich in der Tür umwandte, ihn feindselig ansah und zwei Hände voll Asche im Korridor verstreute, bevor das Paar, wütend über das erneute Misslingen der Stunde, die Treppe hinunter lief: hilflose Dreißigjährige, keine Freude, kein Sex; ihr Hass aufeinander war das einzige Gefühl, das ihnen geblieben war, und Sahlfeldt fragte sich, ob er ihnen auch den noch nehmen durfte.

Dünner Regen fiel in die Straße. Das Paar stand schweigend auf dem Bürgersteig. Sie wandte sich grußlos ab, der Mann sah ihr nach. Erstaunlich, wie lange er brauchte, um zu begreifen, dass er in die entgegen gesetzte Richtung gehen musste.

Sahlfeldt betrachtete sein eigenes Bild im Fenster, sah einen leicht gebeugten Mann mit grauen, gelockten Haaren, das Gesicht verschwommen bis auf die lange Nase und die leicht abstehenden Ohren. »Du bist eigentlich nicht der Sommertyp«, sagte er.

Das stimmte, seine Generation war auf Schatten gewachsen, ohne noch zu wissen, wer sie geworfen hatte.

Dennoch hatte es Jahre gegeben, in denen er dem Herbst widerstand und bis in den November trotzig Leinenanzüge und einen Strohhut trug; andere Jahre, in denen er dem Herbst nachgab wie die Bäume. Und wieder andere, in denen er den Verdacht hatte, dass ihm das Verwelken gefiel. Bewährte Einsichten brachten sich in Erinnerung: Was man nicht festhalten kann, soll man freigeben, den Sommer an den Herbst, das Licht an die Dämmerung. Die sterbende Liebe – an den Hass?

Im Herbst breiteten sich Trübsinn und Ratlosigkeit in seiner Praxis aus. Wenn das Licht abnahm, schien das Gewicht der Tage zuzunehmen. Paare luden ihr missglücktes Leben bei ihm ab, ohne danach erleichtert zu sein. Patienten, die in den Mai-Sitzungen redselig Lösungen suchten, verstummten Ende Oktober, ihr Rücken bog sich, sie neigten sich nach vorn, sanken in einen Sekundenschlaf, zuckten hoch, richteten sich auf und baten lächelnd um Entschuldigung; er nickte, sie lehnten sich erleichtert in den Sessel zurück, und während er auf eine Traumerzählung, eine Klage, eine Verdächtigung, eine Erinnerung, eine Selbstbezichtigung wartete, ließen sie ihren Kopf in den Nacken fallen, schlossen die Augen und taten so, als ob sie nachdenken würden. Er nannte das im Stillen ihre *vorgetäuschte Kooperation* und überließ sie der Erschöpfung ihrer Seele. Er zog sich selbst hinter seine Augenlider zurück und genoss das Schweigen.

»Im Herbst«, hatte er seiner Frau gesagt, »arbeite ich gemeinsam mit meinen Klienten das im Sommer angesammelte Schlafdefizit auf und lasse mich auch noch dafür bezahlen.«

Noch immer blickte er hinunter in die Straße. Der Regen ließ nach. Die Autokolonnen schoben sich als rote und weiße Lichterketten aneinander vorbei nach Süden und Norden. Auf dem Bürgersteig gegenüber leuchteten die Peitschenlampen durch das gelbe Laub der Platanen, im Himmel über den Kaminen der Gründerzeithäuser glühten die Wolkenränder.

Die Kanten der Möbel waren in der Dämmerung unscharf geworden, der runde Couchtisch aus Glas, um den sieben weiße Sessel standen, verlor seinen Glanz. In der Zimmerecke für die Kinder der Patienten verwandelten sich die Schaumstoffkissen, Spielzeugsäcke und Polsterrollen in winterschlafende Tiere.

Ihm war nach Whisky zumute, den er meiden sollte; nach Wein, den er gemäß einer Vereinbarung mit sich selbst nicht vor sieben Uhr abends trank; nach einer Zigarette, die er nicht im Haus hatte. Noch immer zählte er die nikotinfreien Monate seit dem Ende seiner Ehe; achtunddreißig waren es inzwischen.

Die Oleanderbüsche, die in drei Terrakotta-Kübeln auf Fußschalen vor den Fenstern standen, trugen Blütenknospen. Sie widerlegten die Regeln, die Reinhild seinerzeit für die Pflege der Oleander aufgestellt hatte. Weder transportierte er die Pflanzen im Winter ins ungeheizte Nebenzimmer im Parterre, noch stellte er sie je auf die Terrasse zum Garten an der Rückseite des Hauses. Er düngte und goss, und die Oleander gediehen und blühten im Therapieraum ohne Einhaltung der Jahreszeiten. Er fand gerecht, dass die Büsche nach dem Ende der Ehe seine Partei ergriffen hatten. Demnächst würde er Reinhild von den Knospen berichten, in dem triumphierenden Ton, den sie nicht ertrug.

Nach der Trennung hatten sie einen Turnus von Begegnungen vereinbart, um die unvermeidlichen Streitigkeiten nicht eskalieren zu lassen. Als Familienrichterin war Reinhild vorwiegend mit Scheidungsfällen befasst und vermied in eigener Sache die Konflikte, die sie bei anderen Paaren schlichten musste. Gemeinsame Freunde blieben auch nach der Ehe erhalten, ebenso wie Gençay Güler, die, nun Ende fünfzig, seit Jahren den Haushalt besorgte und weiterhin montags Sahlfeldts Wohnung und die Praxis in Ordnung hielt. Überhaupt wirkte die Auflösung der Beziehung so vernünftig und diszipliniert, als habe sich die einstige Liebe der Beteiligten schon lange zuvor zu einem geübten freundschaftlichen Gefühl vermindert.

Er trat vom Fenster zurück, lief durch den Therapieraum zur Küche, prüfte, ob die Kaffeemaschine ausgeschaltet war, ging in die Toilette, machte das Licht aus und nahm im Flur seine Lederjacke von der Garderobe. Das Wartezimmer lag im Dunkeln. Er wollte die Tür schließen, als er den schmalen Schatten sah, der sich vor dem Licht der Straßenlaternen im Fenster erhob. Sahlfeldt blieb stehen. »Entschuldigen Sie, ich habe Sie nicht kommen hören. Haben Sie einen Termin? Dann müsste ich das vergessen haben, tut mir leid, das kommt vor.«

»Sie sind mir empfohlen worden.«

Die Stimme war angenehm und klang nach einer Raucherin. Er schaltete das Licht ein, und die Frau im schwarzen Mantel schützte mit der Hand ihre Augen.

»Die Tür stand offen«, sagte sie.

Es war der zweite Oktober, der erste Freitag des Monats und, wie er später erfuhr, *World Smile Day*, der Internationale Tag des Lächelns. Er schaltete die Stehlampe neben dem Glastisch ein. Die Frau behielt ihren Mantel an. Er bat sie, sich zu setzen.

Tiefenbach lag zurückgelehnt in seinem Sessel, hielt die Augen geschlossen und pfiff beim Ausatmen leise. Die Schneelandschaft vor den Fenstern sandte eine bläuliche Dämmerung in den Raum. Hans ging zum Teetisch zurück, setzte sich, schwieg, und wartete darauf, dass der Glücks-Komet wiederkehrte.

Sein Therapeut hob den Kopf. »Da sind Sie ja, ich hatte schon gefürchtet, Sie würden am Fenster festwachsen.«

»Wozu habe ich Ihnen das alles erzählt?«

»Damit ich es erfahre«, sagte Tiefenbach.

»Sie haben geschlafen!«

»Nicht wirklich.«

Sahlfeldt richtete den Zeigerfinger auf ihn. »Sie haben geschnarcht!«

»Das ist meine Art nachzudenken. Und jetzt sagen Sie mir bitte, wann Sie endlich aufhören wollen, mir die Wahrheit vorzuenthalten. Wir kreisen immer um dieselben Fragen, und Sie reichen mir nicht mal den kleinen Finger aus Ihrem selbst konstruierten Käfig. Die einzige Krankheit, an der Sie leiden, ist die Liebeskrankheit, die wiederum auf ein völlig intaktes Gefühlsleben schließen lässt.«

»Das ist eine krasse Fehldiagnose!«

Tiefenbach seufzte. »Sie wissen doch hoffentlich selbst, dass Sie

die unglückliche Lenja vom ersten Augenblick an geliebt, nein, sagen
wir, begehrt haben.«

»Ganz und gar nicht. Ich war geradezu abweisend!«

»Eben«, murmelte Tiefenbach, »eben. Ich werde jetzt das Licht
einschalten.«

Lenjas erster Brief

Sehr geehrter Herr Sahlfeldt, gestern haben wir uns kennen
gelernt. Es war nicht meine, sondern Tiefenbachs Idee, dass ich
mit Hannas Problem in Ihre Praxis kommen sollte. Ich hatte
ihn wegen der alten Geschichten aufgesucht, auch er gehört
zu denen, die mich im Stich gelassen haben, als ich im selben
Alter war wie Hanna jetzt. Ebenso wie Ihr Vater, seinerzeit
Staatsanwalt. Er sei in einem Altersheim, sagt Tiefenbach.
Rollstuhl. Eine viel zu milde Strafe.
Tiefenbach konnte ich verzeihen. Er hat eingesehen und bereut,
was er damals getan hat, oder besser gesagt, nicht getan hat. Als
ich ihm erzählte, dass meine Tochter Hanna seit ihrem achten
Geburtstag nur noch schweigt, meinte er, ich sollte zu Ihnen
gehen. Er sei zu alt für eine solche Therapie.
Vielleicht könnten Sie etwas von der Schuld Ihres Vaters
wieder gut machen? Tiefenbach hält viel von Ihnen, obwohl er
irgendwelche Vorbehalte gegen Ihre Methoden hat, die ich nicht
verstehe. Die Tür zu Ihrer Praxis stand offen, ich setzte mich
ins Wartezimmer. Auf der Treppe war mir ein wütender Mann
begegnet. Sie waren so freundlich, mir zuzuhören, obwohl Ihr
Arbeitstag eigentlich beendet war. Ich würde Sie, wenn wir noch
im Gespräch bleiben, gern nach Ihrem Vater befragen. Ich weiß
immer noch nicht, warum er mir damals nicht geholfen hat.
Ich glaube nicht, dass ich Ihnen diesen Brief schicken soll. Sie
wären sicher sehr verwundert. Jedenfalls danke ich Ihnen, dass
Sie mich nicht abgewiesen, sondern sogar zum Essen eingeladen

haben. Ich fand den Abend – ja, wie? Doch, ich habe mich wohl gefühlt. Komisch. Denn ich fühle mich eigentlich nie wohl. Tatsächlich nie. Keinen Boden unter den Füßen. Aber es geht ja nicht um meine Geschichte, sondern um Hanna. Vielleicht ist es gar keine gute Idee, Ihnen zu schreiben, vielleicht schreibe ich den Brief überhaupt nicht an Sie, sondern an mich selbst? Nein, er ist doch an Sie! Er ist wirklich an Sie. Und ich möchte eigentlich, dass Sie ihn lesen. Aber ich stecke ihn nicht in den Umschlag und bringe ihn nicht zur Post.

3

»NEIN, ICH WERDE IHRE Personalien nicht notieren«, hatte Sahlfeldt gesagt, »weil ich noch nicht weiß, ob ich Ihnen überhaupt helfen kann, dann sehen wir weiter, im Moment weiß ich nur, dass Ihre Tochter – wie heißt sie?«

Die Frau im Mantel hatte sofort geantwortet: »Hanna. Sie heißt Hanna.«

»Hanna. Gut, also Hanna hat an ihrem achten Geburtstag aufgehört zu sprechen.«

»Jetzt haben Sie sich doch den Namen notiert!«

Triumph in ihrer Stimme. Sie gehört zu den Verwirrern, dachte er. Seiner Erfahrung nach gab es *Flehende, Monologisierer, Verstockte* und *Verwirrer*. Die Verwirrer mussten ihren Therapeuten zwanghaft bei Widersprüchen erwischen oder bei seiner Vergesslichkeit. Hannas Mutter versuchte gleich zu Beginn sein Verhalten infrage zu stellen. Er wollte sich nicht auf ein Geplänkel einlassen und hatte am Tagesende nach sechs Sitzungen mit Paaren und Kindern auch keine Kraft mehr, einfühlsam zu sein. Er betrachtete schweigend das Gesicht der Fremden: eine rätselhafte Mischung aus Kindlichkeit und Härte.

»Warum, denken Sie, spricht sie nicht mehr?«

Sie wandte den Kopf ab. »Keine Ahnung.«

»Sie haben einen Verdacht.«

»Nein, wirklich, ich weiß es nicht.«

Er beugte sich vor und sagte leise: »Wer *wirklich* sagt, meint *ehrlich* und lügt fast immer.«

»Ich nicht. Wenn ich es wüsste, wäre ich nicht hier!«

»Warum ist *Hanna* nicht hier?«, fragte er.

»Schule. Sie ist im Internat. In drei Wochen hat sie Ferien.«

»Und Sie haben – *wirklich* – keinen Verdacht?«

»Sagte ich schon.«

Sahlfeldt hatte keine Lust, behutsam gegen ihre Blockade anzugehen. Außerdem spürte er Hunger. Er entschloss sich zu einer paradoxen Intervention und stand auf.

»Lassen Sie uns essen gehen. Zwei Ecken weiter ist mein Stammitaliener. *Bocca della Verità*: Da macht das Lügen viel mehr Spaß.«

Ettore zwinkerte ihm zu. Endlich kam er mit einer neuen Frau in sein Restaurant. Sie aß die Tagliatelle mit weißen Trüffeln. Er den Steinbutt und schwarze Linsen. Eine Flasche Greco di Tufo.

»Beschreiben Sie mir Hanna, wie ist sie so?«

»Groß, geht mir bis zur Schulter. Schmal. Sieht eher aus wie meine jüngere Schwester. Fröhlich. Sehr gut in der Schule. Manchmal motzig. Wie sie so sind mit neun. Schon pubertär vielleicht, keine Ahnung.«

»Würden Sie mir ein Bild von ihr zeigen?«, fragte er.

Sie lachte. »Wenn es eins gäbe.«

Er sah sie ungläubig an und wartete auf eine Erklärung.

»Mit Sieben hat sie alle Bilder zuhause verbrannt, zwei Fotoalben, die Filme, die Abzüge, alles, digital hatte ich nur welche im Handy. Sie hat so lange geschrien, bis ich die auch gelöscht habe. Ich habe nicht gewagt, sie zu betrügen. Und seither weigert sie sich, fotografiert zu werden, sie kriegt Wutanfälle, wenn es jemand versucht, nicht mal ein Babyfoto ist übrig. Sie will einfach kein Bild von sich, ich habe mich damit abgefunden, ihre Freunde auch. Keine Ausnahme.«

Sahlfeldt schüttelte den Kopf. »Wer hat ihr eingeredet, dass sie hässlich sei?«

»Niemand. Sie sieht sich ja auch im Spiegel an und findet, dass sie nicht schlecht aussieht. Sie will nur einfach nicht festgehalten werden, ich weiß nicht, ob es dafür eine Diagnose gibt.«

Er lachte. »Antinarzissmus? Ich glaube, das wird sich nach der Pubertät geben. Die Eitelkeit ist eine ungeheure Macht. Aber dann werden ihr die Bilder fehlen. Haben Sie noch andere Kinder?«

»Nein.« Sie hielt ihm ihr leeres Glas hin, er hörte den verschwiegenen Vorwurf, unaufmerksam zu sein, schenkte nach und übersah, dass auch sein eigenes leer war.

»Müssen Sie noch fahren?«

»Oh nein, ich wohne im Haus. Unter der Therapie. Also Hanna ist jetzt neun, das heißt, sie schweigt seit einem Jahr.«

»Im nächsten Jahr kommt sie aufs Gymnasium, dazu muss sie das Internat aber nicht wechseln.« Er hielt die Flasche noch immer in der Hand, goss sich ein und stellte den Wein in den Kühler zurück.

»Seit einem Jahr. Und jetzt erst kommen Sie zu mir.«

»Aber man hat alles für sie getan in der Schule, nichts hat geholfen, Vertrauenslehrerin, Schulpsychologe, man wollte ihr Zeit geben, ich war viel im Ausland unterwegs, konnte mich nicht immer kümmern. Ich bin erst seit einem halben Jahr wieder hier.«

»Wer hat mich Ihnen empfohlen?«

»Ein anderer Therapeut, älter als Sie, zu alt für Hanna, er meinte –« Sahlfeldt wartete und schob den Rest Linsen auf seinem Teller zusammen. Dann setzte er ihren Satz fort.

»Er meinte, ich könnte vielleicht besser mit einem Kind ins Gespräch kommen. Einem schweigenden Kind. Und wer ist er?«

»Sie kennen ihn nicht.«

»Ich kenne jeden Therapeuten hier, die Stadt ist ja nicht groß. Lassen Sie mich raten. Bruno Tiefenbach?«

Sie legte Gabel und Löffel laut auf dem Teller zusammen. »Das tut doch überhaupt nichts zur Sache, ich will bloß, dass Hanna wieder spricht!«

Zwei junge Männer vom Nebentisch sahen herüber.

»Offenbar geht das nicht, indem man zwei, drei lockere Schrauben festzieht.« Er klang unfreundlicher, als er wollte. Sie nahm die Serviette und wischte sich über den Mund. Sahlfeldt griff nach seinem Glas.

»Eigentlich wollte ich mir nur eine Vorstellung von Hanna machen, bevor ich mit ihr spreche, oder zu ihr spreche, oder mit ihr schweige, je nachdem. Sieht sie Ihnen ähnlich?«

Sie stieß mit ihm an und lächelte. »Nicht sehr.«

»Schade.« Es rutschte ihm heraus, sie sah ihn erstaunt an.

Ettore kam zum Tisch und fragte nach den Dessertwünschen. Sie entschied sich für die Zuppa inglese, er für das Zitronensorbet und registrierte im selben Augenblick, dass er seit undenklicher Zeit zum ersten Mal eine Nachspeise bestellte. Auch Ettore wunderte sich, klatschte in seine kleinen Hände und ging.

»Sie hat dunkle Haare wie ich, mehr braun als rotbraun, ihre Haut ist dunkler als meine, also mehr so wie Sie, entschuldigen Sie, na ja, nicht so bleich wie ich.«

»Wie der Vater vielleicht.«

»Nein, nein. Nicht wie der Vater. Bestimmt nicht.«

Sie sah ihn herausfordernd an, und Sahlfeldt entschied sich, nicht nachzufragen. »Aber bestimmt hat sie Ihre grünen Augen!«

Sie lachte verlegen. »Graugrün, ja, aber *ihre* sind meergrün, so wie mein Kleid, und größer, ja, sie hat größere Augen als ich.«

»Und sie hat natürlich Ihren Mund – mit dem sie nicht spricht.«

Ettore brachte die Nachspeisen. Er hatte es gut gemeint und große Portionen angerichtet.

»Oh je, ob wir das schaffen?« Mit einem Mal klang sie wie ein Kind, und es berührte ihn, dass sie nicht von sich, sondern von ihnen beiden gesprochen hatte.

»Wir müssen es versuchen«, sagte er, »Ettore weint, wenn wir etwas übrig lassen.«

Jetzt erst nahm er bewusst wahr, dass ihr langärmeliges, hoch geschlossenes Wollkleid ihre Figur nachzeichnete, und er versuchte, sie sich kleiner, mädchenhaft vorzustellen, um ein Bild von Hanna zu gewinnen.

Die Bar hieß *Only4theRich*, der Weg vom *Bocca della Verità* dorthin zog sich, wenn man die sogenannte Schmale Straße zur Uferpromenade hinab gegangen war, am Fluss unter Laternen entlang. Der Nebel blähte ihren gelben Schein zu diffusen Wolken. Die leeren Bänke waren schemenhaft am Wegrand zu erkennen, Sahlfeldt und die Frau liefen an ihnen vorüber, sprachen nichts, sahen nicht zueinander hin.

Sie hatte darauf bestanden, sich für seine Einladung bei Ettore zu revanchieren. In der feuchten Kälte schritten sie zügig aus und ließen ihre Arme schwingen. Als er den Abstand zu ihr verringerte, berührten sich unbeabsichtigt ihre Hände, und die Frau zuckte zurück, presste ihren Arm an den Körper, stolperte zur Seite, fing sich und blieb leicht gebeugt stehen.

Er drehte sich zu ihr um und ging auf sie zu. Sie schüttelte stumm den Kopf und hatte sich wieder in der Gewalt.

»Alles okay?«, fragte er.

Sie richtete sich auf und lief weiter.

»Wodka, doppelt, ohne Eis, aber in einem geeisten Glas, wenn ihr hier so was habt«, verlangte sie. Der Barmann verkniff sich eine Bemerkung, taxierte das Paar aus Alt und Jung, schob Sahlfeldt den gewünschten Bourbon zu, holte ein Glas aus dem Eisschrank und füllte es über den zweiten Eichstrich mit Wodka.

»Das ist aber nett«, sagte sie, »genehmigen Sie sich auch einen.« Sie hob ihr Glas, prostete ihm, dann Sahlfeldt zu und trank den Wodka halb aus.

»Ich nehme lieber ein Bier«, sagte der Barmann und lief hinter der Theke zu anderen Gästen.

Hans Sahlfeldt betrachtete die Frau, die wenige Stunden zuvor in seiner Praxis aufgetaucht war und in der überheizten Bar wieder den schwarzen Mantel trug.

»Wollen Sie nicht ablegen?« Er fand seine Frage linkisch, Lenja glitt vom Barhocker und ließ sich helfen. Ein Ober kam und nahm ihm den Mantel ab.

»We are the Rich«, sagte sie und leerte ihr Glas. Sahlfeldt nippte an seinem Bourbon.

»Sie haben vorhin beim Essen gesagt, Hanna und Sie könnten für Schwestern gehalten werden. Würden Sie das in Hannas Anwesenheit in der Therapie wiederholen?«

»Wieso ich? Ich brauche keine Hilfe, Hanna braucht sie.«

»Wenn ich Hanna helfen soll, wird das ohne Sie nicht gehen, die Familie ist ein System, und wenn es einem Mitglied schlecht geht, suchen wir nach der Ursache im System. Deswegen geht es um alle Mitglieder der Familie.«

»Es gibt keine Familie«, sagte sie und winkte dem Barmann, indem sie zwei Finger der rechten Hand in die Luft streckte.

»Es gibt immer eine Familie.«

»Bei uns nicht!«

Er registrierte den abweisenden Ton in ihrer Stimme und trank aus. »Selbst wenn alle tot sind, und nur ein kleines Kind liegt noch in der Wiege und schreit, gibt es eine Familie: in dem Kind.«

Sie sah ihn schweigend an und zog den zweiten Doppelwodka von der Theke.

Sahlfeldt nickte dem Barmann zu und erhielt einen weiteren Bourbon.

»Also gut.« Sie entschloss sich. »Ich tue, was ich kann, und ich sage, was ich will. Aber es gibt keinen Vater. Keine Geschwister. Es gibt nur Hanna und mich.«

»Und Ihre eigenen Eltern. Auch sie gehören zum System.«

»Die spielen keine Rolle. Meine Mutter starb, als ich sieben war.«

»Das tut mir leid.«

»Nicht so schlimm. Es war Juni. Es dauerte lang, ich konnte mich an den Gedanken gewöhnen. Mein Vater hat mir eine große Puppe gekauft, eine sehr schöne, sehr große Puppe. Und wir haben ihr eins meiner Kinderkleider angezogen, aus denen ich längst rausgewachsen war. Meine Mutter hatte es genäht. Es war schwarzweiß kariert. Ich habe es sehr –«

Sie verstummte mit offenem Mund. Dann stieß sie hervor: »Entschuldigen Sie mich.«

Sie lief zur Toilette, er sah, dass sie die letzten Meter fast rannte.

»Und?«, fragte Tiefenbach, »waren Sie erfolgreich? Haben Sie da zum ersten Mal mit ihr geschlafen?«

»Wo denken Sie hin? Ich bin doch nicht verrückt!«

Der Analytiker tat, was er noch nie in den Sitzungen getan hatte: Er stand auf und lief umher. »Ich dachte, das genau sind Sie, verrückt, das erklären Sie mir doch dauernd!«

»Damals, in dieser Nacht, nicht! Ich habe sie in ein Taxi gesetzt und bin nach Hause gelaufen!«

26

»Ach was«, rief Tiefenbach, »Sie haben die Gelegenheit genutzt und den Beschützer gespielt, *so* wird es gewesen sein!«

Sahlfeldt fragte sich, was den alten Mann derart aus der Fassung geraten ließ, und spielte den Ball auf Verdacht zurück.

»Zur Eifersucht besteht kein Anlass, Tiefenbach!«

Der Therapeut ließ sich in seinen Sessel fallen und lachte.

»Das ist interessant!« Er fixierte seinen Patienten. »Das ist wahrhaft interessant! Ihre Vermutung meiner Eifersucht bringt uns einen ganz großen, ja riesengroßen Schritt voran, mein Sohn!«

Sahlfeldt sah, dass Tiefenbach Mühe hatte, seinen Atem zu beruhigen.

4

WENN ER NACH DEM Abendessen die Tür seines Krankenzimmers hinter sich schloss, wartete sie auf ihn. Er konnte sie im Sessel vor dem Fernsehapparat schlafen sehen, oder sie lag in seinem Bett und sah zu ihm her. Manchmal, wenn er die Nachrichten einschaltete, erschien ihr Gesicht, bevor sich das Bild der Ansagerin gegen sie durchsetzte. In ihrer Anwesenheit war er ruhig. An den seltenen Abenden, an denen sie sein Zimmer nicht besuchte – aus Gründen, die er nicht kannte – schrieb er ihr in seiner akkuraten Handschrift einen jener Briefe, die in der Schublade seines Schreibtischs inzwischen einen kleinen Stapel bildeten.

– und wenn du uns gesehen hättest, Lenja, wie wir da auf dem Eis standen, Tiefenbach klein und frierend und ich begeistert von der Schönheit des Schnees! Wir haben eine sehr kuriose Kameradschaft abgegeben. Ich bemühe mich nach Kräften, ihn von meiner Verrücktheit zu überzeugen. Spiele ihm ein Potpourri meiner schwierigsten Patienten vor und leihe mir dafür die Sprache des Veterinärs B., der nie ohne Hut ging und jeden Satz dreimal sagte, ein schwerer Borderliner, den ich nach zwei Suizidversuchen in die Geschlossene einweisen lassen musste, wo es ihm gelang, seine beiden nassen Hände in den Toaster zu stecken. Während unserer letzten Sitzung fragte er: »Wissen Sie nicht, dass ich ein trauriger Mann bin?« »Doch, das weiß ich.« »Und warum machen Sie mich dann nicht fröhlich, warum machen Sie mich dann nicht fröhlich, warum nicht?« Ich sagte: »Weil ich es nicht kann. Ich habe alles versucht. Mehr kann ich nicht. Es tut mir leid. Der einzige, der das kann, sind Sie selbst. Aber das wissen Sie ja.« Er sah mich lange still an, stand auf, schlich aus dem Zimmer, nahm seine Baskenmütze von der Garderobe, drehte sich in der Tür um und sagte streng: »Sie sind ein elender Blender, elender Blender, elender.« Wie das Echo eines Lehrertonfalls aus meiner Kindheit. Dann zog er die Tür leise ins Schloss.

Tiefenbach ist ein erfahrener Analytiker. Die acht Jahre Unterschied zwischen uns kommen mir vor wie der Abstand einer Generation. Manchmal schäme ich mich dafür, dass ich ihm meine Hamletiade vorspiele. Aber ich tue es ja für dich, und du bist mir wichtiger als er. Es gibt noch vier weitere Therapeuten hier, drei davon Damen, zwei bedeutend jünger als ich, trotzdem hat er meinen Fall behalten, weil ich ihn darum gebeten habe. Er arbeitet nicht mehr als Gutachter, aber er wird hoch geschätzt, sein Wort hat Gewicht.

Ich fürchte, er hat mich längst durchschaut und lässt mir die Illusion, dass er mir glaubt. Dafür muss er einen Grund haben, den ich nicht kenne. Wenn ich nicht aufpasse, gewöhne ich mich noch daran. Irgendwann wird man der, den man simuliert. Erst spielst du den Paranoiker, dann verwandelst du dich in ihn. Und am Ende bist du einer.

Wenn ich an dich denke, sehe ich dein Leben vor mir wie einen auf den Tisch geworfenen Bund Mikado-Stäbchen. Ich kann keins der Hölzer berühren, ohne dass sie alle ins Rutschen geraten. Was du mir von dir erzählt hast, liegt wie eine unvergängliche Gegenwart vor mir, und meine Hände beginnen zu zittern. Wie leicht wäre es, könnte ich einen Stab nach dem anderen abheben und mir selbst unsere Zeit von außen nach innen erzählen:

Als Lenja sechsunddreißig Jahre alt war, kam sie zurück in unsere Stadt...

Aber wir beide haben in der Mitte begonnen. Dort, wo seit der Kindheit dein Schmerz war.

Er lag in dieser Nacht wach, in schlaflosem Glück. Gegen Morgen schlief er ein, ein Traum kehrte wieder, den er aus seiner Kindheit kannte: Ein bärtiger Mann ragte mit nacktem Oberkörper aus dem Türsturz über der Zimmertür und warf ihm unaufhörlich Bälle zu, die er zurückwerfen musste. Von der Taille an steckte der Werfer in der Mauer.

Im Halbschlaf noch hatte er Lenja nach einem lautlosen Phantasiestreit verziehen, dass sie damals, nach dem Abend in der Bar *Only4theRich*, zwei Tage nichts von sich hören ließ. Tage, die er in knabenhafter Nervosität verbrachte. Dann kam ihr Anruf, es gebe eine Entscheidung für Hanna:

Keine Therapie. Stattdessen habe der Schulpsychologe einen Wechsel der Landessprache vorgeschlagen. Ein englisches Internat. Sie habe Hanna bereits angemeldet, nach dem Ende des Schuljahrs werde sie dorthin gehen. Andere Sprache, neue Freunde, fremde Landschaft, konservative pädagogische Methoden. Das werde ihr bestimmt die Zunge lösen.

»Hanna freut sich darauf. In der Nähe von Brighton«, fügte sie hinzu.

»Teuer...«

»Ja, aber das ist ja Gott sei Dank nicht das Problem.«

»Klingt mir nicht sehr aussichtsreich«, sagte Sahlfeldt, »sind Sie sich ganz sicher?«

»Ich bin fest entschlossen. Kommen Sie zu meiner Ausstellungseröffnung?«

Er lachte. »Dazu müsste ich wissen, wann und wo, und Ihren Namen kennen.«

»Ich sagte doch, Sie würden ihn sich notieren. Markoff. Lenja Markoff. Nicht Lena, nicht Lene. Lenja, mit J. Und Markoff mit zwei F.«

Hätte er sie kennen müssen? Gelegentlich las er das Feuilleton der Wochenzeitung, nicht übermäßig interessiert, vielleicht wartete sie auf ein »*Markoff? Doch nicht* die *Markoff?*«. Er hätte lügen müssen.

»Ja, ich komme, und wo? In der Kunsthalle?«

»In der Modern Tate in London.« Seine stumme Verblüffung amüsierte sie: »Nein, die ist erst im kommenden Februar. Dienstag in der hiesigen Kunsthalle, ich glaube neunzehn Uhr, also, werden Sie da sein?«

»Bestimmt.« Aber bitte kommen Sie morgen noch einmal in die Praxis, wir sollten unser erstes Gespräch wenigstens abschließen. Ich habe es ja selbst unterbrochen, das war nicht sehr professionell.«

»Ich melde mich.«

Jählings spürte er eine Aufregung wie seinerzeit vor seiner ersten Verabredung mit Reinhild. Er recherchierte im Internet, und als da eine Reihe von Gemälden aus Lenja Markoffs früheren Jahren auftauchten, bildete er sich ein, nicht nur von ihr gelesen zu haben, sondern hatte das unbestimmte Gefühl, dass sie Teil seiner Erinnerung war. Er betrachtete die wenigen Fotos, die von ihr kursierten, und ließ seiner Phantasie freien Lauf. Die Spekulationen waren sämtlich unbegründet und nur eine Art verwirrende Süßigkeit. Immerhin wollte er ihr bei der nächsten Begegnung nicht ohne angelesene Kunstkennerschaft gegenübertreten.

Lenjas zweiter Brief

Ich mag die Art, wie Sie sich irritieren lassen. Aber das sage ich Ihnen natürlich nicht. Ich schreibe es, aber Sie werden es nicht lesen. Sind Sie ein guter Therapeut? Tiefenbach glaubt es. Ich fürchte, er hat recht, und Sie werden mich bis in die schwarzen Ecken meiner Biografie zu erkennen versuchen, die ich so tief in mir verborgen habe, dass ich ganze Tage vergessen kann, was mir geschehen ist. Das ist die leichtere Zeit. Während ich an einer neuen Skulptur arbeite. Aber wenn ich damit fertig bin und die Handschuhe ausziehe, kommt meine Wut zurück, und mit ihr die Erinnerung. Als wäre sie nicht in mir, sondern auf meiner Haut.

Kennen Sie einen Schmerz, der Sie verbrennt, immer wieder brennen Sie, von der Haut nach innen bis in die Knochen, und man heilt wieder und wird wieder verbrannt? Die Kunst löscht das Feuer, ja, so ist es, die Kunst hat sogar mein Herz gelöscht. Vielleicht, weil sie meinen Schmerz nach außen trägt. Vielleicht, weil sie mich sichtbar macht. Versuchen Sie nicht, das zu begreifen. Warten Sie bis zur Ausstellung. Es ist verrückt, aber irgendwie freue ich mich darauf, Sie dort zu sehen. Warum? Egal. Ich weiß ja, dass Sie Hanna wahrscheinlich nicht helfen können, trotzdem geschieht das: Ich warte darauf, dass Sie durch meine Ausstellung laufen. So eine Erwartung ist für mich neu. Ich bin immer gefasst darauf, dass etwas Grauenhaftes geschieht. Aber nicht auf so eine Begegnung, einfach so, ohne Absicht, und was mich am meisten überrascht: sogar ohne Angst. Fast. Das war schon lange nicht mehr so.

5

»DU WEISST, WIE ICH denke«, hatte Joachim Tieck gesagt, »ich gebe nicht gern von den Kollegen zu, dass sie was können – aber die Markoff, Chapeau! Eine Klasse für sich! Die ist gut, sie ist sehr gut, sie macht ihr eigenes Ding und tut so, als wäre unsere schöne Profession nicht in einer saumäßigen Krise.«

Er hatte die Pinsel auf dem Maltisch abgelegt und seinen Körper aus dem farbverkleksten Overall gepellt.

»Was hältst du davon?«

Wieder so ein Riesenbild, dachte Sahlfeldt. Bestimmt zwei mal vier Meter, je älter und dicker er wird, um so mehr Leinwand.

Sie kannten sich seit ihrer Schulzeit, in der sich Tiecks amerikanischer Kurzname Jo durchsetzte, hatten sich aus den Augen verloren, bis Joachim Tieck seine Jahre in Paris abbrach, weil das Leben dort unerschwinglich geworden war.

»Das verdammte Paris fehlt mir nicht, Hans«, hatte er damals gesagt, »hier habe ich, was ich brauche, den Fluss, die Seen in der Nähe und die Berge in der Ferne.« Mit den Jahren hatte er gelernt, auch auf dieses Ambiente zu fluchen und es öffentlich als *verdammte Idylle* zu denunzieren. Hans und Reinhild kauften ihm ab und zu ein Bild ab, vorwiegend kleinere Aquarelle. Drei seiner großformatigen Ölbilder hingen in der Städtischen Kunsthalle, das Entree des Rathauses war von ihm mit einem abstrakten Fresko gestaltet worden.

Sahlfeldt lief vor dem frischen Bild auf und ab, nahm Abstand.

»Für meine Räume zu groß.«

Tieck lachte. »In deiner Praxis ist noch Platz!«

»Da vergessen die Patienten ihre Depressionen, und ich bin arbeitslos. Aber vielleicht könnte Reinhild dafür sorgen, dass es fürs Landgericht angekauft wird. Es hat ja was Positives! Ist es fertig?«

»Nein. – Ja. Weiß nicht. Wie soll man wissen, ob etwas fertig ist? Das Blöde ist, wenn ich weiter mache, obwohl es fertig ist, wird es immer weniger fertig, verstehst du, es hat seinen Gipfel hinter sich, es war vielleicht gut und wird immer schlechter.«

Er tränkte einen Lappen mit Terpentin und wischte sich die Hände sauber.

»Wo nimmst du die Freude her.«

»Was für 'ne Freude.«

»Deine Farben. Als ob du gegen den Herbst zu Felde ziehst, draußen alles grau und Matsch und Moder, und du malst hier Frühling. Sonne, Brücke, heller Fluss, so was sehe ich da jedenfalls, entschuldige, ich versuche immer, was Gegenständliches zu finden.«

»Schon richtig. Licht, Bogen, Bewegung.«

Er winkte Hans zu der Sitzgruppe mit drei niedrigen froschgrünen Plastikstühlen um zwei Umzugkartons, auf denen als Tischplatte die Tür eines Spiegelschranks lag. Sahlfeldt blieb vor dem Bild stehen.

»Aber wieso diese kleine schwarze Figur auf der Brücke? Was will die? Was hat sie vor?«

»Ach, Hans, deine Fragen...«

»Wo hast du sie gesehen?«

»Eingefallen ist sie mir. Ein breiter Strich, sonst nichts. Irgendwas sollte auf dem Bogen sein, damit Leute wie du eine Brücke sehen können, obwohl es keine ist, bloß eine Spannung. Der Strich zeigt nur, was sie aushält. Komm her. Ein kleiner Schluck, und alles ist wieder abstrakt, wie es sich gehört.«

»Ich sehe da ein Kind.«

Tieck zog aus dem Umzugskarton eine blaue Flasche hervor, schraubte sie auf und trank. Gin. Wie immer bei ihm. Sahlfeldt lehnte ab.

»Was weißt du von der Markoff?«

»Was du genauso gut wissen könntest. Sie ist international. MoMa, Centre Pompidou, nächstes Jahr in der Modern Tate, sie mögen diese Mädchen.« Tieck wischte sich den Mund.

»Sie ist doch kein Mädchen mehr!«

»Nein!« Er lachte. »*Ihre* Mädchen, sie macht doch diese Mädchen, noch nie gesehen? Seit wann bist du ein Banause? Die Markoff hat mit Akten alter Männer angefangen, so bisschen à la Lucien Freud, aber berühmt geworden ist sie mit ihren lasziven Mädchen. Skulpturen. Ausgehärteter Bauschaum, dieses Dichtungszeug, sie schneidet und schleift sie und fasst sie farbig, weiß der Teufel, wie sie darauf gekommen ist, ich glaube die erste überhaupt, die mit PU-Schaum arbeitet, lebendgroß und leicht zu bewegen. Lauter Lolitas, sie malt ihnen geschminkte Gesichter an, kurze Kleider, weiße Söckchen, für meine Begriffe an der Grenze – aber gut! Richtig gut. Raffinierte Luder sind das, wie Balthus sie malt, du kennst doch die Mädchen von Balthus, sehr einsame Kinder, aber scheußlich geheimnisvoll.«

Sahlfeldt nickte und setzte sich Tieck gegenüber. »Du meinst, sie macht Pornografie?«

»Mann, Hans, Bürger Sahlfeldt! Geht's noch?« Er streckte ihm die Ginflasche entgegen, Hans nahm einen Schluck, schüttelte sich und stellte sie auf dem Spiegeltisch ab.

Tieck lachte.

»Sie stammt ja von hier, und uns verbindet, dass sie auch wieder zurück gekommen ist. Mehr leider nicht. Ihr Atelier ist draußen in der alten Ziegelei. Aber sie hat auch in New York eins und angeblich in Madrid. Dass sie hier ausstellen würde, hätte ich nie für möglich gehalten, unsere Provinzkunsthalle mit der Markoff!«

Er stand auf und schaltete die Halogenstrahler aus, die Röhren verglimmten. Sahlfeldt betrachtete das jüngste Bild von Joachim Tieck im unentschiedenen Tageslicht, das durch die beiden hohen Glasfenster des Ateliers einfiel und dem sonnengelben Bogen, der das ganze Format überspannte und von ihm als Brücke gedeutet worden war, kaum mehr Leuchtkraft ließ. Dennoch blieb der harte Kontrast zu dem senkrechten schwarzen Strich auf der Brücke erhalten, in dem Sahlfeldt – obwohl er sich bemühte, nur eine breite Pinselspur zu sehen – eine kindliche Figur erkannte.

»Hast du die Geschichte damals nicht mitgekriegt?«, fragte Jo, stand auf, trat vor sein Werk und kniff die Augen zusammen.

»Welche Geschichte?«

»Na die mit Markoff. Das muss so gegen Ende der Achtziger gewesen sein, die ganze Stadt hat darüber geredet.«

»Da war ich in den USA.«

»Der Valentin Markoff, ihr Vater, der war ja Russe und aus dem Paradies der Werktätigen abgehauen, Komponist oder Pianist oder beides, hatte wohl ein Konzert genutzt, und die hier hatten ihm das Blaue vom Himmel runter versprochen. Er kommt her, lässt das W am Ende von Markow weg, hängt zwei F an, heiratet und hofft. Gute Menschen spenden für einen Flügel, ist aber nichts mit der großen Karriere. Der Hype verraucht. Keiner lädt ihn ein, keiner führt ihn auf, keine Platte, kein Auftrag. Er fängt an mit Klavierunterricht. Sie bekommen die Tochter, die Frau war irgendwas in der Verwaltung, er ist weiter erfolglos, dann stirbt ihm die Frau, er hängt sich auf. So gehen die Dinge. Malen kann man das nicht.«

Sahlfeldt hatte plötzlich das Gefühl zu schwanken. Er legte seinen Arm um Tiecks Schulter. »Ich war grade noch sehr guter Laune.«

»Es ist, wie es ist. Keiner hat verstanden, dass er seine kleine Tochter einfach so im Stich lässt.«

»Einfach so hängt man sich nicht auf.«

»Wer kennt die russische Seele, erst hat die Kirche sich um das Mädchen gekümmert, dann der Direktor ihrer Schule, wie hieß der, egal, es ist jedenfalls was aus ihr geworden, die Stadt kann verdammt stolz sein, und der Vater, ich glaube ja nicht dran, aber der vielleicht auch.«

Jo deutete nach oben, als ob das, woran er nicht glaubte, einen Ort in der Höhe hätte. Stumm standen sie nebeneinander, zwei Männer Ende Sechzig, die aus der Tragödie des Pianisten abschweiften ins eigene Leben und seine Abgründe, denen sie mit Glück entkommen waren. Darüber zu sprechen wäre ihnen nicht eingefallen.

»An deiner Stelle«, unterbrach Sahlfeldt das Schweigen, »würde ich wirklich Reinhild fragen, ob die Justizbehörde dieses Bild nicht für die große Halle unten im Eingang kaufen könnte.«

»Körber, jetzt ist es wieder da«, sagte Jo, »Körber. Er hieß Körber.«

»Wer?«

»Der Schulleiter. Wurde sehr gelobt in der Zeitung. Hat das arme Kind, glaube ich, adoptiert. Guter Mensch.«

Er kehrte zu den Plastiksesseln, dem Spiegeltisch und der blauen Flasche zurück, nahm noch einen Schluck und verzog sich auf das mit Decken belegte Sofa an der gegenüberliegenden Wand. »Ich hab jetzt Lust, vor meinem Bild einzuschlafen. Weil es schön ist, davor zu erwachen, wenn es fertig ist. Aber ich glaube, dann ist Nacht.«

»Ja. Ich bin jetzt weg, Jo.«

»*Wenn* es fertig ist. Verstehst du? Ich habe noch nie in meinem ganzen Leben etwas gemacht, das fertig war.«

»Keine Sorge«, murmelte Sahlfeldt, »am Ende schafft es jeder.«

Er schloss die Ateliertür hinter sich. Der Nachmittag war grau und nass, es nieselte, Sahlfeldt zog den Reißverschluss seiner Lederjacke zu, stellte den Kragen hoch und lief flussaufwärts über das glänzende Kopfsteinpflaster des alten Treidelpfads am Ufer der Stadtmitte zu. Nach Hause wollte er nicht gehen, dort reinigte Gençay Güler die Räume und war bei ihrer Arbeit am liebsten allein.

Tieck lebte und malte in einem der flussabwärts liegenden Speicherhäuser aus dem achtzehnten Jahrhundert, das er mit Unterstützung einer inzwischen verstorbenen Mäzenatin nach seiner Rückkehr aus Paris erworben und für seine Bedürfnisse hergerichtet hatte. Seine Atelierfeste in den späten Achtziger und frühen Neunziger Jahren, als seine Gönnerin noch lebte, waren legendär – und auf einer solchen Party waren Reinhild, damals noch Kuhn mit Nachnamen, und Sahlfeldt, seit kurzem erst zurück von seiner Ausbildung in Berkeley, einander begegnet. Jo Tieck, der Reinhild für sich selbst eingeladen hatte, erkannte an diesem Abend, dass er gegen seinen Freund Hans keine Chance hatte, und fand sich drei Jahre später mit der Rolle als dessen Trauzeuge ab.

Die Scheidung kommentierte er dann: »Das hättet ihr euch früher überlegen sollen, jetzt bin ich zu alt.«

Nach der Trennung hatte das Paar sich zunächst alle vier Wochen getroffen, obwohl die Dinge aufgeteilt und kaum noch etwas ungeklärt war; dann nur noch alle drei Monate. Schließlich hatte Reinhild darum gebeten, den Rhythmus aufgeben und sich nur noch je nach Laune zu verabreden. Hans sah keinen Anlass, zu widersprechen.

Der Ort für die Gespräche war das aus der Ehe gewohnte italienische Restaurant *Bocca della Verità*, dessen Wirt Ettore sie wie Freunde begrüßte.

Sie hatten das *Bocca* vor Jahren zu ihrem Stammlokal gemacht, als ihnen das häusliche Kochen am Abend der Arbeitstage lästig wurde. Ettores Restaurant war Teil ihres Alltags geworden, und der Piemonteser bestätigte, ohne es zu wollen, durch die Selbstverständlichkeit seiner Begrüßung ihren Eindruck, dass ihr Leben in Wiederholungsschleifen verlief.

Irgendwann war ihnen die Neugier abhanden gekommen, und sie hatten sich, ohne es zu bemerken, aus dem Blick verloren. Dagegen half nicht, dass Ettore die Menükarte, Reinhild die Haarfarbe wechselte und Hans sich einen Bart stehen ließ. Im eigenen Fall versagten ihre beruflichen Kompetenzen. Sie saßen sich im *Bocca della Verità* gegenüber, und wenn die Ereignisse des Arbeitstags erzählt waren – ihre anonymisierten Familienstreitfälle, seine anonymisierten Patientennöte – verstummten beide in träger Übereinstimmung, prosteten sich abschließend mit Grappa zu und verschwiegen voreinander, während sie rauchend durch die Nacht schlenderten, ihre mit jedem Schritt wachsende Unlust an der gemeinsamen Heimkehr.

Weil es am Gericht Mode geworden war, hatte Reinhild sich für einen Tangokurs eingeschrieben. Hans tanzte nicht. Sie hatte dort eine fast zehn Jahre jüngere, geschiedene Frau kennen gelernt, mit der sie, weil es nicht genug männliche Tanzpartner gab, das Training der Biegungen und Schwünge absolvierte. Für beide überraschend entwickelte sich die körperliche Übung für sie und ihre Partnerin Lilly Kaulfuß zu einer Sehnsucht, der sie nach einem der Tanzstundenabende zuhause bei Lilly nachgaben. Die erste erotische Erfahrung mit einer Frau versetzte Reinhild in einen Aufruhr der Gefühle, mit dem sie nicht mehr gerechnet hatte.

Hans war zu einem Tagungsvortrag zur *Familiären Übertragung von Traumata* in einem Schweizer Alpenhotel und hatte sich in der selben Nacht, in der Reinhild und Lilly sich liebten, erfolgreich den Avancen einer Baseler Musiktherapeutin widersetzt.

Als Reinhild ihm zwei Monate später den Grund für ihren Entschluss nannte, sich von ihm zu trennen, und von Lilly Kaulfuß als ihrer entschiedenen Liebe sprach, rechnete er mit Schmerz, Hass, gekränkter Eitelkeit. Oder Neid darauf, dass Reinhild, zehn Jahre jünger als er, noch einmal ein neues Leben begann. Doch alles, was er registrierte, war Erleichterung – und die Verwunderung darüber, dass er keine Eifersucht spürte. Lag es daran, dass sie sich nicht für einen anderen Mann entschieden hatte? Reinhild hatte ihn nicht verlassen, sondern war in eine andere Welt übergesiedelt, mit der ihn nichts verband und in der er weder gewinnen noch verlieren konnte. Sie hatte ihn nicht aus ihrem Leben verstoßen, sondern war aus seinem verschwunden.

Am Morgen nach ihrem Geständnis rasierte er sich den Bart ab. Ein winziger Schnitt ließ ihn innehalten. Er sah sein Gesicht im Spiegel, beobachtete die kleine Blutung und begriff, dass Reinhilds Trennung ihn überhaupt nicht verletzt hatte. Seine Hauptsorge war, wie er Gençay Güler beibringen sollte, dass sie von nun an für ihn allein arbeiten würde.

Er betrat das *Only4theRich*. Die Bar war schon geöffnet, aber noch leer, bis auf eine alte Dame in violettem Kostüm und mit silbrigem Hütchen, die in vornehmer Haltung an einem Lacktisch neben der Tür saß und in langen Abständen ihren giftgrünen Cocktail durch einen Strohhalm aus dem Glas saugte.

Der Kellner lief ihm entgegen, nahm ihm die nasse Lederjacke ab, hing sie in der Garderobe auf einen Bügel, kam wieder und reichte ihm ein frisches Geschirrhandtuch.

»Wenn Sie möchten? Von wegen goldener Oktober...«

Sahlfeldt trocknete seine Haare und gab das Tuch zurück. Der Kellner ging hinter die Bar. Sahlfeldt wusste, dass der zuvorkommende Mann jetzt an die junge Frau dachte, die seinen Gast beim letzten Besuch begleitet hatte – auch wenn er sich nichts anmerken ließ und in vertraulichem Ton vorschlug:

»Ich empfehle in dieser Lage einen Pfefferminztee mit einem gehörigen Schuss Averna.«

Sahlfeldt war zu erschöpft, um zu widersprechen. Er setzte sich auf einen Barhocker und sah sich um. Die dämmrige Leere im Raum kam ihm vor wie sein Leben, bevor Lenja darin aufgetaucht war; er sah sie plötzlich an der Tür stehen, als sei sie eben eingetreten, ein Luftbild wie aus Fleisch und Blut, und als es sich auflöste, begriff er an seinem wachsenden Gefühl der Leere, wie sehr er sich bereits nach ihr sehnte. Die alte Dame hob den Kopf und sah zu ihm her.

Er wandte sich ruckartig der Theke zu und sah die Tasse, die der Kellner vor ihn hingestellt hatte.

»Wie gesagt, Pfefferminztee mit Averna. Vorsicht, er ist heiß.«

»Danke. Hoffentlich hilft es.«

»Ein altes Hausmittel meiner Schwiegereltern, die beide über hundert wurden. Leider.«

Der Tee schmeckte so scheußlich, wie er roch.

6

TIEFENBACH LIESS SICH WEGEN einer Erkältung entschuldigen. Hans Sahlfeldt hatte einen therapiefreien Tag und lief allein durch den frischen Schnee.

Die weiße Fläche des Sees lag vor ihm als glitzernde Blendung, die bis zum Schattenriss der Berge reichte. Hans stand auf dem Steg und spürte vor diesem Übermaß an Licht eine Welle ungemischter Freude in sich aufsteigen, ein Hochgefühl wie an jenem Sonntag seiner Kindheit, an dem Eltern und Onkel und Tanten ihm zu seiner Konfirmation gemeinsam einen Plattenspieler mit drei Geschwindigkeiten und Wechslerstab geschenkt hatten.

Er schloss die Augen und rief sich den Tag in Erinnerung, sah sich als dreizehnjährigen Knaben in schwarzem Anzug, weißem Hemd und silberner Fliege vor dem hellgrünen Koffergerät der Marke *Elac* stehen und jubeln. Sein Vater hatte nach eingehender Beratung durch den Radiohändler diesen Plattenspieler ausgesucht, der jetzt vor dem Sohn stand wie ein elektrischer Engel, der ihm die Tür zur Welt der Musik öffnen würde. Wer dort Zugang hatte, war erwachsen.

Zwei 45er-Platten in Überlänge lagen auf dem Tisch, die *Wut über den verlorenen Groschen* von Beethoven, vier *Ungarische Tänze* von Brahms, Haydns *Kindersymphonie*, in der ihn das Schnarren der Ratschen irritierte. Seine Schwester hatte ihm eine 33er-Langspielplatte geschenkt, mit goldgrünem Band umwunden und einer großen Schleife verschlossen, das *B-moll Klavierkonzert* von Tschaikowski, dessen fünf Anfangstöne er noch am Abend mit seiner Schwester als Erkennungspfiff vereinbarte. Der Vater wies ihn an, Platten und Gerät pfleglich zu behandeln, all diese Dinge seien teuer und empfindlich, eine übrigens, wie er anmerkte, häufig zu findende Kombination. Die mitschwingende Botschaft, dass er sich der Geschenke erst noch würdig erweisen müsse, ignorierte der Konfirmand. Er fühlte sich unendlich reich und wusste noch nicht, dass sich die Wonne, ein einzigartig beglücktes und endlich ernst genommenes Kind zu sein, nie wieder einstellen würde. Der Widerschein der Hochgestimmtheit von damals ließ ihn lächeln. Er öffnete seine Augen, kniff sie zusammen und betrachtete das Eislicht auf dem See: *Kindheit*, das Wort tauchte als Schrift in ihm auf. Er dachte an das Schweigekind Hanna und stellte sich das achtjährige Mädchen vor. Was er sah, war Lenja, verletzlicher und ohne Gewissheit. Er schloss die Augen wieder und versuchte, das Gesicht genau zu erkennen. Es war starr wie eine Maske.

Am Tag nach seinem Besuch bei Jo Tieck hatte Lenja ihre Tochter im Internat besucht und war anschließend zum zweiten Gespräch in Sahlfeldts Praxis gekommen.

Sie hatte auf einem späten Nachmittagstermin bestanden, weil sie nicht früher vom Internat zurück sein konnte, das rund hundert Kilometer entfernt lag, und er hatte sich bereit erklärt, die Stunde um achtzehn Uhr beginnen zu lassen.

Lenja war pünktlich, begrüßte ihn flüchtig und nahm in einem der weißen Sessel Platz.

Sahlfeldt setzte sich auf der anderen Seite des Glastischs ihr gegenüber. Die knabenhafte Ungeduld, mit der er sie erwartet hatte, ließ nach. Wie zu Beginn einer Therapiestunde nahm er seine innere Distanz ein.

Von ihm darum gebeten, berichtete sie von ihrer Kindheit, schilderte ihren russischen Vater Valentin, wie er in den Nächten am Flügel gesessen, Tschaikowski, Liszt, Rachmaninow und seine eigenen Kompositionen gespielt hatte: für seine Frau und die kleine Tochter ein Mann der Freude, der Stärke, des Widerstands, der Empörung und des Verlangens. Nach dem Tod seiner Frau, den Lenja nur mit einem halben Satz und ohne das Wort *Mutter* streifte, schien auch er sein Leben mehr und mehr zu verlieren, hörte auf, nachts zu spielen und öffnete den Flügel bloß noch als Lehrer für lustlose junge Klimperer, an deren Talent nur deren Eltern glaubten.

Scheinbar ungerührt erzählte Lenja von ihm, fügte ihre Erinnerungen zu einer kurzen Reportage über eine dritte Person zusammen, so, als stünde sie selbst außerhalb des Geschehens und käme in ihrem eigenen Gedächtnis nicht vor.

Sahlfeldt hörte zu, ohne sie zu unterbrechen.

Er spürte, dass sie wichtige Erfahrungen aussparte und die Hoffnungen und Ängste, die sie als Kind in sich getragen hatte, für sich behielt. Doch bevor er nachfragen konnte, kam sie unvermittelt auf ihre Tochter zu sprechen und erklärte alles, was sie von ihrer Kindheit berichtet hatte, zur unwesentlichen Ablenkung von der Tatsache, dass Hanna schwieg.

Darüber war es spät geworden.

»Meinetwegen müssen Sie kein Licht machen, bitte, ich kann dann besser reden. Okay? Ich habe Hanna nicht gesagt, dass ich hier mit Ihnen über sie spreche, sie weiß es nicht, sie muss es nicht wissen. Sehen Sie jetzt zu mir her?«

»Nein, Frau Markoff, ich schließe wie Sie die Augen, ich versuche, Sie durch Ihre Worte zu sehen, das ist mein Beruf.«

»Haben Sie schon einen Verdacht, warum Hanna schweigt? Oder sogar eine Diagnose?«

»Wie sollte ich«, sagte er, »Hanna müsste herkommen, bevor sie nach England geht. Auch wenn Sie jetzt überzeugt sind, dass ein Ortswechsel und ein Wechsel der Sprache die Therapie überflüssig macht: Wäre es nicht beruhigend, zu wissen, warum Hanna sich entschieden hat zu schweigen?«

»Entschieden?«

»Ich nehme an, es hat ihr niemand befohlen, und es gibt wohl auch keine körperliche Ursache, sonst wären Sie nicht zu mir gekommen, sondern zu einem HNO oder einem Logopäden.«

»Es geschah von heute auf morgen«, sagte sie schnell. »Im Internat. Die Lehrer hofften, dass sie mit mir wieder sprechen würde. Aber sie tut es nicht.«

Sahlfeldt schlug den Block auf, den er auf den Knien hielt, und notierte etwas. Jedenfalls tat er so. Es steigerte die Aufmerksamkeit der Patienten – die meisten glaubten erst, wenn er mitschrieb, dass ihre Mitteilungen ernst genommen wurden. Er war sicher, dass Lenja unter den Lidern hervor zu ihm her sah.

»Möchten Sie mir noch etwas mehr über Ihre Mutter erzählen, Lenja? Sie erlauben doch, dass ich Lenja sage, ich heiße Hans, es erleichtert die Gespräche sehr, schließlich geht es nicht um Höflichkeit, sondern um Gefühle, ist Ihnen das recht?«

Die Frau gegenüber, die er nur noch als Schatten im helleren Sessel wahrnehmen konnte, schwieg. Plötzlich drang ein letzter Abglanz der Sonne, deren Untergang hinter den Wolkenschichten über der Stadt kaum sichtbar gewesen war, hinterm Horizont herauf und schüttete ein schmutziges Rosa durch den Himmel. Sein Schein fiel ins Zimmer, und Sahlfeldt konnte das Gesicht von Lenja Markoff erkennen. Es kam ihm so vor, als sehe sie zufrieden oder erleichtert aus. Sie hatte die Augen noch immer geschlossen. Er wartete. Nach kaum zwei Minuten verlief sich die Färbung des Himmels in einem aschgrauen Restlicht. Lenja öffnete die Augen.

»Wir sagen jetzt Du zueinander?«

»Nein, wir bleiben beim Sie, Vorname und Sie. Es ist ja kein Angebot, Bruderschaft zu trinken. Es geht nur um eine Art von Leichtfüßigkeit auf dem Weg, den wir in dieser Stunde gemeinsam gehen.«

»Wie Sie wollen, mir egal.«

Er legte den Block auf den Glastisch und lehnte sich vor.

»Sie möchten, dass Hanna wieder zu Ihnen spricht.«

»Natürlich.«

»*Sie* wollen Hanna hören. Das ist zur Zeit nicht *Hannas* Wunsch. Das ist der Wunsch ihrer *Mutter*. Das ist der sehnliche Wunsch von Lenja. Wie nennt Hanna Sie? Mama? Mutti? Oder nennt sie Sie beim Vornamen?«

»Sie sagt Mama zu mir.«

»Aber jetzt schon lange nicht mehr. Ich würde das schmerzlich vermissen.«

44

Lenja schwieg.

»Weiß Hannas Vater, dass sie verstummt ist?«

Sie lachte abfällig.

»Was *er* sich wünscht, wissen wir nicht«, stellte Sahlfeldt fest.

»Scheißegal.«

»Ich hätte gern einen Namen von ihm. Wir sprechen über Hanna, über Lenja und über mich, Hans, nur er heißt *Vater*, das ist –«

Sie stieß fast ohne Stimme hervor: »Er heißt nicht Vater! Er heißt überhaupt nicht!«

Sahlfeldt hörte ihr notgepresstes Keuchen und entschied sich, anders vorzugehen. »Stellen Sie sich vor, ich sei Hanna. Was möchten Sie mich fragen?«

Lenja schien zu überlegen. Dann sagte sie kaum hörbar: »Warum sprichst du nicht zu mir, Hanna?«

Sahlfeldt ließ die Frage auf sich wirken und folgte seinen Assoziationen. Dann antwortete er: »Ich kann nicht, Mama. An meinem achten Geburtstag ist was passiert, das kann ich nicht sagen, dir nicht, niemandem. Ich kann nur noch schweigen, oder schreien. Aber ich darf nicht schreien.«

Er hätte später nicht mehr sagen können, ob er sie mit diesen Sätzen, die er Hanna unterstellte, zu ihrem verräterischen Einwand verleitet hatte: Nach einer langen Stille sagte sie wie aus einem unbestimmten Raum zwischen Vergangenheit und Gegenwart vor sich hin:

»Aber sie weiß doch gar nichts davon.«

Er wartete ab, ob sie weitersprechen wollte. Sie schwieg, und er wich in eine allgemeine Bemerkung aus.

»Dass unsere Kinder nichts von uns wissen, Lenja, ist ein Irrtum, der Tragödien auslösen kann. Sie wissen oft mehr von uns als wir selbst, und immer mehr, als wir glauben. Die Lücken füllen sie mit Phantasie. Bestimmt haben Sie über Ihre Eltern auch mehr gewusst, als die glaubten.«

Sie lachte so laut auf, dass er zusammenzuckte. Ihr Lachen kippte in ein Schluchzen, das sie sofort unterdrückte.

»Wovon weiß Hanna nichts?«

Ihre Hände zuckten zum Kopf und pressten sich an die Ohren. Er stand auf, ging zur Tür, schaltete die Deckenbeleuchtung ein und dimmte sie auf halbe Stärke. Der Raum lag unter gleichmäßig mildem Licht. Lenja hatte sich unter Kontrolle. Sahlfeldt setzte sich. »Was ist eben geschehen?«

»Ich musste an meine Mutter denken. Sie ist an Krebs gestorben, sie war fünfunddreißig.«

»Und Sie waren acht.«

»Nicht ganz. Das wissen Sie schon.«

»Was für ein Krebs war es?«

»Sie hatte einen Gehirntumor.«

Er vermutete, dass sie dieses Trauma ihrer Kindheit auf Hanna übertragen hatte, und sagte: »Wenn man die Mutter verliert, gibt es keinen Trost.«

»Aber ich hatte ja meine große Puppe.«

»Von Ihrem Vater.«

Noch konnte er sich die Puppe nicht vorstellen und entschied sich, weiter nach dem Vater zu fragen.

»Bei dem sind Sie dann aufgewachsen.«

»Nein.«

Sie legte sich die Hände vor den Mund.

Wenn seine Patienten wortkarg wurden oder nicht mehr sprechen wollten, versuchte Sahlfeldt, mental mit ihnen in Verbindung zu treten; er hatte die Erfahrung gemacht, dass er manchen Menschen aus ihrer Verstummtheit heraushelfen konnte, wenn er sie mit seinen Gedanken zu erreichen versuchte. Für ihn war das kein esoterisches Experiment, sondern eine erprobte Methode. Einige Male hatte er seine therapeutischen Schlussfolgerungen auf diese Weise ›ausgesandt‹, und die Patienten dazu gebracht, ihr Schweigen zu brechen, um gegen seine nicht geäußerten Sätze zu protestieren oder einen unausgesprochenen Vorschlag aufzugreifen, als sei er ihnen selbst eingefallen.

Lenja schien seit seiner Frage nach ihrem Vater unerreichbar fern zu sein. Sie hatte wieder die Augen geschlossen, die Hände in den Schoß gelegt, atmete aber schnell, und ihre Finger hielten nicht still.

Einer Intuition folgend stand er auf, ging zum Lichtschalter an der Tür, knipste ihn aus, fand zu seinem Sessel zurück und setzte sich. Sahlfeldt versuchte, mit Lenja verbunden zu bleiben. Er schloss die Augen und sah ein Kind in einem Mantel auf einer sonnig leuchtenden Brücke, es öffnete den Mund und schrie, doch er hörte es nicht. Dann verlor er das Bild und begann zu frieren, die Kälte schien sich von der innersten Stelle seines Körpers bis an die Haut auszuweiten, sein Herzschlag beschleunigte sich, die Brücke hob sich wieder in seinen Blick, sie lag unter einem Himmel am Ende der Nacht und bestand jetzt aus vernieteten Eisenträgern. Das Kind flüchtete über sie. Er konnte es sehen.

Es war noch dunkel, als Lenja das Haus verließ, den hellblauen Mantel über dem Nachthemd. Die nackten Füße in rosa Gummistiefeln. Berufsverkehr in der Straße. Es war Viertel nach Sechs. Sie wusste nicht, wohin. Das Kind lief über die eiserne Fußgängerbrücke zur anderen Straßenseite. Schneematsch auf dem Bürgersteig. Noch waren die meisten Geschäfte geschlossen. Im fahlen Licht der Straßenlaternen ragte die Sandsteinfassade der Laurentiuskirche vor ihr auf. Sie stieg die Stufen zum Portal hinauf. Es war nicht verschlossen. Mit aller Kraft stemmte sie sich gegen die Tür, die langsam nachgab und sie einließ. Das Kirchenschiff vor ihr, hoch und leer, von weißen Glasampeln spärlich erleuchtet. Hinter ihr fiel die Tür ins Schloss. Sie lehnte sich mit dem Rücken an das kalte Holz. Sie glaubte, sie sei gerettet, und versuchte, nicht an ihren Vater zu denken. Je mehr sie es versuchte, um so deutlicher spürte sie sein Gewicht.

Von der Last des Körpers und von seinem gehetzten Atem war sie erwacht. Er stank nach Wein. Sein Gesicht war ihr fremd.
»Bitte«, flüsterte der Vater und wiederholte: »Lenchen! Bitte!«
Sie schloss die Augen. Ihr Körper war Schmerz. Sie verschloss ihren Mund. Der Vater weinte plötzlich.
Er wälzte sich von ihr. Blieb auf der Seite liegen. Lenja hörte ihn wimmern. Es war nicht seine Stimme. Sie lag wach und still und mit offenen Augen neben ihm. Als er endlich schwieg, stand sie auf. Er

sah ihr nicht nach. Im Wohnzimmer zündete sie neben dem Foto der Mutter die Kerzen an. Dann lief sie in den Flur, zog ihren Mantel und die rosa Gummistiefel an, die ihr noch die Mutter gekauft hatte. Sie schloss die Wohnungstür hinter sich nicht.

Es hatte lange gedauert, bis ihr Vater und sie endlich über die Mutter sprechen konnten. Das Bild, auf dem sie lächelte, stammte aus einer Zeit, als sie noch nichts von ihrer Krankheit wusste. Valentin Markoff hatte es auf die Anrichte im Wohnzimmer gestellt und zu beiden Seiten weiße Kerzen entzündet. Er hielt Lenja dazu an, abends mit ihm davor zu knien und zu beten.

Später hatten sie sich mit Erinnerungen an die Mutter überboten. Hatten sich manchmal umarmt. Über Erlebnisse gelacht. Geweint hatte der Vater nie. Er gewöhnte sich an, dem Bild seiner Frau zuzuwinken, wenn er daran vorüberging. Häufig blieb er davor stehen, bewegte die Lippen in stummem Gespräch, konnte unversehens laut auflachen oder entschieden den Kopf schütteln, um sich dann, vorgebeugt horchend, von der nur ihm verständlichen Stimme überzeugen zu lassen und durch heftiges Nicken sein Einverständnis mit Plänen auszudrücken, von denen außer ihm und der Toten niemand wusste.

Seine Tochter beobachtete ihn. Sie fragte nicht.

Dann bemerkte sie, dass er mehr als eine Flasche Wein am Abend trank. Sie nahm ihm die zweite Flasche weg. Er bat sie darum, sie ihm zu lassen.

»Ich kann sonst nicht schlafen, Lenchen, ich war nie allein in diesem Schlafzimmer, ich will das leere Bett neben mir nicht mehr sehen, wir werden eine andere Wohnung finden.«

Sie ließ ihm den Wein; fühlte sich mehr und mehr für ihn verantwortlich; übernahm im Haushalt, was sie konnte; gewöhnte sich an, wie ihre Mutter zu nicken, wenn er sich beim Abendbrot über seine unbegabten Schüler beschwerte; stellte ihm das Alkaseltzer auf den Nachttisch, damit er morgens aufstehen und den Tag beginnen konnte. Erst wenn er in seinem russischen Hausmantel durch den Flur ins Bad schlurfte, brach sie auf in die Schule.

Irgendwann bat er sie, sich im Bett auf die Seite der Mutter zu legen.

»Wie früher, du weißt, noch mit fünf hast du dich immer zwischen uns gelegt. Ich muss dann auch weniger trinken, wenn ich nicht so allein bin.«

Das hatte Lenja verstanden. Noch zwei Monate, und sie war acht. Er trank weniger. Schlief ruhig. Manchmal las sie ihm vor wie einem Kind, er wollte, dass sie Puschkins Gedichte lernte. Stockend las sie: »Ich liebte dich: Vielleicht ist dieses Feuer in meinem Herzen noch nicht ganz verglüht; doch deine Ruh' ist mir vor allem teuer, durch nichts betrüben will ich dein Gemüt...« Er flüsterte die Verse russisch mit, und Lenja ahnte, dass er sich einbildete, sie von ihrer Mutter zu hören.

Ohne dass sie es verhindern konnte, begann er, wieder mehr zu trinken. Er vergaß ihren Geburtstag am 29. September und bat sie um Verzeihung. Zwei seiner fünf Klavierschüler wurden gekündigt.

Die Kirche war kalt. Lenja setzte sich nicht in die erste Bank. Nicht nah an den Altar mit dem Bild des Märtyrers Laurentius auf dem glühenden Rost. Sie wählte die Bank vor der Marienstatue im Seitenaltar. Die Muttergottes im goldenen Mantel war rein. Marias Kind war unschuldig. Lenja gehörte nicht mehr zu ihnen. Wagte nicht zu beten. Hoffte, ihre Mutter werde kommen und sie holen. Dann nahm Maria sie in ihren Mantel, wo das Schweigen dunkel und warm war und ohne Ende. Dort wollte sie bleiben.

»Was ist mit dir?«

Der Mann stand neben Lenja in der Bank.

Von seiner sanften Frage erwachte sie. Der Pfarrer der Laurentiuskirche trug keine Soutane, Horst Kolditz trug eine braune Strickjacke und ein weißes Hemd mit offenem Kragen.

Sie antwortete nicht. »Komm«, sagte der Mann und hielt ihr seine Hand hin. Sie folgte stumm.

Das Jahr, das mit dem Tod der Mutter begonnen hatte, blieb in ihr stehen, als gäbe es von jetzt an nur noch Vergangenheit.

Der Pfarrer Kolditz übergab das Mädchen seiner Haushälterin. Die entlockte ihr den Namen. Sie entdeckte am Nachthemd Blutflecken, zog Lenja ein T-Shirt und Socken des Pfarrers an, einen Pullover von sich und den Kindermantel darüber, und wollte mit ihr zum Arzt. Kolditz meinte, man müsse erst herausfinden, was passiert war, suchte im Telefonbuch Markoffs Nummer, rief an und ließ sich, als er niemanden erreichte, von Lenja den Weg zur Wohnung zeigen. Die Eingangstür war noch angelehnt.

Kolditz klopfte, wartete, trat ein, Lenja rief nach ihrem Vater. Am Ende des Korridors stand die Tür zum Musikzimmer offen. Der Pfarrer konnte sehen, dass der hochgedrehte Klavierschemel umgekippt war und auf dem Boden lag. Er herrschte Lenja an, sie solle im Flur bleiben. Als er ins Zimmer trat, fiel sein Blick zuerst auf den geschlossenen Flügel, auf dem eine große Puppe in einem schwarzweißen Kleid lag. Ihr Kopf mit langen dunklen Haaren fiel über den Rand. Dann sah der Pfarrer Valentin Markoff, blickte zu dem Lampenhaken in der Decke auf, bekreuzigte sich und drehte sich zu Lenja um, die ihm nachgelaufen war und schon gesehen hatte, wie ihr Vater im Strick hing.

»Wenn Sie möchten, können wir für heute aufhören, Lenja.«

Sahlfeldt blickte zu den Fenstern. Die Straßenlaternen warfen ihren gelben Lichtschein an die Zimmerdecke.

Lenja öffnete die Augen und kehrte aus dem langen Schweigen zurück. Als sei keine Zeit verstrichen, schloss sie an seine letzte Frage an.

»Ich bin nicht bei meinem Vater aufgewachsen. Er ist auch gestorben, nicht mal ein Jahr nach meiner Mutter. Also, er hat sich umgebracht.«

Sahlfeldt hörte dem Satz nach. Über die Tatsache hatte ihn Joachim Tieck informiert. Aber das *also*, mit dem sie die Mitteilung vom Selbstmord ihres Vaters eingeleitet hatte, irritierte ihn.

»Das muss entsetzlich für Sie gewesen sein.«

»Er hat Mutters Tod nie verwunden, der Schmerz war zu groß, denke ich.«

»Haben Sie das damals auch gedacht?«

Sie schwieg.

»Vielleicht«, half Sahlfeldt ihr, »war nicht der Schmerz um seine Frau zu groß, sondern seine Liebe zu seiner Tochter zu klein?«

Sie reagierte schnell. »Nein. Nein, das nicht.«

»Was nicht.«

»Seine Liebe für mich. Sie war nicht zu klein!«

»Ich versuche nur zu verstehen, warum er Sie allein gelassen hat.«

Lenja atmete ein, um zu antworten, brach ab, nach einer Pause setzte sie erneut an und sagte:

»Ich war es.«

»Was waren Sie?«

»*Ich* habe *ihn* allein gelassen«, stieß sie hervor.

»Dann war also *er* das Kind?«

Wieder legte sie sich beide Hände vor den Mund, doch diesmal kicherte sie über seine Frage. Aber sie antwortete nicht.

»Warum werfen Sie sich vor, ihn allein gelassen zu haben?«, fragte er.

Sie ließ die Hände sinken und schwieg.

»Glauben Sie, dass Hanna Sie allein gelassen hat, als sie aufhörte zu sprechen?«

Lenja schüttelte heftig den Kopf. »Wir lassen uns nie allein.«

»Letzte Frage heute«, sagte Sahlfeldt. »Wenn ein Wunder geschehen würde und Ihr Problem über Nacht verschwunden wäre, – woran würden Sie es nach dem Aufwachen merken?«

Sie sah ihn verständnislos an. »Ich habe kein Problem. *Hanna* hat ein Problem, und sie würde es daran merken, dass sie wieder redet, was ist das für eine Frage?«

»Das ist die Wunderfrage.«

Er beendete die Stunde mit der Gewissheit, dass Lenja Markoff in der dunkelsten Kammer ihrer Seele etwas vor ihm verbarg, das für sie noch schlimmer war als der Tod der Mutter und der Tod des Vaters. Seine Erfahrung sagte ihm: Was Kindern mehr weh tut als der Tod, ist der Verlust der Liebe.

Lenjas dritter Brief

Sie sind nicht ehrlich. Angeblich geht es Ihnen um Hanna, tatsächlich aber spionieren Sie mein Leben aus. Hören Sie auf damit! Versuchen Sie nicht, weiter vorzudringen! Ich will es nicht und werde es nicht zulassen! Sie haben kein Recht, sich in meinen Erinnerungen herumzutreiben, als gehörten Sie dazu! Sie sind ein Fremder, ein aufdringlicher Eindringling, Sie wissen nichts, Sie haben keine Vorstellung von mir! Halten Sie mich für schwach? Glauben Sie, ich könnte mich nicht wehren gegen Ihre psychologische Übervorteilung? Ihre Tricks, Ihre Instrumente, Ihre verlogene Ich-verstehe-dich-und-ich-bin-der-einzige-der-dich-versteht-Attitüde? Sie können noch Tage lang fragen und vermuten, und Sie werden doch nichts von mir wissen. Und selbst wenn ich meine Geschichte bis in die letzten Geheimnisse vor Ihnen ausbreiten würde: Was wäre das dann? Ein therapeutischer Erfolg? Was würden Sie damit anfangen? Befriedigt Sie es, das Leid anderer Menschen in- und auswendig zu kennen, besser als die Menschen selbst, die daran leiden, dass ihnen keiner half, als sie heulend um Hilfe gebeten und gebetet haben?
Ich habe Sie aufgesucht, damit Sie Hanna wieder reden machen. Und nicht damit Sie mich begutachten wie ein Insektenforscher seine aufgespießten Käfer.
Was beabsichtigen Sie? Und warum? Wissen Sie, dass Sie mir Gewalt antun? Ich hatte eine Art Vertrauen, ja, ein großes Wort, ich hatte so was wie Wohlfühlen, wenn wir miteinander sprachen. Das gab es lange, sehr lange nicht. Außer in meiner Arbeit. Aber bei einem Mann? Vielleicht bilden Sie sich ein, dass Sie eine Art Wunderheiler sind, Franziskus, Jesus, ein Schamane, weiß der Himmel, aber Sie sind nichts als ein neugieriger Typ, der in den Seelen anderer Leute herum stochert, bis er den Punkt gefunden hat, wo es ihnen weh tut, so sehr weh tut, dass sie nicht anders können als zu heulen, und dann drücken Sie fester auf den Trigger und sind zufrieden, der Schmerz ist Ihr Erfolg. Danach ein paar Trostworte und Lob für die Tränen.

Aber die Leute müssen ab dann damit leben, dass sie ihr tiefstes Geheimnis, ihr Eigenstes, ihr Liebstes, das sie ein Leben lang gehütet haben wie ihren Augapfel, ihre schlimmste Wunde, die ihr wichtigster Besitz war, die sie umwickelt und versteckt haben wie eine Mumie, dass sie diesen einzigen Besitz, den man ihnen gelassen hatte, an einen Shrink verraten haben. Wissen Sie, wie es ist, wenn man nichts mehr hat als seinen Schmerz? Und den soll ich vor Sie hinwerfen? Ich war fast so weit, meine allerinnerste Kammer aufzuschließen für einen Spanner, der sich was darauf einbildet, verborgene, elende Schicksale, unerträgliches Leid zu sammeln und zu horten und betrachten zu können als seine höchstpersönliche Triumphgalerie. Sie sind ein Seelen-Paparazzi wie alle anderen, nach unseren Gesprächen sitzen Sie in Ihrer Wohnung vor den Bildern, die ich Ihnen ausgeliefert habe, und daraus basteln Sie sich eine Lenja Markoff, wie Sie sie gern hätten, und der Sie zumuten dürfen, was Sie wollen, weil Sie angeblich mein gütiger Freund sind.

Nein.

Nein!

Ich lasse nicht zu, dass Sie meine Seele ausweiden, ich lasse nicht zu, dass meine Sehnsucht nach Vertrauen mich selbst entmündigt. Ich drehe den Spieß um: Sie werden *mir* vertrauen, Hans Sahlfeldt! Sie werden meiner Puppe vertrauen, meine liebe Nele wird Sie ansehen mit ihren toten Augen und damit in Ihre Seele blicken wie kein lebendiger Mensch es könnte! Sie werden meiner Hanna und mir vertrauen. Wir werden in Ihr Leben eindringen. Wir werden zuhören, wenn Sie Ihren Schmerz preisgeben. Und dann, wenn Nele und Hanna und ich Ihnen alle Ängste entlockt und ihnen den Boden unter den Füßen weggerissen haben, dann wird sich herausstellen, wer von uns beiden besser mit enttäuschtem Vertrauen und mit seiner kalt gewordenen Hoffnung leben kann. Dann vielleicht, dann werden Sie begreifen, wie ich handeln muss. Weil sonst in meiner Seele nie mehr Ruhe sein wird. Aber vielleicht flüchten Sie ja vorher. Ja, wahrscheinlich flüchten Sie. Vielleicht halten Sie stand. Ich weiß nicht.

7

Sahlfeldts sonntäglicher ›Kirchgang‹ bestand darin, dass er morgens mit der Straßenbahn zur Endstation vor die Stadt fuhr, wo von April bis Oktober der Kastaniengarten einer Gastwirtschaft am oberen Flusslauf geöffnet war. Im Sommer frühstückte er dort in ländlicher Umgebung, bevor er auf dem Uferweg in die Stadt zurück wanderte. Jetzt waren die Tische und Bänke wegen des kühlen Regenwetters der letzten Septemberwoche früher als sonst eingelagert worden.

Er durchquerte den leeren Wirtsgarten und schlug, flussabwärts laufend, auf dem ehemaligen Treidelpfad seinen Weg zur Stadtmitte ein, die er in seiner gemächlichen Gangart nach etwa zwei Stunden erreichen würde.

Unter dem klaren Himmel lag dunstiges Oktoberlicht auf dem Fluss und seinem Uferbewuchs. Der Kälte der letzten Tage war über Nacht eine herbstliche Wärme gefolgt, die einen langen Nachklang des Sommers versprach.

Sahlfeldt nutzte seine Spaziergänge, um die Fälle zu durchdenken, die ihn in der vergangenen Woche beschäftigt hatten, vor allem aber genoss er es, die Natur in den Zyklen des Jahrs zu betrachten, die wechselnden Farben des Wassers, in dem das Wolkentheater sich doppelte; die Erlen und Weiden, von denen viele seit seiner Kindheit hier wuchsen und ihm noch immer vorkamen wie verhexte Menschen.

Von der Wilhelmsbrücke an setzte sich der Weg in der gepflasterten Uferpromenade fort, die nach einem Kilometer hinter der Herrmannsbrücke endete.

Auf den Bänken zwischen den Laternenpfählen der Promenade saßen, wenn es das Wetter zuließ, auch werktags Einheimische und Kurgäste, blickten aufs fließende Wasser und bildeten eine Kulisse, die, übersah man die Mode, aus dem neunzehnten Jahrhundert hätte stammen können. Sahlfeldt hatte sich den Blick dafür bewahrt, dass die Stadt etwas Unzeitgemäßes hatte, so als trotzte sie der stürmischen Gegenwart. Er fühlte sich wohl in diesem Klima von Sicherheit und Anstand, auch wenn die Konflikte, mit denen er in seiner täglichen Arbeit konfrontiert wurde, die Risse im bürgerlichen Selbstvertrauen und die Doppelbödigkeit der Ordnung offenbarten.

Er lief nicht gern durch die Innenstadt, weil er Patienten nicht begegnen wollte und den Lebensunmut in den Gesichtern der Passanten schlecht ertrug.

Um nach Hause zu gehen, wandte er sich von der Uferpromenade ab zur ansteigenden Fußgängerzone, drehte sich, einer plötzlichen Eingebung folgend, noch einmal zum Fluss um und blickte von hinten auf die Parkbänke. Er sah den Rücken einer Frau, wusste, dass es Lenja sein musste und war sofort wieder gepackt von der jugendlichen Verwirrung, die er zwei Tage zuvor in der Therapiestunde unterdrückt hatte.

Sie war nicht allein.

Das dunkelhaarige Mädchen, das den Kopf an ihre Schulter lehnte, kam ihm für fast neun Jahre klein vor. Lenja hatte ihre Tochter wohl für das Wochenende zu sich geholt.

Er stellte sich hinter die Bank.

»Hanna?« Das Mädchen reagierte nicht.

Lenja drehte den Kopf, sah zu ihm auf und lächelte ihn an, als habe sie ihn erwartet.

»Darf ich Ihnen Nele vorstellen? Meine Puppe, meine liebe Puppe.«

Sahlfeldt lief um die Bank nach vorn, Lenja nahm Neles hölzerne Hand und streckte sie ihm hin. Er beugte sich, ergriff sie unbeholfen und sah sich bereits als Teil einer Komödie. Die Puppe trug ein schwarzweiß kariertes Kleid, weiße Kniestrümpfe, schwarze Lackschuhe mit silbernen Schnallen. Das rötlich braune Haar war straff nach hinten gebunden und zu einem Pferdeschwanz gefasst.

»Das ist Herr Sahlfeldt, Nele, Hans Sahlfeldt, er ist ein Shrink, du weißt doch, was ein Shrink ist, nein? Herr Sahlfeldt kann es dir sicher sagen, nicht wahr, Hans?«

Er ließ los, Neles Arm fiel zurück, die Hand klackte auf die Bank. »Ich habe mich über Sie kundig gemacht. Jetzt weiß ich, dass Sie berühmt sind. Aber ich wusste nicht, dass Sie mit Ihren Kunstwerken Ausflüge an unser schönes Flussufer machen.«

Lenja drehte Nele mit dem Gesicht zur Lehne.

»Jetzt ist sie eingeschnappt. Nele ist keine meiner Skulpturen, sie ist meine Puppe. Man sieht doch, dass sie eine Puppe ist. Ich habe keine einzige Skulptur mit Namen Nele geschaffen, meine Werke tragen Zahlen. Sie sollten Nele etwas sagen, das sie besänftigt.«

Er setzte die Komödie fort. »Es tut mir leid, Nele. Ein Shrink ist ein Psychiater. Ich bin kein Shrink. Ich bin Psychotherapeut.«

Sie packte die Puppe am Nacken und drehte sie Sahlfeldt wieder zu. Ihre starren, matten Augen sahen ihn an, er wich dem Blick aus.

»Sie kommen ganz bestimmt zur Vernissage?«

Er nickte. »Ist das *die* Puppe? Die von damals?«

»Ein bisschen muss ich ab und zu am Gesicht was malen, sie wird ja auch älter. Und sie sieht nicht mehr so gut.«

Sie reichte ihm ihre Hand, er spürte ihre Haut, die Wärme, die Kraft ihrer Finger. Er wollte sie nicht loslassen. Sie entzog sich.

»Nele hat heute viel zu tun gehabt, sie muss früh ins Bett.«

Jetzt erst sah er, wie blass das Puppenmädchen im schwarzweißen Kleid war, wie tief die Schatten unter den Augen lagen. Ein kindliches und zugleich erfahrenes Antlitz, das etwas in sich verschloss. Lenja ergriff die Puppenhand und streichelte sie. An Neles Unterarm entdeckte Sahlfeldt quer verlaufende, gemalte rote Linien.

»Hanna freut sich sehr auf England!«, sagte Lenja. »Sie hatte kleine Karten für mich vorbereitet, lauter Antworten, als ob sie meine Fragen schon im Voraus kennen würde. Ich rufe sie jetzt jeden Tag an, und irgendwann wird sie nicht mehr schweigen, und ich werde nicht mehr allein reden und meine Fragen selbst beantworten müssen. Übrigens hat sie mir einen Traum aufgeschrieben. Ein Märchen. So was. Vielleicht können Sie daraus etwas erkennen, was uns hilft? Wollen Sie?«

Sie blickte auf und reichte ihm ein Blatt Papier. Er nahm es an und sah die runde Kinderschrift.

Lenja legte die Hand auf seinen Arm. »Lesen Sie's später. Hanna weiß übrigens nicht, dass ich mit Ihnen über sie spreche. « Sahlfeldt faltete das Blatt Papier, steckte es ein, wandte sich um und ging ohne Abschied, als wollte er fliehen.

Hannas Traum

Ich laufe durch die Nacht, mit einem Hund. Er gehört mir. Oben sind die Sterne und der Mond. Dann rutscht der Mond runter und ist weg, die Sterne gehen aus. Es ist ganz dunkel. Ich bleibe stehen und hocke mich auf den Boden, der Hund legt sich neben mich und drängt sich an mich. Es wird langsam hell. Mein Hund ist auf einmal eine dicke, schwarze, glänzende Schlange. Die Schlange richtet sich auf, und ihr Kopf ist ganz nah vor meinem Gesicht. Sie macht das Maul auf und streckt ihre Zunge raus, die ist aber eine Hundezunge. Ich habe Angst und laufe davon. Ich habe ein schwarz weiß kariertes Kleid an. Ich komme auf eine Wiese. Weiter hinten ist ein Wald. Es ist jetzt richtig hell. Ich kann sehen, dass meine Füße und meine Beine aus Holz sind, ich kann immer schwerer laufen, dann muss ich stehen bleiben. Und da bin ich auf einmal ein Baum. Ich kann mich selber sehen, ich stehe in der Wiese, so ein Obstbaum, mit lauter weißen Blüten.

Die Schlange kriecht meinen Stamm rauf und durch die Äste. Sie frisst meine Blüten ab. Ich habe immer noch Angst. Aber es tut nicht weh.

Dann steht eine Frau auf der Wiese. Sie hat schwarze Haare. Hinter ihr windet sich eine rote Schlange durch das Gras. Genau so groß wie die schwarze. Ich will schreien, aber ich kann es nicht.

Die Frau ruft etwas, und die schwarze Schlange rutscht vom Baum runter und verschwindet im Gras. Dann weiß ich nicht mehr.

8

»SHRINK«, SAGTE TIEFENBACH, »ist ein blödes Wort. Schließlich machen wir unsere Patienten nicht schwächer, sondern stärker!«
Sahlfeldt ließ sich nicht auf ein Fachgespräch ein.

»Ich war so verwirrt und ergriffen von Lenjas überraschendem
Vertrauensbeweis, ich wusste nicht, was ich sagen sollte, ich lief einfach weg, wie ein pubertierender Junge. Immerhin hatte sie mir ohne
Wissen ihrer Tochter deren intimen Traum gegeben! Ich habe noch
einige Schritte später gemurmelt, ich hätte meinem Vater versprochen, ihn am Nachmittag im Heim zu besuchen! Man stelle sich eine
derart lächerliche, nachgeschobene Rechtfertigung für eine Flucht
vor! Gott sei Dank konnte sie es nicht mehr hören.«

Tiefenbach hustete. Sahlfeldt und er hatten es sich, in Decken eingehüllt, auf gepolsterten Liegestühlen bequem gemacht, die für die
Klinikpatienten auf der südlichen Terrasse in der Wintersonne aufgestellt worden waren.

»Wollen Sie mir Hannas Traum zu lesen geben?« Der Analytiker
trug um den Hals einen roten Wollschal und hatte sich eine schwarze
Strickmütze über die Ohren gezogen. Angeblich war seine Erkältung
abgeklungen.

»Ich habe ihn nicht hier«, sagte Sahlfeldt.

»Aber erzählen könnten Sie ihn mir.«

»Kaum, es war etwas mit einem Hund und einer Schlange und einem Baum, mehr weiß ich nicht mehr.«

Tiefenbach schnaufte verächtlich. »Das glaube Ihnen, wer will.
Den Traum kennen Sie auswendig, Wort für Wort. Hund, Schlange,
Baum, na ja, das ist auch schon was.«

Sahlfeldt schwieg. Er ahnte, was Tiefenbach in freudianischer Weise aus den Versatzstücken des Traums lesen würde. Doch der Analytiker blickte stumm auf das Schneefeld, das gleißend zwischen ihnen und dem See lag. Dort versuchten sich zwei Patienten im Langlauf, kamen aber nicht recht voran.

»Die Ergebnisse sind da«, sagte Tiefenbach, »weil Sie Beschuldigter sind, darf ich Sie eigentlich nicht darüber informieren.«

»Ich weiß, was ich getan habe, ich weiß es, ich weiß sehr genau, was ich getan habe, da braucht es keine irgendwelchen Ergebnisse!« Sahlfeldt hatte sich aufgerichtet und so laut gesprochen, dass andere Liegende auf der Terrasse ihm den Kopf zuwandten, darunter auch der Greis mit dem weißen Backenbart, der bei den Mahlzeiten am Nebentisch saß, wegen seiner Schwerhörigkeit Sahlfeldts Protest aber nicht genau verstanden hatte und ihm mit einem lauthals herüber gerufenen »Genau!« zustimmte.

»Entregen Sie sich«, krächzte Tiefenbach. »Die Sache steht gut. Der Vorwurf der Leichenschändung ist aus der Welt, man wird Sie lediglich wegen Brandstiftung belangen.«

»Entwürdigend«, stöhnte Sahlfeldt und ließ sich zurücksinken, »es ist entwürdigend.«

»Ja, in gewisser Weise«, stimmte Tiefenbach zu. »Immerhin wird man Sie nach meiner Expertise für tatverantwortlich halten. Ich könnte Sie auch als unzurechnungsfähig einschätzen, dann bleiben Sie straffrei, sind aber Ihre Kassenzulassung los. Was Ihnen lieber ist, Herr Kollege.«

»Ach!« Sahlfeldt wollte sich zu einer erneuten Suada aus absurden Vorwürfen aufraffen, um seiner Rolle zu entsprechen, unterließ es dann aber. Er beobachtete einen der Langläufer in der Loipe, der im Stand umgekippt war und sich aufzustehen bemühte, doch wiederum fiel, nun zur anderen Seite, sich auf den Ellbogen stützte und offenbar über die Befreiung aus seiner misslichen Lage nachdachte, dann mit Hilfe der Stöcke einen weiteren Versuch unternahm, auf die Beine zu kommen, und erneut umsank, diesmal nach hinten. Aus der Ferne war sein fortgesetztes Scheitern eine Slapsticknummer, über die Sahlfeldt grinsen musste.

Sein Therapeut beobachtete ihn aus den Augenwinkeln. »Amüsant finde ich daran eigentlich nichts. Die Staatsanwaltschaft spricht von minder schwerer Brandstiftung und Störung der Totenruhe, was mich angesichts der Tatsache, dass Sie beinahe ein ganzes, wenn auch verwahrlostes und leeres Mietshaus eingeäschert hätten, ehrlich gesagt, überrascht hat. Aber da das Gebäude ohnehin zum Abriss bereit stand und der arme Herr Mallinckroth nachweislich bereits einige Tage hinüber war, bevor er verkohlte, und da Sie selbst die Feuerwehr informiert haben, hat man sich offenbar auf die mildeste Form der Schuldannahme Ihrerseits geeinigt. Zumal in der hiesigen Staatsanwaltschaft der Name Ihres Herrn Vater wohl noch immer einen Ruf wie Donnerhall hat. Haben Sie ihn denn an jenem Sonntag wenigstens noch besucht?«

Sein Patient schwieg und schloss die Augen. Tiefenbach wartete auf eine noch stärkere Selbstbeschuldigung als zuvor, die jedoch ausblieb. Stattdessen sagte Hans Sahlfeldt ruhig und bestimmt: »Mallinckroth war kein *armer Herr* Mallinckroth, Mallinckroth war ein Auswurf der Menschheit, eine Schande für unsere Spezies, *das* war Mallinckroth und kein *armer Herr* Mallinckroth, und er war bei Bewusstsein, als er starb, und ein Mädchen saß auf seinem Mund.«

Der Analytiker versuchte, das Bild zu sehen. Es stellte sich nicht ein, doch aus dem Nebel seiner Erinnerung trat überraschend das neunjährige Mädchen Lena Körber, das damals vor ihm gesessen und auf seine Fragen keine Antwort gegeben hatte; er sah sich selbst als Gutachter dem Kind gegenüber sitzen und spürte wieder den Druck, unter dem er gestanden hatte. Gern hätte er jetzt die Rolle mit Sahlfeldt getauscht und sich von ihm helfen lassen – um die giftsüße *Barcarole* endlich verstummen zu lassen, die Lena Körber damals als einzige Antwort auf seine Fragen gesummt hatte. Mit Beginn der Therapiestunden für Sahlfeldt war die Melodie aus seinem Gedächtnis aufgeklungen, und seither wurde er sie nicht mehr los.

9

AM ABEND JENES TAGS an der Wintersonne schrieb Sahlfeldt erneut an Lenja und begann den Brief diesmal:

Geliebter Sukkubus, heute lagen Tiefenbach und ich dick ein-
gepackt auf der Terrasse, als wären wir Tuberkulosepatienten,
er berichtete mir, dass man mich wenigstens für einen Brand-
stifter hält. Ich versuchte, einigermaßen geistesverwirrt darauf
zu reagieren, aber eigentlich denke ich fortwährend nur an
unseren schönen schlaflosen Oktober.
Diese Ausflüge überdauern mit ihrer Sonne und Wärme nicht
in meinem Kopf, nein, sie steigen aus der Mitte meines Körpers
auf. Ich höre dich weinen, aber ich sehe dich lächeln. Immer
ist deine Abwesenheit gegenwärtig. Ich kann, wenn ich diesen
Herbst spüre, nicht mehr atmen ohne deinen Atem. Ich schlage
die Hände vors Gesicht. Es hilft nicht, in meinen Händen ist
deine Haut. Jedes unserer Zimmer. Jeder Schatten, der uns
verbarg. Du hast keine Ahnung, wie weh das tut.

Er brach ab, als er sie neben seinem Schreibtisch stehen sah. Sie sagte: »Erzähl mir nichts über Schmerz, ich weiß alles davon, mehr als
du, mehr als alle!«

Sahlfeldt sah zu ihr auf: »Ich meine den Schmerz aus verschwun-
dener Gegenwart.«

»Und ich«, sagte sie, »ich meine den Schmerz aus der nie ver-
schwindenden Vergangenheit. Und *deine* Vergangenheit, Hans? Wo
bist du? Wovon hast du geträumt? Wovor hattest du Angst? Wo ist das
Kind geblieben? Wer hat dich nicht getröstet?«

Er schwieg, wandte sich von ihr ab und schrieb weiter:

Meine Sehnsucht hätte sich inzwischen mäßigen und nachlassen müssen, warum wird sie stärker?
Seit du mich zurückgelassen hast, ist mein Körper taub und tut gleichzeitig weh.
Um mich herum ist alles wie gehabt, alles geht für alle seinen Gang, nur ich bin aus der Spur, taumle, stolpere, fange mich, es gibt ja an jeder Ecke Krücken. Tiefenbach nimmt sie mir weg, er hat begriffen, er will mich gehen sehn.
Aber mein Leben humpelt immer noch.
Ich hatte ein Kätzchen, weißes Fell, das halbe Gesicht schwarz, ich habe es Mausch genannt, ich war vier oder fünf, die rechte Vorderpfote war missgebildet, kaum halb so lang wie die linke, aber es lief mit mir mit, überall, spielte, so gut es konnte, klaglos. Nur wenn es saß, hob es die Humpelpfote und sah mich an, ich hörte, wie es sagte: Reparier mich. Ich habe Mausch mit meiner Phantasie geheilt. Nur mich selbst kann ich nicht heilen.
Mausch läuft und springt in meiner Phantasie, aber ich humple wie ein Einbeiniger durch die Erinnerung mit dir.
Lass mich frei! Du weißt, ich bin rational durch und durch, ich glaube nicht an Gott, nicht an seinen Sohn, nicht an die Jungfrau Maria, nicht an Engel, nicht ans Jenseits, nicht an Geister, nicht einmal an die Hölle, obwohl die von all den Behauptungen noch die wahrscheinlichste ist. Nur an den Sukkubus glaube ich, genau gesagt, die Sukkuba, die nachts zu dem Mann kommt, der sich nach ihr verzehrt. Ich mache mir Aufzeichnungen über deine Besuche.
Seit deinem ersten Abend in meiner Praxis haben sich meine Notizen ausgeweitet. Ich kann nicht begründen, warum, es geschah einfach, vielleicht bin ich mein eigener Gesprächspartner geworden, vielleicht ist es eine Art Altersgeschwätzigkeit.
Wenn ich früher nur die Daten der Anamnese notiert hatte und die Stichworte, an die ich in der nächsten Sitzung anknüpfen

konnte, lasse ich jetzt meiner Einbildung freien Lauf – als wäre ich wieder der Sechzehnjährige, der ganze Kladden voll schrieb und erst mit zwanzig davon abließ, sich selbstgewiss über die Welt auszulassen. Es ging nie um weniger als ums Ganze. Jetzt halten sich die Einträge in meinen Jahreskalendern nicht an die Tageblätter, manchmal überschreiten sie die Seite, laufen weiter ins nächste Datum. Auf die Weise mache ich aus dem, was zurückliegt, etwas, das erst kommt. Jetzt lese ich deinen unverständlichen Satz nach, damals, auf der Bank an der Uferpromenade, *Nele hat heute viel zu tun gehabt, sie muss früh ins Bett.* Wie hätte ich ahnen sollen, wofür du Nele gebraucht hast. Und was später, als Nele bei mir zu wohnen begann, dein Satz meinte: *Aber sie ist eine Sünderin?* Was wird aus uns, Lenja? In drei Jahren bin ich siebzig, du neununddreißig, wir würden Hannas elften Geburtstag feiern – warum konntest du sie nicht bei uns lassen?

An dem Sonntagvormittag, an dem Hans Sahlfeldt am einen Ende der Stadt seinen Fluss-Spaziergang begonnen hatte, war Lenja am anderen mit Nele zur Erfüllung einer Pflicht aufgebrochen.

Der Neue Friedhof lag flussabwärts in einer Gegend aufgegebener Äcker, deren Bewirtschaftung nicht mehr lohnte. Gut genug waren sie für die Toten, die dort seit den achtziger Jahren des letzten Jahrhunderts bestattet wurden. Seither war der Bewuchs des Geländes gediehen, Inseln aus Gebüsch und Hecken trennten die Areale und Grabreihen voneinander.

Lenja hatte sich mit Nele in den Schatten eines hohen Kirschlorbeerbusches gestellt und gewartet.

Ahornbäume in rotem Laub säumten die zentrale Allee. Der entschlossene, nahezu marschmäßige Gang, in dem Agnes Körber durch das Friedhofstor trat und auf dem asphaltierten Hauptweg ausschritt, wirkte unangemessen für den Ort, an dem die meisten nachdenklich und ohne Eile gingen.

Die Witwe trug ein hellgraues Lodenkostüm und einen Hut mit der bunten Feder eines Wildfasans. Unter dem warmen Licht der

Herbstsonne bog sie rechts in einen Seitenpfad ab, lief zwischen den Gräbern weiter und blieb vor einem polierten Basaltstein stehen, auf dessen handbreiter Oberkante ein kleiner Engel aus weißem Marmor hockte; eine Mädchenfigur, die Knie zum Körper gezogen, im dünnen Kleid, den Kopf in die Hand gestützt, die Flügel zusammengelegt. Das diesige Licht ließ kaum Schatten zu, weichte die Konturen des Engels auf und schien ihn aus der Gegenwart zu rücken.

Die Bronzebuchstaben auf dem Stein wiesen aus, dass hier Ralf Körber lag, seines Zeichens Schulrektor, geboren 1936 und vor vier Jahren verstorben. Die Größe der Grabstätte war darauf ausgelegt, einst auch die sterblichen Überreste seiner Witwe aufzunehmen, deren Name bereits ohne Daten unter dem ihres Mannes auf dem Stein zu lesen war.

Agnes Körber betrachtete den weißen Engel mit unverhohlenem Abscheu. Sie entdeckte neben ihm milchige Flecke auf dem Grabstein, zog ein Papiertaschentuch aus dem Jackenärmel, befeuchtete es mit Spucke und wischte die Stelle mit wütenden Schwüngen sauber. Dann faltete sie das Tuch und rieb mit der sauberen Seite ihre Handflächen ab, sah sich um, machte einen Schritt zur Seite, streckte den Arm aus und ließ das Tuch auf das Nebengrab zwischen die Teppichmisteln segeln.

Ihre Gesichtszüge waren mit fortschreitendem Alter männlich geworden und hatten ihr Wesen von außen nach innen gehärtet. Man sah ihr die achtundsiebzig Jahre nicht an, sie gestattete sich keine Zeichen von Senilität, achtete auf gepflegte Erscheinung und hatte seit dem Herztod ihres um ein Jahr jüngeren Gatten ihr Leben mit einem Korsett aus wiederkehrenden Terminen stabilisiert. Dazu gehörte der sonntägliche Kontrollgang zu Körbers Grab.

Lenja trat aus dem Schatten und sang.

Die Witwe erschrak, als sie das Lied hörte. Sie blickte auf, suchte nach dem Ursprung der Töne, zuckte mit dem Kopf, die Wildfasanfeder an ihrem Hut wippte, und starrte über die nächsten Grabreihen hinweg zur dunklen Silhouette einer Frau, neben der ein Mädchen mit bleichem Gesicht stand.

Die Frau hatte ihre Hand um den Nacken des Kindes gelegt. Ge-

meinsam wiegten sie sich im langsamen Walzertakt des Gondellie-
des, das Lenja mit heller Stimme über den Gräbern erklingen ließ:

»Schöne Nacht, du Liebesnacht, o stille mein Verlangen.
Süßer als der Tag uns lacht die schöne Liebesnacht.
Flüchtig eilt die Zeit unwiederbringlich unsrer Liebe.
Fern von diesem lausch'gen Ort weicht flücht'ge Zeit.«

Agnes Körber griff mit der linken Hand nach dem Grabstein, mit der
Rechten an ihre Kehle, als könne sie die steigende Furcht aufhalten.
Mit dem Lied kehrte die Vergangenheit zurück, von der sie gehofft
hatte, sie sei mit ihrem Mann unter der Erde verschwunden.

»Zephyre lind und sacht, die uns kosend umfangen,
Zephyre haben sacht sanfte Küsse gebracht.
Schöne Nacht, du Liebesnacht, o stille mein Verlangen.
Süßer als der Tag uns lacht die schöne Liebesnacht.
Stille das Verlangen, Liebesnacht.«

Die Sängerin verstummte, hob das Mädchen in die Höhe und warf es
sich über die Schulter, von der es wie tot nach vorn herabhing.
Aber das Lied setzte sich sechsstimmig im Kopf der Witwe fort,
so wie damals, als sie auf Anweisung ihres Mannes die *Barcarole* in höchstmöglicher Lautstärke abspielen musste. Noch immer
stand die Vinylplatte in ihrer Musiktruhe: Die *Comedian Harmo-
nists* hatten 1935, als man sie in Deutschland noch singen ließ, neben anderen Gassenhauern den Ohrwurm aus Offenbachs *Hoffmanns Erzählungen* aufgenommen; nicht a capella, sondern mit
Klavierbegleitung.
In ihren Ohren kam ein Rauschen auf, das die *Barcarole* vertrieb
und sich zu einem hohen, sirrenden Ton und schließlich zu einem
Pfeifen verschärfte. Ihr war übel, sie fürchtete, sich am Grab übergeben zu müssen, und streckte die rechte Hand aus, als wäre ein Halt in
der Luft. Das Pfeifen in ihren Ohren steigerte sich, und sie schüttelte den Kopf, als könnte sie es so loswerden. Ihre Hand fuhr in Bögen

vor ihren Augen herum, um das Bild zu verscheuchen, und tatsächlich wischte sie die Frau mit dem Kind über der Schulter durch ihre fahrigen Gesten beiseite, bis sie verschwanden.

Agnes Körber kniff die Augen zusammen und suchte die Reihen der Grabsteine nach den Gestalten ab, die eben noch dort gestanden und gesungen hatten. Langsam schwächte sich der Pfeifton in ihrem Kopf ab, sie fand mit unsicheren Schritten zum Hauptweg zurück und streckte nach einem der neben dem Friedhofstor wartenden Taxifahrer die Hand aus. Er kam ihr entgegen, reichte ihr den Arm und führte sie zu seinem Wagen.

Lenja trat hinter einer Hecke hervor und lief zum Grab von Ralf Körber, nahm sich die Puppe von der Schulter und stellte sie auf die Beine.

»Gut gemacht, Nele. Noch nicht gut genug. Das nächste Mal machen wir es besser, ja?«

Sie sammelte Speichel im Mund, beugte sich über den Grabstein und spuckte neben dem Engel auf die selbe Stelle, die Agnes Körber gereinigt hatte.

Später stand sie an der Mauer, wo drei Reihen über dem Bodensockel eine Verschlussplatte die Namen und Lebensdaten ihrer Eltern trug. Die von Valentin Markoff zur Urnenbestattung seiner Frau für die Dauer von zehn Jahren bezahlte Doppelnische hatte Lenja für weitere dreißig Jahre gepachtet.

Über dem Friedhof sammelten sich Stare in tanzenden Wolken. Lenja spürte, wie ihr die Tränen kamen, wollte sie niederhalten, gab ihren Widerstand auf, kniete nieder, kauerte sich zusammen und weinte. Nele lehnte an der Mauer und starrte über den Friedhof hin.

Nach seiner ersten Begegnung mit Lenjas Puppe hatte Sahlfeldt am Nachmittag das eine halbe Autostunde entfernte Altenheim aufgesucht, in dem sein Vater seit nun zwei Jahrzehnten lebte.

Die weitläufige Anlage mit mehreren, durch Freiflächen getrennten Gebäuden bot unter dem ewige Jugend versprechenden Namen *Hesperidenpark* jede gewünschte Dienstleistung, von Betreutem Wohnen bis zur Vollpflege. Dr. Wilhelm Sahlfeldt, einst Oberstaatsanwalt am Landgericht, bewohnte ein Appartement mit Balkon und Blick auf die Berge und äußerte sich über sein Befinden dort – anders als sein Sohn zunächst argwöhnte – anhaltend zufrieden. Nach dem plötzlichen Herztod seiner Frau hatte er sich, obwohl damals erst Siebzig, vom Alltag überfordert gefühlt und befürchtet, auf die Hilfe seines Sohns angewiesen zu sein. Darum hatte er bereits im Jahr der Eheschließung von Hans und Reinhild zugestimmt, sein Haus dem Paar zu überschreiben. Sie hatten es im Gegenzug mit einer Hypothek belastet und davon das Appartement im Hesperidenpark für ihn erworben. Jedem war geholfen. Die Trauer um seine Mutter war Hans Sahlfeldt durch die Neuordnung leichter geworden, denn alles schien in ihrem Sinne geregelt, ganz so, als ob sie die Familie wie zu Lebzeiten dirigiert hätte.

Vater und Sohn trafen sich, wie bei jeder der seltenen Begegnungen, in dem Café, das mitten im Park am Rand eines kleinen Teichs lag – ein lichtdurchfluteter Glaspavillon, in dem sich an Sonntagnachmittagen die Besuchsgespräche zwischen den Generationen zu einem grummelnden Geräusch überlagerten.

Wilhelm Sahlfeldt, nun Einundneunzig, steuerte seinen elektrischen Rollstuhl auf einen Tisch an der Fensterfront zu, winkte der Bedienung und bestellte, ohne seinen Sohn zu fragen, zwei Stücke Sachertorte, einen Cappuccino und einen koffeinfreien Espresso.

»Nun, mein Junge, wer ist sie?«

»Wer ist wer?«

Er sah seinen Vater an und prüfte das noch immer hochmütige Gesicht unter den weißen Haaren, die der alte Mann sorgfältig gescheitelt und an den Schläfen hoch geschoren trug. Es hatte trotz der hängenden Wangen, der unterlaufenen Augen und der von Falten gemaserten Haut die frühere überlegene Strenge behalten, die den Sohn selbst dann, wenn der Vater ihn lobte, in ängstliche Erwartung versetzt hatte. Stets musste man, so wie jetzt, auf eine unangenehme Frage gefasst sein.

»Man hört, du gehst neuerdings mit einer mir unbekannten jungen Frau zu Ettore essen, obgleich das ja eigentlich wohl eine Gaststätte ist, die der Begegnung mit meiner Schwiegertochter vorbehalten war.«

Sahlfeldt musste lachen. »Schön, dass du den Kontakt zu Reinhild aufrecht erhältst, aber du vergisst, dass sie es war, die unsere Ehe langweilig fand.«

Kuchen und Kaffee wurden serviert, und verblüfft sah Sahlfeldt, dass sein Vater der etwa sechzigjährigen Bedienung auf den Hintern klopfte. Sie wandte sich achselzuckend dem Sohn zu. »Die Kerle sind nicht mehr zu erziehen.«

Sahlfeldt entschuldigte sich für seinen Vater, doch sie winkte müde ab, und während der Oberstaatsanwalt a.D. ihr amüsiert nachblickte, begann Sahlfeldt hastig und ohne Appetit sein Stück Torte zu essen.

»Wenn du dich noch mal für mich entschuldigst, schmeiße ich dich raus.« Sein Vater hatte die vom Sohn erwartete Reaktion in aller Ruhe und mit leicht schmatzender Artikulation geäußert.

Sahlfeldt legte die Kuchengabel auf den Teller und trank den Kaffee aus. »Ich wollte sowieso gerade gehen. Danke für die Einladung.«

Er stand auf. Bevor er den Tisch verließ, besann er sich, sagte: »Ach ja, und wenn du wieder mit Reinhild sprichst, dann sag ihr doch, dass sie Jo Tieck anrufen soll, er hat ein prima Bild für die Empfangshalle im Landgericht. Ich denke da an die Wand, wo in deiner Ausbildung das Hakenkreuz hing.« Er lief zügig zwischen den Tischen zum Ausgang und spürte in seinem Rücken den Blick seines Vaters: Spott und Verachtung.

10

AUCH WENN DIE FÄLLE im Sanatorium von chronischer Erschöpfung bis zur schweren psychosomatischen Herzerkrankung reichten und die einen sich zur postoperativen Rehabilitation, andere schlicht zur Erholung von ihrem anstrengenden Alltag hier aufhielten, so benahmen sich alle im Speisesaal doch in ähnlicher Weise: höflich, und, abgesehen von gelegentlichem Husten, möglichst geräuschlos. Schon im Korridor, der zum Saal führte, dämpfte man die Stimme.

Meist war hier nur das leise Klacken der hölzernen Verschlussklappen zu hören, wenn Patienten ihren Zimmerfächern die hinterlegten Therapiepläne oder Medikamententüten entnahmen. Die ganze linke Wand war mit den nummerierten Nischen bestückt, und obwohl fast alle Patienten auf dem Weg zur Mahlzeit in ihr Fach schauten, geschah das Öffnen und Schließen der Fächer auf eine so dezente Weise, dass es nicht störte.

Dass an diesem Samstagabend der seine Mutter fotografierende Haussohn an Sahlfeldts Nebentisch aufschrie: »Jetzt und jetzt und jetzt!«, sein Mobiltelefon vor ihren Augen in die Suppentasse vor sich tauchte, wo es nun schräg aus der Consommé mit Kräuterklößchen ragte, war auch akustisch ein spektakulärer Vorfall.

Der dickliche junge Mann stand auf, wandte sich gußlos um und verließ den Speiseraum. An seinen festen Schritten auf den Fliesen im angrenzenden Saal war zu hören, dass er in ein neues Leben aufbrach. Die weiße Stoffserviette, die bei seinem Aufstand von den Knien zu Boden geglitten war, leuchtete dort wie ein Stück seiner soeben abgeworfenen Biografie.

Sahlfeldt hätte beinahe applaudiert, auch wenn er wusste, dass mit diesem Befreiungsakt die Schwierigkeiten zwischen Mutter und Sohn erst begannen. Dennoch fand er den Entschluss bemerkenswert und musste, während er kurz darauf selber seine Suppe serviert bekam, daran denken, wie schwer es ihm gefallen war, sich aus den Verletzungen seiner Kindheit zu lösen.

Jetzt, um fast eine Minute verzögert, fing am anderen Tisch der Greis mit dem Backenbart an, laut zu lachen, und klopfte dabei im Rhythmus seiner Salven vergnügt mit der Gabel neben seinem Vorspeisenteller auf den Tisch. Seine Frau zischte eine unverständliche Ermahnung, erhob sich, verließ das Speisezimmer und kehrte, als sich sein Lachen in wohligem Stöhnen erschöpfte, mit seinem Rollator von der Garderobe zurück, zog ihn am Arm vom Stuhl hoch, legte ihm beide Hände auf die Griffe und drängte ihn hinaus. »Mein Essen«, protestierte er schwach, »mein Bier«, kam aber gegen ihr Geschiebe nicht an und fügte sich. Sahlfeldt war kurz versucht, sich einzumischen, wandte sich dann seiner Suppe zu und schielte hinüber zu der verlassenen Mutter mit den schwarzen Fransen vor der Stirn. Sie blickte auf das ertränkte Handy und weinte lautlos.

Als geschulter Mediator hätte er bei rechtzeitiger Intervention an beiden Tischkonstellationen entlastend eingreifen können, dachte Sahlfeldt; jetzt liefen die Konflikte möglicherweise auf Gewalt zu. Er zwang sich, an sich selbst und an seine Therapie zu denken und nahm sich vor, nach dem Wochenende mit Tiefenbach die Bilder seiner beiden wiedergekehrten Kindheitsträume zu erörtern.

Zurück in seinem Zimmer, öffnete er die Rotweinflasche, die neben zwei Stielgläsern auf dem kleinen Kühlschrank stand, und zeichnete den Beleg dafür ab. Er hatte sich vorgenommen, in seinen Tagebuchnotizen das Gespräch nachzutragen, das Tiefenbach und er auf der Liegeterrasse geführt hatten. Nach einem Glas Wein und wenigen Sätzen hörte er auf zu schreiben und blätterte zurück, bis er auf einen Eintrag stieß, der neben dem Datum nur drei Wörter enthielt:

Jetzt per du.

Die Vernissage hatte um neunzehn Uhr begonnen, die meisten der geladenen Besucher trafen in Abendgarderobe ein. Schwarz war die

Modefarbe des Sommers gewesen, und man ahnte, dass sie auch den Herbst bestimmen werde.

Die Kunsthalle der Kurstadt gehörte nicht zu jenen Ausstellungsorten der Republik, die genannt wurden, wenn es um Ereignisse von internationalem Rang ging. Ihr Bestand beschränkte sich auf einige Gemälde des neunzehnten Jahrhunderts, vorwiegend aus der Region, sowie ein paar deutsche Expressionisten, zumeist Holzschnitte und Lithografien. Stolz war man auf eine kleine Trinkerinnen-Studie von Picasso, Pastellkreide auf Karton, aus der blauen Periode, zwei Blumenaquarelle von Nolde und einen der Clowns von Bernard Buffet; sämtlich Leihgaben der vor Jahrhunderten in der Gegend herrschenden großherzoglichen Familie Laudanus, die im Gegenzug erwirkt hatte, dass im Foyer das Brustbild eines ihrer Ahnen hing, von einem unbekannten Porträtmaler 1797 geschaffen und mit entsprechender Bildlegende versehen.

Lenjas Londoner Agentur hatte dem städtischen Kulturreferenten Thomas Ohm vor zwei Jahren überraschend die Ausstellung angeboten. Dass eine so prominente Künstlerin ihre Heimatstadt wählte, galt Ohm, der durch die Fülle seiner weißen Haare auffiel, als Segen und Wunder: Die Schau würde ihn in die überregionalen Feuilletons katapultieren.

Was Rang und Namen beanspruchte, fand sich zur Eröffnung ein. Auf der Freitreppe und am Eingang der Halle die erwarteten Rituale, vertrauliches Lächeln, Wangenkontakt und wechselseitig gehauchte Küsse. Eine Praktikantin des lokalen Privatsenders hielt ihre Kamera in die Gesichter, ein großstädtischer Kulturredakteur versuchte, mit abrupten Kopfwendungen Blicke auf sich zu ziehen. Die Künstlerin hatte zugesichert, zur Eröffnung anwesend zu sein.

Die Lebensdaten von Lenja Markoff waren umstritten. Es gab keine Interviews, keine Talkshows, keine Email, keine Website, keinen Twitter-Account, keinen Blog, keine Follower. Als gesichert galt, dass sie allein lebte, Hotels hasste und, wo immer sie arbeiten wollte, für begrenzte Zeit durch ihren Anwalt Ateliers anmieten ließ.

Wenn man etwas von der Markoff getrost behaupten konnte, dann, dass Sesshaftigkeit keine ihrer Eigenschaften war.

Längst zahlte der Kunstmarkt spekulative Preise. Für das übernächste Jahr war sie in der Pariser *Galerie nationale du Jeu de Paume* angekündigt. Und heute war sie tatsächlich hier. Fünf ihrer farbig gefassten Bauschaumskulpturen mit den dazugehörigen kolorierten Entwürfen, Studien und Maßblättern. Mehr konnte die Kunsthalle nicht aufnehmen.

Studentinnen der städtischen Musikschule trugen Tabletts mit Proseccokelchen und Tässchen mit Rotkohlsprossen auf Waldorfsalat durchs Gedränge. An der Türkontrolle gab es erregte Dispute mit Eingeladenen, die ihre Karte vergessen und ihren Bekanntheitsgrad überschätzt hatten.

Sahlfeldt wartete auf Jo Tieck, der ihm versprochen hatte, zu kommen. Dann sah er Reinhild, mit kupfern leuchtenden Locken, einem Farbton, den er noch nicht an ihr kannte. Als sie sich zu ihm durchgewunden hatte, bemerkte er in ihrem Gefolge Lilly Kaulfuß und gab ihr die Hand. Reinhild umarmte ihn. Sie sah glücklich aus. Bevor er ihr ein Kompliment machen konnte, sagte sie: »Ettore hat uns gestern erzählt, dass du neuerdings Dolci isst.«

»Wir wissen ja, dass Ettore gerne Geschichten in die Welt setzt«, sagte Sahlfeldt.

»Haben Sie oder haben Sie nicht?« Lilly Kaulfuß' Einmischung empfand er als übergriffig und fragte zurück: »Was?«

»Zitronensorbet gegessen natürlich!« Reinhild lachte laut, einige Umstehende blickten zu ihnen her.

»Ein einziges Mal.« Er ärgerte sich über seine Rechtfertigung. Reinhild streichelte seine Wange mit der Außenseite ihrer Finger. »Du darfst das doch.«

Aus den Lautsprechern des Saals drang Geräusper. Thomas Ohm war an das Standmikrophon getreten, fuhr sich mit der Rechten durchs Haar und bat um einen Augenblick Aufmerksamkeit.

Der Kulturreferent hatte sich vorgenommen, durch Understatement souverän zu wirken, verstieg sich aber schon nach wenigen Sätzen zu Superlativen, in denen er sich schließlich verfing und von der »absolutesten Kunst in ihrer radikalstmöglichsten Form« sprach, die in Lenjas Werk den »totalsten Ausdruck« gefunden habe. Wie glücklich könne die Stadt sich schätzen, dass aus ihr eine Weltkünstlerin hervorgegangen sei. Er dankte und warf seine weiße Mähne mit spiegelgeübtem Schwung nach hinten, als wollte er sich seine Übertreibungen aus dem Kopf schütteln.

Vor der nächsten Rede blieb Zeit, um die fünf ausgestellten Skulpturen zu umkreisen. Mädchen, lebensgroß, in knappen Röckchen, halb offenen Blusen. Jede Figur vollständig farbig gefasst, Frisur, Gesicht, Kleidung realistisch mit Acrylfarben aufgetragen. Eine hockte verträumt am Boden, Schneidersitz, der Rock hoch gerutscht.

Eine andere in einem Stuhl mit vagem Blick auf den Betrachter, ein Bein zum Leib gewinkelt, den Fuß in weißem Söckchen auf die Sitzfläche gestellt.

Eine stand abgewandt vom Betrachter an einer mit Blumentapete beklebten Holzwand, als wolle sie weg und könne nicht weiter. Sie streckte die Arme an der Wand nach oben, das Gesäß knapp bedeckt.

Eine lag auf einem alten Sofa, gelangweilt, das Kleid gab die dünnen Oberschenkel frei.

Eine war mitten im Sprung gestaltet. Mit tänzerisch nach vorn und hinten ausgestreckten Armen hing sie an zwei seitlichen Stahlstativen; die Beine im Spagat. Das Gesicht, rückwärts gewandt, trug angstverzerrte Züge und ließ die ganze Skulptur als die eines fliehenden Mädchens erkennen. Auffällig war, dass sie an den über dem Boden schwebenden Füßen rosa Gummistiefel trug, deren klobiges Gewicht der Leichtigkeit widersprach, mit der ihr Sprung in die Luft dargestellt war.

All diese Mädchen waren von einer unbegreiflichen Ferne. Sie hatten etwas Verführerisches, schienen sich aber ebenso deutlich zu verweigern und innerlich abwesend zu sein. *Tote Lolitas*, dachte Sahlfeldt. Diese Kinder hatten alles hinter sich. Und keine Hoffnung. Aber was teilten sie mit?

»Ist das nun Prostitution, Hans?« Joachim Tieck legte ihm die Hand auf den Arm. Er schien gerade aus dem Bett gekommen zu sein und hatte sich, wie immer bei solchen Gelegenheiten, als bekannte Kunstgröße der Stadt gekleidet wie ein Landstreicher.

»Nein. Glaube ich nicht. Das ist – ich weiß nicht. Päderastisch? Jedenfalls irritierend.«

»Allerdings! Balthus, ich hab dir doch gesagt, Balthus! Sie holt Balthus aus der Fläche in den Raum. Die Anzüglichkeit wird dreidimensional! Du musst nicht auf die Gesichter sehen, sondern auf die Haltung. Diese Mädchen posieren alle.«

»Für wen?«

»Na, für uns!«, lachte Tieck. »Für uns, die Kunstkenner, die perversen Käufer, diese ganze Scheißgesellschaft. Ich finde die Dinger großartig provokativ.« Er senkte seine Stimme. »Die meisten hier haben widerliche Gedanken.«

Bevor Sahlfeldt protestieren konnte, war der zur Wiederwahl anstehende Ministerpräsident, dessen Grußwort in der Einladung angekündigt war, ans Mikrophon getreten. Ein Fotograf seines Wahlkampfteams umkreiste ihn, kniete und schoss Bilder aus der Bewundererperspektive, während er selbst von einem Zettel ablas, dass an diesem Abend die »Kunstwelt auf die Kurstadt« schaue, dass die Künstlerin »zeitlos« sei, ihr »Blick auf die Gesellschaft unverzichtbar«, und mit erhobener Stimme erwähnte er die »nicht weg zu diskutierende essentielle Bedeutung der Kunst für die Zivilgesellschaft«.

Jo neigte sich Sahlfeldt zu und flüsterte, der Redner habe vor wenigen Wochen in kleinem Unternehmerkreis und nach vier Gläsern Riesling geäußert, Musik sei ja ganz nett, aber Kunst und Literatur interessierten ihn so viel wie ein Kuhfladen in Hinterindien. Sahlfeldt traute Tieck zu, die Geschichte erfunden zu haben, stimmte aber zu: »Schade, dass sie immer den Erwartungen entsprechen, die man von ihnen hat.«

Tieck hakte ihn unter.

»Lass uns essen. Ich hatte seit dem Frühstück nur flüssig.«

Der Caterer hinter den Edelstahlschalen zögerte. Dann zuckte er mit den Schultern und hob die Deckel ab. Sahlfeldt und Tieck eröffneten vorzeitig das Buffet. Rehrückenduft zog durch den Raum, dem Ministerpräsidenten kamen die Zuhörer abhanden, er kürzte seine Rede über die Bedeutung der Kunst um ein Drittel. Am Ende entschuldigte er sich, er könne leider nicht bleiben, »die Terminfülle im Wahlkampf«, und verzog sich samt Fotograf und Entourage.

Zum Essen gruppierte man sich um weiß gedeckte Stehtische im Vorraum der Halle. Sahlfeldt hatte wenig Appetit. Vielleicht lag es an Lenjas Skulpturen, deren leblose Laszivität ihn verstörte. Sie schienen, jede für sich, abgekapselt zu sein in einer Welt ohne Licht und Zeit. In den Ausstellungssaal drang der Lärm vom Buffet nur gedämpft, einige wenige Besucher umrundeten die Figuren, ein Paar stand vor dem am Boden hockenden Mädchen und blickte auf es hinunter wie auf eine Tochter, die nicht mit den Eltern sprechen wollte.

Vor der Skulptur mit den rosa Gummistiefeln, die im Sprung die Beine nach vorn und hinten warf, sagte Tieck leise zu Sahlfeldt: »Das ist wunderbar unerträglich. Toll. Ich glaube, diese Markoff könnte ich lieben, wenn ich lieben könnte.«

»Nicht obszön?«, fragte Hans, und Jo antwortete sofort: »Selbstverständlich obszön! Sie macht obszöne Kunst, weil die Gesellschaft so tut, als wäre sie es nicht. Aber nichts ist obszöner als unser sexistischer, rassistischer Fundamentalkapitalismus! Die Markoff bildhauert obszön, und ich male abstrakt, weil die durchökonomisierte Gesellschaft weder Traum noch Schicksal noch moralische Zukunft kennt und überhaupt erst wieder lernen muss, in den Spiegel zu sehen.«

»Die Gesellschaft!«, stöhnte Sahlfeldt. »Ich und du und Müllers Kuh.«

»Ja, die Gesellschaft!«, Tieck blieb hartnäckig. »Sie wälzt sich in ihren dekadenten Untergang, während du dich darum kümmerst, dass die Pärchen zusammen bleiben und die Geburtsstatistik verbessern. Aber du kommst auch nicht so davon. Die neuen Ultraspießer werden dich genauso ausbremsen wie mich.«

Ein hoher sirrender Ton kam aus den Lautsprechern, schwoll zu einem Sirenengesang an und riss ab. Die Besucher verstanden, dass etwas angekündigt wurde, und liefen zurück in den Saal.

Lenja war da. Sie schien nicht irgendwo her gekommen zu sein, sondern stand mit einem Mal als rote Gestalt im Lichtkegel eines Scheinwerfers.

Das Publikum reagierte mit kollektivem Raunen auf ihre Erscheinung. Schwarze Seidenstilettos machten sie zehn Zentimeter größer. Sie trug eine helmartige Perücke aus Silberfäden, die vor der Stirn in gerader Linie auf Höhe der Augenbrauen und seitlich des Gesichts rundum mit exaktem Schnitt auf Kinnhöhe endeten. An der linken Hand baumelte ein weißes Seidentäschchen. Die Augen im bleich gepuderten Gesicht waren schwarz umrandet, die Lippen dunkelblau geschminkt, und das hochgeschlossene Kleid schien aus einem so steifen roten Stoff zu bestehen, dass es den Körper der Künstlerin wie eine Papierhülse umgab. Darauf war das in drei Zeilen und breiten weißen Großbuchstaben ausgeführte Bekenntnis zu lesen:

I HATE ART.

Das I war zwischen den sich kaum abzeichnenden Brüsten platziert, HATE zog sich quer über den Magen, und ART stand vor dem Schoß.

Man beklatschte den Auftritt. Der Kurator ging auf die Künstlerin zu, streckte ihr die Hand entgegen, die von ihr übersehen wurde, weswegen er sie wieder mit seiner Linken zum Applaus vereinigte.

Als sich der Beifall gelegt hatte, trug eine der Musikstudentinnen ein Glas Prosecco zu Lenja, sie nahm es entgegen, trank es in einem Zug aus und stellte es zurück auf das Tablett. Dieses unerhörte Kunstereignis veranlasste einige Besucher, vor Begeisterung zu juchzen.

Jetzt schritt sie zu der Mädchenskulptur mit den rosa Stiefeln, die im Sprung zur Flucht mit ihren Händen an die Stative gefesselt war. Lenja deutete auf sie.

»Das ist Figur 431, die ich meiner Heimatstadt schenke!«

Applaus.

Sie wandte sich ihrem Kunstwerk zu und zeigte dem Publikum den Rücken. Dort war auf dem Kleid zu lesen:

I HATE YOU, das YOU stand quer überm Steiß.

Die Botschaft löste Murren und Heiterkeit aus, niemand bemerkte, dass die Markoff ihrem Seidentäschchen etwas entnahm, damit hantierte und nun für alle sichtbar eine kleine, blau schimmernde Flasche hoch hob.

»Kunst und Leben!«, rief sie.

Langsam ließ sie den klaren Inhalt der Flasche auf das Gesicht der Mädchenfigur tropfen. Ein süßlicher und beißender Geruch breitete sich aus. Die Chemikalie löste die Gesichtsfarben auf und ließ den Bauschaum quellen und weich werden; die aufgemalte Stirnlocke und die rosige Haut verliefen zu einem fauligen Grünbraun, Rufe des Entsetzens wurden laut, während das Lösungsmittel langsam Augen, Nase und Mund des Mädchens zerfraß und das kindliche Gesicht schließlich in eine blasige, nach innen gewölbte Fratze verwandelte.

Die Künstlerin schien mit dem Ergebnis zufrieden, schraubte das Fläschchen zu und verstaute es in ihrer Handtasche.

Die Aktion war von der Praktikantin des Regionalsenders mit der Kamera aufgezeichnet worden. Der hauptstädtische Feuilletonist kritzelte in sein Notizheft. Thomas Ohm hatte dem Zerstörungswerk mit offenem Mund zugesehen und nicht gewagt, der Markoff in den Arm zu fallen. Ein voreiliger Schritt, und er hätte als Banause gegolten. Jetzt reagierte er fassungslos.

»Aber warum, verehrte, liebe Frau Markoff, warum?! Warum beschenken Sie uns erst und vernichten dann das Geschenk?!«

»Vernichten?«, fragte sie laut. »Ich habe es nicht vernichtet. Ich habe es signiert.«

Sie zog sich die Silberfadenperücke vom Kopf und reichte sie ihm.

»Die können Sie behalten, ich glaube, sie steht Ihnen.«

Sie wandte sich um. Einzelne Besucher lachten. Lenja verschwand in einer Tür zwischen den Stellwänden.

»Hätte nicht gedacht«, nörgelte Tieck, »dass sie auch so 'ne Scheißperformance nötig hat. Die einen stecken sich 'ne Banane in den Hosenschlitz, die andern verkünden, dass sie die Kunst hassen. Die schiere Verzweiflung. Van Gogh hat wenigstens sein Ohr halbiert, das war noch was. Lass uns was Anständiges trinken gehn.«

»Heute nicht.« Sahlfeldt ließ den Maler stehen und folgte Lenja durch die Tür, hinter der er sich in einem schwach beleuchteten Korridor fand. Aus einem der Räume, die von hier abgingen, fiel Neonlicht in den Gang. Er wusste, dass er weder als Therapeut noch als

Kunstfan auf den Lichtschein zulief, wollte aber nicht daran denken, was sich aus seiner Entscheidung ergeben könnte.

Zögernd betrat er eine Art Theatergarderobe, in die man das große Büro verwandelt hatte, um für Lenja Markoff die Möglichkeit zu schaffen, sich auf ihre Performance vorzubereiten. Ein von Leuchtröhren umrandeter Spiegel. Ein Schminktisch. Ein fahrbarer Garderobenständer aus verchromten Rohren, an denen ihr rotes Kostüm und ein dunkles Seidenkleid hingen. Darunter standen ihre Straßenschuhe, die Stilettos lagen mitten im Raum.

»Lenja?«

Er fand sie im hinteren Teil des Büros, wo sie unter ihrem schwarzen Mantel auf einem Sofa lag und zur Zimmerdecke starrte. Die Schminke auf ihrem Gesicht war zerlaufen. Hans setzte sich an den Rand der Liege.

Lenja zitterte, zog stoßweise Luft ein und atmete langsam aus.

»Hast du sie schreien gehört?«, fragte sie.

»Nein.«

»Es muss ihr wahnsinnig weh getan haben.«

»Jetzt duzen wir uns«, sagte er.

Sie bog sich zu ihm herüber und legte ihren Kopf auf seine Knie. Das Zittern verging. Hans blickte auf ihr Haar, das im bläulichen Deckenlicht fast schwarz war.

11

Der Sonntag, für den er sich einen langen Spaziergang, möglichst die Umrundung des Sees vorgenommen hatte, war für einen Aufenthalt im Freien ungeeignet. Während der Nacht schon hatte sich von Osten her ein eisiger Wind erhoben. Am Morgen steigerte er sich noch, rüttelte an den Büschen und bog die Bäume, trieb Wolkenlasten unter dem Himmel nach Westen, die dem Tag das Licht nahmen und ihm etwas Unentschiedenes zwischen Morgen und Abend gaben. Nur über der Bergkette leuchtete, wie ein Schlitz ins Freie, ein beständiger Streifen Helligkeit. Sahlfeldt sah einen trägen Tagesverlauf voraus und entnahm der Hausbibliothek einen Band Erzählungen von Maupassant, dessen Geschichten er passend zum Wetter fand.

Am frühen Nachmittag überraschte ihn ein Anruf von der Rezeption, ein Besucher sei für ihn eingetroffen.

Man teilte ihm mit, dass ein Herr Tieck am Eingang auf ihn warte. Er überlegte kurz, ob er sich verleugnen lassen sollte, raffte sich dann aber zu einem »Ja, ich komme sofort!« auf. Noch auf dem Weg zum Empfang war er sich nicht im Klaren, ob er Jo wirklich sprechen wollte.

Der Maler war mit Windjacke, Jeans, festem Schuhwerk, Schirmmütze und einem kleinen Rucksack über der Schulter für eine Wanderung ausgerüstet. Er begrüßte Sahlfeldt, umarmte ihn und erzählte, er sei bereits seit dem Vormittag unterwegs und durch die angrenzenden Wälder gestreift, was Hans für fahrlässig hielt, der Sturm habe schon Bäume am See umgeworfen, und in der Klinik werde nachdrücklich vor Spaziergängen gewarnt. Ob Tieck von einem Ast erschlagen werden wolle.

»Nicht die schlechteste Legende«, grinste der Maler.

Sahlfeldt schlug vor, über den Treppensteig zum Café auf der Anhöhe zu gehen. Das Café des Sanatoriums war der Ort, an dem Patienten ihren Angehörigen versicherten, auf dem Weg der Besserung zu sein, oder klagten, ihr baldiges Ableben sei unvermeidlich. An Sonntagnachmittagen war das ockerfarbene Gewölbe gut besucht. Im Vorraum hingen sie ihre Jacken an die Garderobe, und Sahlfeldt fand in der Nische am hintersten Bogenfenster noch einen Tisch für zwei Personen.

»Gut siehst du aus«, sagte Tieck und stellte seinen Rucksack auf den Boden, »hast dich offenbar erholt hier draußen.«

Sahlfeldt nickte.

»Ich habe übrigens das letzte Bild schon verkauft, das, in dem du die Brücke gesehen hast, erinnerst du dich?«

»Ja, das mit dem Kind auf der Brücke.«

»Deine Phantasie hat mich wirklich dazu bewogen, dem Bild diesen Titel zu geben: Kind auf gelber Brücke. Vielleicht wäre ich es sonst nicht losgeworden.«

Er sprach in einem behutsamen Tonfall, der ihm sonst fremd war, und Sahlfeldt spürte seinen wachsenden Widerwillen gegen die Zurückhaltung seines Freundes, der die Geschichte vom verkauften Bild offenbar zur Vermeidung eines anderen Themas nutzte: Sahlfeldts psychischer Erkrankung.

»Ich habe es selbst nicht geglaubt, es ist wie ein Wunder, im Gericht wollten sie es nicht, aber die städtische Kurgesellschaft hat es für ihre neue Wandelhalle gekauft, sie zahlen lausig, aber es steht nicht mehr bei mir rum!«

»Gratuliere.«

Kuchen, Cognac für Tieck, Kaffee für beide wurden gebracht. Sahlfeldt quittierte mit der Zimmernummer. Er wusste nicht, was er mit Jo reden sollte, und fragte, nur um etwas zu sagen:

»Du hast dir Sorgen um mich gemacht?«

»Na. Schon. Ich bitte dich. Die Nummer mit dem alten Mallinckroth war ja weiß Gott –«

»Musst du nicht.«

»Was muss ich nicht?«

»Dir Sorgen machen. Ich bin hier in besten Händen, es geht mir gut, ich habe meine fünf Sinne beieinander, ja man könnte sagen, dass vermutlich kaum einer auf der Welt so vernünftig und klar im Kopf ist wie ich.«

Tieck grinste unsicher. »Das wäre schade.«

Er winkte der Bedienung und bestellte sich eine zweite Portion Marzipankuchen.

Sahlfeldt sah zu, wie Jo aß, und empfand plötzlich Abscheu gegenüber seinem Freund, gegen dessen Geschlinge, gegen die ganze Situation – einen Ekel, den er sich nicht erklären und kaum beherrschen konnte. Er griff zu Tiecks halb geleertem Cognacglas und trank es aus.

Tieck sah verblüfft vom Teller auf. »Wohl bekomm 's!«

»Ich spendier dir noch einen«, sagte Sahlfeldt.

»Nicht nötig. Übrigens soll ich dich von Reinhild grüßen.«

»Ach ja? Danke. Und von Lilly Kaulfuß nicht?«

Tieck grinste. »Nein. Sie sind nicht mehr zusammen. Wusstest du das nicht?«

Sahlfeldt schwieg und sah zum Fenster hinaus auf die Rückseite des Westflügels, wo in einigen Zimmern bereits Licht brannte.

»Hier erfährt man kaum was von draußen.«

»Schon seit einem Monat.«

»Schön, dass du mit ihr in Verbindung geblieben bist.«

Tieck schob den Teller von sich und ächzte erleichtert, als sei das Kuchenvertilgen anstrengend gewesen.

»Sie hat mir etwas für dich mitgegeben. Wollte wohl selber nicht kommen, ich mache den Boten.«

Er beugte sich zu seinem Rucksack, öffnete ihn und zog eine dünne hellgrüne Aktenmappe heraus. »Ich hab nicht reingesehen, Ehrenwort, aber ich weiß, es hat mit der Markoff zu tun.«

Sahlfeldt lehnte sich im Stuhl zurück, als wolle er Abstand gewinnen.

»Wenn Reinhild glaubt, wir könnten uns nun wieder irgendwie –«

Tieck unterbrach ihn. »Oh nein, nein, das nicht, das ganz bestimmt nicht.«

Sein selbstgefälliges Lachen brachte Sahlfeldt auf die Idee, dass Jo und Reinhild jetzt mehr als die alte Freundschaft verband.

»Du scheinst ja über ihre Absichten gut im Bilde zu sein.«
Dass Tieck seinem Blick auswich, bestätigte ihn. Er stand auf.
»Na dann viel Glück, das hast du ja damals schon gewollt, und sag
ihr, dass ich ihr danke, für die Unterlagen und überhaupt.«
Jo blieb sitzen und sah zu ihm hoch. »Du bist doch nicht eifersüch-
tig?«
»Wieso? Wir drei waren immer gut befreundet, und jetzt seid ihr es
etwas näher und intensiver, daran ist nichts, worauf ich eifersüchtig
sein könnte. Ich muss mich nur vor dem Abendessen noch etwas hin-
legen, ärztliche Anweisung. Ciao. Vergiss nicht, Reinhild zu grüßen.
Mit meinen besten Wünschen für euch beide. Und falls ihr mal einen
Paartherapeuten braucht…«
Er beugte sich zu Jo hinunter und tätschelte ihm die unrasierte
Wange, wandte sich ab und verließ, den grünen Aktendeckel in der
Hand, das Café, legte sich in der Garderobe seine Jacke übern Arm,
eilte die Steintreppen zur Terrasse hinunter, durch den rückwärtigen
Sanatoriumseingang, und verlangsamte seine Schritte nicht, bis er im
Zimmer war und die Tür hinter sich geschlossen hatte.
Er legte die Mappe auf den Schreibtisch, setzte sich und versuchte,
die Emotionen zu analysieren, die ihn dazu getrieben hatten, flucht-
artig aus dem Sanatoriumscafé zu verschwinden und seinem Freund
eine ärztliche Anweisung als Grund vorzutäuschen. Woher diese Ge-
fühlsaufwallung? Eifersucht hatte er in den Jahren seit der Trennung
keinen Augenblick an sich wahrgenommen. Fühlte er sich von Jo
Tieck betrogen? Gab es nach dem Verlust von Lenja Anlass, sich von
Reinhild verraten zu fühlen? Das wäre gegen jede Logik.
Er schob den Maupassant-Band, der noch aufgeschlagen vor ihm
lag, beiseite, zog die grüne Aktenmappe heran und öffnete sie. Sofort
erkannte er, dass es sich um Gerichtsakten handelte, wie Reinhild sie
früher mitgebracht hatte, um sie zu Hause durchzuarbeiten. Das Papier der Strafanzeige war vergilbt, und etwas warnte ihn davor, sich
in seinem Zustand damit zu beschäftigen.
Zwei Zeitungsausschnitte vom Oktober des Jahres lagen obenauf.
Eine Todesanzeige für Horst Kolditz, katholischer Pfarrer, unter-
fertigt vom Bischöflichen Ordinariat. Am Rand stand in Reinhilds

Handschrift: *L.K.* Der zweite Ausschnitt, vier Tage später datiert, berichtete von einer bekleideten Frauenleiche, die im Wehr vier Kilometer flussabwärts gefunden worden war, augenscheinlich eine Selbstmörderin, deren Alter die Redaktion verschwieg. Laut Identifizierung handele es sich um eine «Seniorin» aus dem Wingertviertel. Über dem Artikel hatte Reinhild notiert: *A. Körber* Er nahm die Zeitungsausschnitte heraus und schlug die Akte zu. Das *L.K.* erschloss sich ihm nicht, doch er ahnte, dass Reinhilds Unterlagen von Lenja handelten. Das erklärte seine Unruhe. Lenja hatte den Namen ihrer Adoptiveltern nie erwähnt, nur vom *Rektor* und von *Agnes* gesprochen. Jo Tieck hatte ihn genannt, als sie damals vor dem frisch vollendeten Bild mit dem Kind auf der gelben Brücke standen: *Körber. Er hieß Körber. Der Schulleiter. Wurde sehr gelobt in der Zeitung. Hat sie, glaube ich, adoptiert. Guter Mensch.*

Vielleicht lag es am Sturm, der zur Häuslichkeit zwang, oder am Sonntag, oder es war schlichter Zufall, dass zur selben Zeit Bruno Tiefenbach auf Aktensuche ging. Die Wohnung im alten Sanatoriumshaus, die ihm von der Klinikleitung eingerichtet worden war, bestand aus zwei kleinen Zimmern, einer Nische mit Spüle und zweiflammiger Kochplatte auf einem Tischkühlschrank und einem erstaunlich geräumigen Bad. Seine Mahlzeiten nahm er in der Angestellten-Mensa mit den Ärzten ein. Das Wohn- und Arbeitszimmer war bis unter die Decke mit Büchern, Ordnern und Akten gefüllt, bot jedoch nicht genügend Platz für ein Archiv. Der kleinere Raum war mit Bett, Kleiderschrank und Fernsehgerät zugestellt, und auch wenn Tiefenbach unter dem Bett zwei Koffer voller Patientenakten verstaut hatte, war doch der größte Teil seiner Lebensarbeit in Ordnern und Mappen dokumentiert, die im Keller des Hauses lagerten.

Der Bau war 1908 im Souterrain mit einer Quarantänestation ausgestattet worden, weshalb sich die beheizbaren Räume mit trockenen Böden nach Aufgabe der medizinischen Einrichtung als Dokumentenlager eigneten.

Tiefenbach fluchte über die Höhe der Stufen, er musste sich beim Abstieg auf der gewundenen, schlecht beleuchteten Kellertreppe für jeden Schritt nach rechts und links drehen, um die Schmerzen in den Hüften zu vermindern. Durch den Hintereingang des Archivs gelangte er in den gekachelten Vorraum, der seinerzeit als Schleuse für das Personal gedient hatte. Er schloss die Eisentür zur ehemaligen Station auf, schaltete das Licht an und blickte suchend an den Stapeln von Akten entlang, die in hölzernen Stellagen bis zur Decke lagerten. Auf schmalen Schildern an den Regalbrettern standen Jahreszahlen, aus vielen Mappen hingen vergilbte Papierzungen mit Titelaufschriften. Tiefenbach kniff die Augen zusammen und entdeckte, dass der Zeitraum, den er suchte, sich gut einen Meter über seinem Kopf befand.

Durch eine weitere Tür gelangte er in den alten Patientenraum, in den an der gegenüber liegenden Seite eine Rampe mündete, über die seinerzeit die Betten aus den vorgelagerten Untersuchungszimmern hereingeschoben worden waren. Hier stand an der gekalkten Wand zwischen den Regalen die hölzerne Trittleiter, und Tiefenbach schleifte sie ins Archiv, lehnte sie an und stieg hinauf. Er zog, während er den oberen Teil des Stapels mit der Linken zurück hielt, die Mappe mit den gesuchten Unterlagen heraus. Den amtlich-beigen Karton hatte er damals in schwungvollen Buchstaben beschriftet: *Fall Barcarole.*

Als er seine Handschrift las, erfasste ihn leichter Schwindel, sein Kopf schien sich eigenwillig zu bewegen, und er fürchtete, die Kontrolle über seinen Körper zu verlieren. Die Beine wurden weich, er lehnte sich nach vorn mit dem Gesicht gegen den Holm der Leiter und hielt sich fest. Das Holz roch bitter. Dann siegte die Selbstbeherrschung, die ihn sein Erwachsenenleben lang begleitete, ihm über eine unerfreuliche Ehe und den Tod seiner zweiten Frau hinweg geholfen hatte. Er fand sein Gleichgewicht wieder und stieg langsam, die Aufzeichnungen unter dem linken Arm, hinunter, verließ den Raum, nachdem er das Licht gelöscht hatte, schloss die Tür ab und mühte sich wieder hinauf in den alten Krankenhausflur, an dem seine Wohnung lag.

Bis zum Abend las er in weiteren Patientenakten, die in den Ordnern im Arbeitszimmer und den unterm Bett verstauten Koffern aufbewahrt waren, legte einige zur Seite, andere wieder zurück, und hoffte, mit der Besichtigung seiner Vergangenheit in der Nacht fertig zu werden. Der morgige Montag würde ihm keine Zeit dazu lassen, vormittags stand der Spaziergang mit Sahlfeldt an, am Nachmittag die Therapiestunden mit zwei Rehabilitanden nach überstandenem Myokardinfarkt.

12

DER SCHNEE KNIRSCHTE UNTER ihren Füßen, sie umrundeten die noch dampfenden Haufen von Pferdekot, die sich in den verharschten Waldweg eingeschmolzen hatten, und stapften auf eine Lichtung zu, deren westlichen Saum ein zur Hälfte abgegrabener Hügel bildete. Die aufragende Flanke bestand aus hellem, von braunen Steinadern marmoriertem Kalkboden und stieg an bis zum Rand des Waldes, der sich oben fortsetzte. Hier wurde für Wege- und Bauvorhaben des Sanatoriums Kies geschürft.

Sahlfeldt atmete tief ein. »Der Nadelwaldduft ist unvergleichlich erfrischend, während Himbeeren den Magen über Gebühr belasten!«

Tiefenbach blieb stehen, gab einen gequälten Laut von sich, war versucht, zu resignieren, und entschloss sich dann, hier in der kleinen Kiesgrube das Katz-und-Maus-Spiel zu beenden.

»Ich muss mal zur Seite und schlage mein Wasser an dem toten Baum da ab, und in der Zwischenzeit, Hans, entscheiden Sie sich, Ihre Irren-Komödie aufzugeben. Mir macht das Pissen Mühe, es dauert, Sie haben Zeit. Aber wenn ich wiederkomme, will ich eine erwachsene, vernünftige, klare, überlegte und brauchbare Antwort. Und dann, aber erst dann, reden wir weiter über Ihren Traum mit dem halben Mann in der Wand und den Bällen. Haben Sie mich verstanden?«

Der Therapeut öffnete seinen Mantel und lief ein paar Schritte über den rechten Wegrand hinaus zu einem Baum ohne Rinde. Irgendwo über den Männern tackerte ein Specht, das Echo seiner ratternden Schläge flog zwischen den Stämmen davon.

Sahlfeldt weigerte sich, aufzugeben. Er dachte daran, sich mit verrückten Armbewegungen zu wehren, die Hände über dem Kopf verschraubt, begleitet von Arien absurder Wortkombinationen, oder auch Starrsinn und Sturheit zu wählen, sich störrisch auf den Schneeweg zu setzen und sich gegen jedes Fortkommen zu sträuben. Dann hörte er, dass der Specht offenbar von Baum zu Baum wechselte, das helle Hämmern kam aus immer neuen Richtungen, und ihm wurde plötzlich klar: Die Geschichte seiner Simulation ging hier unabwendbar zu Ende.

Als Tiefenbach zurückkam, schien Sahlfeldt noch damit beschäftigt, das Profil seiner Stiefelsohlen im Schnee zu studieren, und lief weit vornüber gebeugt in engem Kreis auf der Stelle, richtete sich aber, als der Therapeut neben ihm stehen blieb, auf, reichte ihm die Hand und sagte mit heiterer Miene:

»Es ist vorüber, lieber Kollege, ich bin wieder ich selbst, ganz und gar frei, Sie haben mich geheilt, es war nicht nötig, aber erfolgreich!«

»Gut«, sagte Tiefenbach, schloss die Knöpfe seines Mantels, legte den Kopf schief nach links und blickte Sahlfeldt prüfend in die Augen. »Schön, dass Sie sich besonnen haben, aber frei sind Sie nicht, Sie wissen ja selbst, dass es keine Heilung von dem Erbverhängnis gibt, dass man einen Vater und eine Mutter braucht, um überhaupt auf der Welt zu sein. Wir sind *nie* wir selbst, wir sind immer von *denen*, nie autonom, nie frei, immer ein Produkt dieser biologischen Ambivalenz. Oder sind Sie da anderer Meinung?«

Sahlfeldt dachte nicht daran, sich auf Grundsatzfragen einzulassen. »Der Wind legt sich«, sagte er, »die Sonne kommt heraus, Sie werden sehen, kaum sind wir aus dem Wald, werden wir beschienen wie Kinder des Glücks!«

Tiefenbach sah ihn erstaunt an. »Dann lassen Sie uns umkehren, bevor Sie Ihren Optimismus wieder verlieren.«

Als sie nach einer halben Stunde zurück zum See kamen, hatte die Sonne ihren Mittagsstand erreicht. Sie war kräftig genug, um die Eisfläche, die der Sturm am Vortag schneefrei gefegt hatte, anzutauen. Der Wasserfilm spiegelte den Himmel.

Das graue Holz der beiden Bänke am Ufer, zwischen denen sich der Steg auf den See hinaus streckte, war warm und trocken.

»Natürlich sind Sie geheilt, so weit man diesen Begriff überhaupt auf uns anwenden darf«, sagte Tiefenbach, als er sich gesetzt hatte. »Ich bin überzeugt, dass es weder gesunde noch kranke Menschen gibt, sondern ausschließlich solche, die mehr oder minder zur einen oder anderen Kategorie gehören, und Sie bewegen sich wohl jetzt ein bisschen mehr zur gesunden. Aber Ihr Schmerz ist unvergänglich. Die Liebe ist eine Erscheinungsform des Wahnsinns, manchmal mild, meistens ausgeprägt, gelegentlich, wie bei Ihnen, ichbestimmend. Ihre tief sitzende kindliche Verlustangst ist bestätigt worden, das macht Ihren Schmerz um Lenja traumatisch. Das Gefühl ist mir vertraut, nur ist es bei mir ein Schuldschmerz, der sich wahrscheinlich ganz ähnlich anfühlt wie Ihr Liebesschmerz, lieber Hans.«

Hans Sahlfeldt stand auf dem Steg und sah auf den gleißenden See hinaus. Jetzt fiel ihm die Windstille auf. Er ahnte hinter Tiefenbachs Worten ein Geständnis, das ihn beunruhigte, und er wollte an dieser Stelle Gewissheit.

»Wird man das je los?«, fragte er, »dieses Schuldgefühl, obwohl man für das, was passiert ist, nicht verantwortlich war? Jedenfalls nicht ursächlich. Und dennoch: Es brennt und lastet.«

Tiefenbach zog sich die Mütze vom Kopf und hob das Gesicht der Sonne entgegen.

»Mit wem haben Sie als Kind Ball gespielt?«

»Mit meinem Vater. Manchmal. Nicht oft. Oder mit einem Mädchen aus dem Nebenhaus. Die konnte es aber nicht.«

»Es ist kein Mädchen, das in Ihrem Traum aus der Wand wächst und Ihnen Bälle zuwirft!«

»Ein Mann.«

»Er hat keinen Unterleib.«

»In der Mauer«, sagte Sahlfeldt und ging in die Knie, um seine Blickposition zur Spiegelung des Himmels auf dem nassen Eis zu verändern.

»Eben! Sein Geschlecht ist versteinert!« Tiefenbachs Stimme hatte einen triumphalen Klang angenommen. »Und woran erinnert uns das? Richtig, an jenes Märchen aus Tausendundeiner Nacht, in dem der Held auf einem fliegenden hölzernen Pferd in der verwunschenen Stadt landet, wo die Bürger in bunte Fische im See verzaubert sind und der Prinz, na, was? Sagen Sie bloß, Sie wissen es nicht!«

»Nein, was?« Sahlfeldt hockte sich auf den Rand des Badestegs und ließ die Unterschenkel baumeln.

»Er ist von der Zauberin, deren Liebe er nicht erwiderte, unterhalb des Bauchnabels in einen Block aus kaltem, weißem Marmor verwandelt worden! Was sind Sie für ein Therapeut, der dieses Märchen nicht kennt!«

Sahlfeldt hob die Beine auf den Steg, wälzte sich auf die Seite, kam mühsam in die Hocke und musste zwei Mal ansetzen, bis es ihm gelang, aufzustehen. Er ging zur Bank und ließ sich neben Tiefenbach nieder.

»Ich hatte damals Tuberkulose. Mit Elf. Musste liegen und konnte nur lesen. Ich kannte alle Märchen der Gebrüder Grimm. Tausendundeine Nacht habe ich erst mit Fünfzehn gelesen. Außerdem kam der Traum im Fieber.«

»Ja, ja«, sagte Tiefenbach. »Ihre Mutter hat den kranken Knaben gepflegt, verwöhnt, umhegt, er spürte ihre Fürsorge und Liebe und wollte sie für sich haben, deswegen durfte der Vater keinen aktiven Unterleib behalten, durch den er sich mit der Mutter vereinigen konnte, was dem Söhnchen ja per Inzestverbot versagt war, und Sie beschäftigten ihn mit dem Ball, damit ihm die Versteinerung seines Triebs, für die Sie verantwortlich waren, nicht auffiel. Das wäre so weit nicht weiter von Belang. Aber ich frage mich, warum dieser Traum aus Ihrer Kindheit jetzt wiederkehrt. Hatte man Ihnen verboten zu onanieren?«

Sein Patient stöhnte entnervt. »Genauso gut hätte ich als Kind feststellen können, dass meine Mutter meinen untreuen Vater nicht liebte, ihm den Unterleib eingemauert hat und ich dem armen Mann mit den Bällen wenigstens etwas Freude bereiten wollte, wie ich sie selbst beim Ballspielen empfand. Man beachte die Verwandtschaft von Bällen und den männlichen Testikeln. Also nicht Vater-Sohn-Konkurrenz um die Mutter, sondern maskuline Hoden-Solidarisierung gegen sie.«

Er grinste herausfordernd.

Zu seiner Verblüffung widersprach Tiefenbach nicht seiner frechen Analyse-Parodie, öffnete nicht einmal die Augen, sondern zog seine schwarze Strickmütze wieder über den nackten Schädel und murmelte: »Meinetwegen auch so. Ich bin zu intelligent, um orthodox zu sein. Aber die Frage bleibt, warum Sie das jetzt träumen, oder?«

»Wenn wir daran arbeiten«, antwortete Sahlfeldt, »werde ich Ihnen zu nahe kommen. Meinem Eindruck nach verbindet uns Lenja zu einem System. Sagen Sie mir, ob ich recht habe, oder ob ich mich verrenne. Ich habe meine Lügen und meine Hamletiade aufgegeben, ich habe jetzt Anspruch auf Ihre Wahrheit!«

Tiefenbach rutschte etwas in sich zusammen und schien sich zu verbarrikadieren. Unwirsch sagte er: »Nein. Niemand hat Anspruch auf die Wahrheit eines anderen. Unsere Wahrheit können wir nur freiwillig hergeben. Wenn sie einer verlangt, ist sie schon verdorben.«

Sie schwiegen. Sahlfeldt fühlte, dass sie sich in eine Reuse manövriert hatten, aus der sie beide nicht hinaus fanden. In den Gesprächen der letzten Wochen hatten sie sich wie im Kreis bewegt, und Patient und Therapeut waren darauf bedacht gewesen, nie zu nah an den Mittelpunkt des Kreises zu geraten, so als läge dort ein Schmerz, der jeden, der sich ihm aussetzte, überforderte. Jetzt ließ es sich nicht mehr vermeiden.

»Ich habe geglaubt, Sie hätten das missbrauchte Kind Lenja geliebt und beschützt«, sagte Sahlfeldt, »und ich liebe und schütze die erwachsene Frau. Wir vermissen sie beide, mit einem großen Zeitunterschied. Aber die Zeit heilt keine Wunden.«

Tiefenbach streckte den rechten Arm aus und strich ihm übers Haar wie einem Lehrling, der gute Arbeit gemacht hatte.

»Nein. Ich habe Lenja damals nicht geliebt. Ich hätte sie lieben sollen und habe es nicht getan. Vielleicht gibt es keine größere Schuld als die versäumte Liebe zu einem Kind.«

»Aber meine Liebe«, entgegnete Sahlfeldt leise, »hat ihr auch nicht geholfen. Manchmal glaube ich, wir hätten es nicht so weit kommen lassen sollen.«

»Wir wählen die Liebe nicht«, sagte Tiefenbach, »sie wählt uns.«

»Tritt ein, Hans Sahlfeldt, hier war noch niemand außer mir und Nele.«

Mit dem Spruch »Einmal ist keinmal« hatte sie ihn nach der Vernissage in die Bar *Only4theRich* eingeladen, wie am ersten Abend dort zwei doppelte Wodka getrunken und darauf bestanden, seinen Bourbon zu zahlen. »Dafür fährst du mich dann nach Hause, das machst du doch, oder?«

Die verzweifelte Lenja, die er nach ihrem Auftritt zur Ausstellungseröffnung im Büro der Kunsthalle vorgefunden hatte, verwandelte sich auf dem Weg zur Bar mit jedem Schritt mehr in die freie Künstlerin, die seine Begleitung zu genießen schien.

Der Wodka versetzte sie in eine flirrende Laune, die ihn unsicher machte: Verbarg sie jetzt vor dem Eingang des Ateliers hinter dem ironischen Ton, dass sie mit ihrer Einladung weiter gegangen war, als sie wollte? Und er? Wozu war er bereit?

Die alte Ziegelei, ein neugotisch ornamentierter Backsteinbau vom Ende des neunzehnten Jahrhunderts, der seit den fünfziger Jahren des Zwanzigsten unterschiedlichsten Zwecken, zuletzt als kommunale Lagerhalle, gedient hatte, war seinerzeit außerhalb der Stadt errichtet, inzwischen aber von einer Siedlung aus Bungalows und Reihenhäusern mit kleinen Gärten umschlossen worden. Lenja hatte ihn von der Stadt gepachtet und auf eigene Kosten als Atelier herrichten lassen.

Vor der Stahltür im Hallentor streckte sie den Arm hoch und klingelte mit dem Schlüsselbund: »Hallo, wir kommen!«

Während sie sich zum Schloss beugte und öffnete, drehte sie den Kopf nach hinten, sah zu ihm auf und zeigte ihm ihr vom Mond beschienenes Gesicht, das er bisher so nicht kannte: heiter, jung und unternehmungslustig.

Lenja schaltete das Licht ein. Die Fabrikhalle wurde aus Deckenstrahlern mit Helligkeit geflutet. Am Ende des hohen Raums, zwischen dem bis zum Dach gebauten Brennofen und dem rückwärtigen eisernen Rolltor, saß auf einem mit grünem Samt bezogenen Biedermeiersofa die Puppe Nele und hielt Sahlfeldt ihr blasses Gesicht entgegen.

Wie Bruchstücke einer Wohnung waren Lebensräume auf der Fläche verteilt, eine Kücheneinheit, verbunden mit Kabeln und Schläuchen, die sich zu einer frei stehenden Duschkabine schlängelten; entfernt in einer Nische ein Bett mit Nachttisch und Schrank. Den weitaus größten Raum nahmen vier Mädchenskulpturen ein, in den Maßen Erwachsener, zwei davon noch unbemalt und ockergelb wie der PU-Schaum, aus dem sie bestanden, diejenige nächst dem Eingang erst grob zugeschnitten, noch kubisch und kantig. In einem Lagerraum, der sich rechts anschloss, hatte Lenja aus Holzlatten und Plastikbahnen die viereckige Wanne für den nächsten Schaumblock vorbereitet. In solche provisorische Tröge entleerte sie schichtweise die Dosen, ließ den Inhalt aufquellen und aushärten und riss dann die Außenform ab. Die entstandenen Blöcke von etwa vier Kubikmetern ließen sich leicht bewegen und mit Schneidwerkzeugen bearbeiten.

An der Seitenwand hinter dem Schaumtrog lehnten Folienrollen und Dachlatten, stapelten sich Kartons mit PU-Schaum-Dosen und Reiniger. Zwischen den halbfertigen Skulpturen lagen auf einem Brettertisch die Gerätschaften in gelbem Mehl, lange Messer und Sägen, Schleifmaschinen, Schaber, Raspeln, Feilen und Sandpapiere, eine Schutzbrille, eine Spritzpistole. Unter dem Tisch stand ein Industriestaubsauger, an einem hölzernen Garderobenständer hingen zwei weiße Overalls und eine Lackierermaske mit seitlich ausgestülpten Gasfiltern. Sahlfeldt sah sich staunend in dieser Werkstatt um, Lenja beobachtete ihn und musste lachen.

»Meine Kunst ist Industrie«, sagte sie. »Geh nicht zu nah ran, der Abrieb ist Gift für die Lunge. Gib mir deinen Mantel.«

Sie warf ihre Mäntel neben die Puppe aufs Sofa, legte Nele mit dem Gesicht darauf, lief zum Kühlschrank, entnahm ihm eine Flasche Weißwein, kramte in der Besteckschublade nach dem Korkenzieher und reichte Sahlfeldt beides mit größter Selbstverständlichkeit. »Machst du?«

Ihre Geschäftigkeit gefiel ihm, sie legte eine CD ein, ein Walzer klang auf, der ihm bekannt vorkam. Mit zwei Gläsern in Händen trat sie auf ihn zu, wartete, bis er die Weinflasche zwischen die Knie geklemmt und geöffnet hatte. Sie hielt die Gläser hin, er schenkte beide ein, sie reichte ihm eines, nahm ihm die Flasche aus der Hand, stellte sie auf den Fußboden, steckte den Korkenzieher in seine linke Jackentasche und sagte noch immer nichts, stieß mit ihm an, sie tranken, der eiskalte Wein tat gut, sie nahm ihm sein Glas ab, stellte es mit ihrem neben der Flasche am Boden ab, bog ihren rechten Arm einladend nach vorn, hob den linken mit offener Hand und wartete in erstarrter Pose, bereit zum Tanz.

»Ich kann nicht tanzen«, sagte er.

»Du weißt es nur noch nicht.«

Sie umfasste ihn, korrigierte seine Hände, bis er sie hielt, und in den Wellen des Gondellieds führte sie ihn wie einen Schüler.

»Da also ist es geschehen«, stellte Tiefenbach fest, mit einer Stimme, in der Sahlfeldt Schwankungen heraushörte, und wieder fragte er sich, was er dem alten Mann zumuten oder besser verschweigen sollte.

»Ja. Und nein. Sie wollte etwas, zu dem sie eigentlich nicht bereit war.«

Tiefenbach stützte sich mit der linken Hand auf die Rückenlehne der Holzbank und stand langsam auf.

»Ist das nicht immer so?«

Die Sonne war auf ihrem flachen Winterbogen zur rechten Seite des Stegs hinter das Geäst der Baumkronen gewandert. Ihre Wärme, die eine halbe Stunde zuvor an Frühling denken ließ, wich einer feuchten Kühle; der Analytiker zog seine Mütze noch tiefer und lief über die Planken auf den Weg, der zur Seeseite der Klinik führte.

Sahlfeldt blieb auf der Bank sitzen und rief ihm nach: »Was ist immer so?«

»Dass wir etwas tun wollen, bevor wir dazu bereit sind!«, rief Tiefenbach, ohne sich umzusehen.

Lenjas vierter Brief

Seither, lieber Hans, kenne ich deinen Traum, in dem der Wald
sich aus der Erde hebt und in der Höhe umdreht und mit den
Ästen zuerst wieder in die Erde einsinkt.
Seit wir zusammen waren. Hast du das damals schon gewollt,
als wir zum ersten Mal im Bocca della Verità waren und du nach
der Farbe von Hannas Augen gefragt hast?
Ja. Ich wollte in dieser Nacht nach der Ausstellungseröffnung
mit dir schlafen. Ich hatte das Gesicht meiner Figur 431 zerstört,
als wäre es mein eigenes, so wie Mallinckroth mir damals mit
der Flasche Salzsäure gedroht hat. Ich wünschte mir, dass
du mir nachkommst und verstehst, was geschehen war. Ich
habe diesen Wunsch verflucht und bekämpft. Ich wollte dich
nicht hassen, aber ich wusste, danach würde ich dich hassen.
Es konnte gar nicht anders sein. Trotzdem habe ich dich mit
zu mir genommen. Ich wollt die Barcarole mit Dir hören, mit
dir verbinden, du solltest sie reinigen und in mir befreien.
Findest du das verrückt? Ich habe viel gelesen über solche wie
mich. Ihr schreibt Bücher über uns, statt uns zu helfen. Wir
sind verschlossen, vulgär, aggressiv, obszön, verschüchtert,
schmeißen uns plötzlich irgendwem hin, sind euphorisch,
unberechenbar, dann verletzen wir uns zur Strafe, kriechen in
uns hinein, werden zwanghaft, dann sterben wir und haben
nicht geschafft, was alle anderen einfach so können: lieben.
Jemandem vertrauen und ihn lieben.
Wir sehnen uns nach einem Menschen, der uns in die Arme
nimmt, und wenn es einer tut, wird uns übel.
Als ich damals mit Nele abgehauen bin, zum zweiten Mal,
wurden wir aus dem Zug rausgeschmissen, Autos nahmen uns
mit, aber keins über die Grenze, ein Lastwagenfahrer hat uns
dann nach Holland geschmuggelt. Er hat es mir angesehen,
und ich habe mich so bedankt, wie ich es gelernt hatte und
er es wollte. Wir waren Straßenkinder, Nele und ich. Später
ein Job im Coffeeshop, irgendwie bin ich um die Drogen

rumgekommen, keine Ahnung, wie uns das gelungen ist, Nele mochte das Zeug nicht. Ja, du lachst. Aber wenn Nele etwas nicht tat, wollte ich es auch nicht. Und Holzpuppen sind starrköpfig. Dann hat mich in Amsterdam der Maler Lucas von der Straße und in sein Atelier geholt, ich weiß nicht, wie lange ich kein sauberes Bett mehr hatte. Lucas war entsetzt, als ich mich auf meine Art erkenntlich zeigen wollte.

Seine Frau Roos und er lebten im Obergeschoss einer alten Fabrikhalle von seinen Stadtansichten und Grachtenbildern, die in ihrer kleinen Galerie an Touristen verkauft wurden. Roos stammte aus Indonesien, sie und Lucas haben in ihrem Loft vier Straßenkinder betreut. Außer uns lebte noch ein brauner, zotteliger Hund mit uns, *Lord Nelson*, unbestimmbare Rasse, groß wie ein Bernhardiner. Das einzige, was wir bei Lucas und Roos zuhause tun mussten, war malen. Den beiden zuliebe hat es jeder von uns gelernt. Lucas gab mir am ersten Tag einen Bogen Papier und einen fingerdicken Kohlestift und sagte: »Los! Mach das Papier fertig, mach es fertig!« Ich malte so lange, bis das Papier ganz und gar schwarz war bis zum Rand. Roos sah es und weinte, ich hatte ein schlechtes Gewissen. Ein Jahr später ist sie gestorben, und wir blieben seine Kinder. Wir lernten, seine Touristenbilder zu kopieren, und wenn er eins davon verkaufte, gab er uns das Geld. Irgendwann hat er mir gezeigt, wie man aus einem Klumpen Ton Figuren formt. Ich habe bald nichts anderes mehr gemacht. Aber ich konnte mir nicht vorstellen, eine Künstlerin zu sein. Du weißt, Hans, was ich am liebsten gewesen wäre: Ein Baum.

In der Nacht, in der wir miteinander geschlafen haben, verschwand dieser Wunsch, und am Morgen, als ich dich ansehen konnte und nicht hassen musste, wollte ich dir meine Geschichte erzählen und dich fragen, ob du das aushältst, ob du –

Es ging nicht.

13

IHRE HÄNDE SCHLUGEN IN einem Wirbel auf ihn ein. Sie trafen seine Brust, sein Gesicht, seine Arme, mit denen er sich zu schützen versuchte. Lenja saß auf ihm und weinte und schrie. Er sah Schnittnarben an ihren Handgelenken.

Sie hatte ihn im Takt des langsamen Walzers zu ihrem Bett gelenkt, hatte von ihm verlangt, alles ihr zu überlassen, hatte erst ihn, dann sich entkleidet und auf seinen Schoß gesetzt und, als die *Barcarole* verklungen war, rascher bewegt, als er wollte. In ihrem Gesicht sah er den Kampf, sie sehnte sich und wehrte sich dagegen. Plötzlich schrie sie und schlug auf ihn ein. Er richtete sich auf, versuchte ihre Hände zu fassen, sie schlug wütender zu, hielt die Augen geschlossen; er kapitulierte, ließ sich zurück fallen und streckte die Arme beidseits aus. Sie kam zu sich, betrachtete ihn, wie er wehrlos da lag, ließ die Hände sinken und strich über sein Gesicht.

Er brachte die Weingläser und die Flasche ans Bett. Lenja nahm aus der Nachttischschublade eine offene Zigarettenpackung, einen Aschenbecher, Streichhölzer. Sie zündete sich eine an und streckte ihm das Päckchen hin.

Er wehrte ab: »Ich rauche nicht. Seit zweiunddreißig Monaten.«

Sie lachte, »Willst du *noch* älter werden?«, hielt ihm ihre Zigarette an die Lippen, und er nahm einen Zug.

»Wenn man es los ist«, sagte er, »schießt das in die Beine und Arme wie ein Joint.«

»Schön?«

»Ja, ganz schön. Kein Grund, damit wieder anzufangen.«

Sie sah ihn prüfend an.

»Bleibst du?«

Er nickte. »Wo kann ich das Licht ausmachen?«

»Nele und ich schlafen immer bei Licht. Ich halt dir die Augen zu.«

»Du schlägst mich...«

»Das war ich nicht.«

Sie drückte die Zigarette im Aschenbecher aus, Hans zog die Decke über sie beide.

Er lernte in dieser Nacht, bei Licht zu schlafen. Lenja hatte ihren rechten Arm nach hinten gelegt und ließ ihre Hand auf seiner Hüfte, als wollte sie sicher sein, dass er sich nicht entfernte. Ihr Körper wurde immer wieder von kleinen Bewegungen durchzuckt, als müsse sie Schlägen ausweichen, ihre Beine schienen zu rennen, sie wachte nicht davon auf, während er anfangs aufschrak, sich im Verlauf der Nacht aber an Lenjas Unruhe gewöhnte und, ohne dabei ganz zu erwachen, tröstende Laute brummte, die offenbar eine beruhigende Wirkung auf sie hatten.

Gegen Morgen, Lenja hatte sich aus seiner Umarmung gelöst und das Bett verlassen, träumte er, dass er wieder ein kleiner Junge in kurzen Hosen war und sich im Wald der Sandheide verlaufen hatte, die sich nördlich des Dorfes ausdehnte, in dem er aufgewachsen war. Mittag. Die Sonne senkrecht über den Baumkronen.

Seine Blase drückt, er greift von unten ins rechte Hosenbein und pinkelt in den Sand. Dann verkehrt sich die Welt:

Um ihn herum heben sich die Kiefern aus ihrem lockeren, roten Boden, der ganze Wald strebt geräuschlos dem Himmel zu und hinterlässt eine Wüste. In der Höhe kehren sich die Bäume, schon kaum mehr sichtbar, um und stürzen rauschend mit den Kronen voran in die Gruben, die ihr Aufstieg gerissen hatte. Wieder herrscht Stille, wieder steht ein Wald da, doch streckt er jetzt sein Wurzeldickicht zum Himmel.

Hans trägt kurze, gestrickte Hosen aus dunkelbrauner Wolle, mit Trägern. Sein Oberkörper ist nackt und bleich, die beiden, vorn mit einem Quersteg verbundenen Hosenträger kratzen auf seiner Kinderbrust.

Er sieht den kopfüber gedrehten Wald an. Angst hat er nicht. Er bewegt sich nicht von der Stelle. Kein Wind.

Während er träumt, weiß Sahlfeldt, dass er diesen helllichten Traum kennt. Im Traum begrüßt er den Traum seiner Kindheit, scheint ihn mehr zu beobachten, als zu erleben. Damals trat er mit der Regelmäßigkeit der Jahreszeiten in ihm auf, bis er sich in jenem Alter, in dem der Träumer von sich selbst als Mann zu denken begann, seltener einstellte und schließlich ausblieb.

Er war noch nicht vier Jahre alt, als er zum ersten Mal daraus erwachte, ins Dunkel starrte und hörte, wie die Stille aus dem Wald ins Zimmer kroch. Er setzte sich auf und hatte das Gefühl, dass die Nacht aus schwarzer Luft bestand und dass er selbst darin eingeschlossen war, ohne atmen zu dürfen. Er versuchte, sich den Fußboden, die Wände, die Decke des Zimmers vorzustellen. Sein Herz schlug hell und hart, es rannte gegen die Nacht an, setzte aus, schlug doppelt schnell und holte so die versäumten Schläge nach. Seine Ohren wurden märchengroß und fingen Geräusche aus der Schwärze auf. Die unregelmäßigen Atemzüge der Mutter. Kurze, eingezogene Seufzer; leises, sirrendes Pfeifen.

Das Kopfende ihres Bettes stieß an die gegenüberliegende Wand, der Rahmen ragte in die Mitte des Zimmers. So teilte die Mutter mit ihrem Bett die Schwärze, wusste nichts vom stürzenden Wald und tröstete dennoch mit ihrer Atemmusik das Kind, das im Bett saß und um sein Leben horchte.

Aus der rechten Ecke flog der leichte, ruhige Atem seiner Schwester her. Sie war Geborgenheit. Wenn er sie hörte, schlug sein Herz ruhig, und er hatte keine Angst mehr. Jetzt spürte er die warme Nässe im Bettlaken unter sich. Er wusste, das Laken würde eiskalt werden, wenn er sich nicht gleich wieder darauf legen und die Pferdedecke über sich ziehen würde.

Später zwang er sich, aufzuwachen, wenn er in der Sandheide stand, bevor die Bäume sich aus dem Waldboden hoben. Meistens gelang es ihm, und er richtete sich wach im Dunkel des Zimmers auf, wartete auf die Atemgeräusche, um sicher zu sein, wo er war, bevor er aufstand und zur Toilette im kalten Treppenhaus ging, sich dort in den

Arm kniff, um sich zu beweisen, dass das kein Traum war, dann beruhigt ins Bett zurück kehrte und mit aufgerissenen Augen einschlief.

Er wusste, dass er nicht pinkeln durfte, bevor er nicht überprüft hatte, wie wirklich die Wirklichkeit war.

Wenn er bei der Großmutter übernachtete, schlief er ruhiger. Sie stand mitten in der Nacht auf, hob ihn aus dem Bett, setzte ihn auf ihren Nachtopf und hielt ihn fest. Er musste nicht ganz wach werden. Ihr schlesisches Zureden war Sicherheit genug:»Nu pull ocke, pullocke...« Dann nahm sie ihn an der Hand, und er lief, schon wieder halb im Schlaf, neben ihr zum Bett zurück.

»Kaffee?«

Hans sah Lenja neben sich sitzen und tastete unwillkürlich das Bettlaken ab. Sie hielt ihm eine Tasse hin.

»Ich hatte einen Traum aus meiner Kindheit, er kam wieder, genau so wie damals.«

»Na dann deute mal«, sagte sie und stand auf. »Ich träume nie.«

»Du vergisst nur, was du geträumt hast.«

Sie blickte auf ihn hinunter. »Ich weiß schon. Lass uns frühstücken gehn. Ich habe nichts im Haus.« Sie lief zum Sofa, hob Nele auf und setzte sie aufrecht in die Ecke.

Er musste sich zwingen, Lenjas nüchterne Bestimmtheit nicht als Unzufriedenheit mit ihm und mit der Nacht zu deuten. Und er fragte sie nicht nach den Narben an ihren Unterarmen.

Der Morgen war klar und sonnig. Als sie die Außentür abgeschlossen hatte, richtete sie sich auf, sah ihn an und warf plötzlich die Arme um seinen Hals, streckte sich, küsste ihn und drang mit ihrer Zunge in seinen Mund.

Sie spürte, dass er ihr nicht mit dem gleichen Verlangen antwortete, und brach ihren Überfall ab.

»Entschuldige. Dachte nur – fand es nur komisch, dass wir schon Sex hatten, aber noch keinen Kuss. Also, die Reihenfolge, findest du nicht?«

Er lachte und zog sie an sich. »Ich habe keinerlei Übung mehr.«

Sie standen umarmt vor dem stählernen Tor, hinter dem Nele auf dem grünen Samtsofa saß und in die Halle starrte. Sahlfeldt hatte unversehens das Gefühl, dies alles schon lange zu wissen oder gesucht zu haben wie das Bild eines Ortes, der aus unerfindlichen Gründen in seiner Vorstellung vorhanden war und zu ihm gehörte, ohne dass irgend jemand ihm davon erzählt hatte. In seiner Studentenzeit hatte er etwas Ähnliches erlebt, während einer Reise mit Jo Tieck durch die algerische Sahara, als er in einer Nacht unter dem lichtervollen Sternenhimmel gestanden, der Stille zugehört und sich vollständig behütet und in Harmonie mit allem gefühlt hatte, was ihn umgab, als wäre er aus der Fremde zurückgekehrt.

Lenja löste sich von ihm. »Ich werde Hanna von uns erzählen, einverstanden?«

Er nickte, und verblüfft spürte er so etwas wie Zukunftshoffnung. Noch dachte er nicht an einen längeren Zeitraum, schon ein paar weitere Tage mit Lenja hätte er als Geschenk empfunden. Tatsächlich ließ der Oktober, der nasskalt begonnen hatte wie ein November, von diesem Tag an für seine restlichen Wochen noch einmal den Sommer aufleben: Trockene und sonnenbeschienene Nachmittage lagen vor ihnen beiden, Ausflüge ins nahe Vorgebirge, nachmittägliche Spaziergänge am Fluss, Bootsfahrten sogar; Tage aus Lust und wachsendem Vertrauen – von denen sie an diesem ersten gemeinsamen Morgen nichts ahnten.

Sie verabschiedeten sich in einem Frühstückscafé, planten keine weitere Begegnung. Sahlfeldt hatte noch Termine und nicht die geringste Lust, sie wahrzunehmen.

Das Paar, das um elf Uhr bei ihm in der Praxis eintraf, war seit Jahren bemüht, sich den Kinderwunsch zu erfüllen. Drei Monate zuvor hatte die Einundvierzigjährige die dritte Implantation befruchteter Eier vornehmen lassen, und Sahlfeldt ahnte, dass nach der letzten Untersuchung wiederum keine Hoffnung auf eine haltbare Schwangerschaft bestand.

»Gute Nachrichten«, sagte ihr übergewichtiger Mann anstelle einer Begrüßung, »wir sind in der vierzehnten Woche. Er heißt Florian.«

»Da gratuliere ich, das macht mich sehr froh für Sie.« Sahlfeldt war überzeugt, dass ein Kind die massiven Probleme der beiden nicht lösen, sondern verschärfen würde.

Wie es seine Pflicht als Psychotherapeut war, versuchte er, das Paar darauf vorzubereiten, welche gemeinsame Verantwortung sie, war ihr Florian erst in der Welt, für ihn, aber auch füreinander zu übernehmen hatten. Jeder von ihnen stimmte uneingeschränkt zu, und Sahlfeldt hätte ihnen die egoistischen Motive darlegen können, die sich mit ihrer Begeisterung verbanden: Der künftige Vater war unzufrieden damit, dass seine Frau als Bürokraft berufstätig sein wollte, und hoffte, er könne sie mit dem Baby häuslich machen. Sie wiederum hielt ihm vor, die Ehe nicht ernst genug zu nehmen, und glaubte, sein Kind werde ihn an sie binden. Kaum war seine künftige Geburt halbwegs wahrscheinlich, hatte Florian schon die ganze Verantwortung für den Fortbestand der Beziehung seiner Eltern zu tragen. Hans Sahlfeldt sah einen pubertierenden Vierzehnjährigen in einem Zimmer mit Kiefernmöbeln stehen und eine Pumpgun auf seine Eltern richten, die auf dem Sofa saßen. Noch meinten sie, jetzt endlich sei das erfolgreiche Ende der Therapie erreicht, denn was sonst als die Tatsache, Eltern zu werden, könne eine gemeinsame Zukunft bestätigen. Dafür dankten sie Sahlfeldt. War es nicht auch sein Kind?

Er wehrte die Verwandtschaft freundlich ab und fühlte sich erleichtert, die beiden nach Jahren endlich in ihr erwartetes Glück entlassen zu können. Gegenüber dem ungeborenen Knaben hätte er sich als Therapeut verantwortlich fühlen müssen, war aber, während er den künftigen Eltern zugehört hatte, mit seinen Gefühlen und Gedanken in Lenjas Atelier geblieben.

Als das Paar, nach erneutem Dank, in heiterer Laune seine Praxis verlassen hatten, stand er am Fenster und blickte in die Straße hinab. Auf dem Bürgersteig liefen die beiden Arm in Arm durch das Mittagslicht und achteten nicht auf die fallenden Blätter der Platanen.

14

»SELBSTVERSTÄNDLICH HATTEN SIE KEINE Lust mehr auf kompli-
zierte Patienten«, sagte Tiefenbach. Seine Stimme war leise und rau,
er keuchte zwischen den Wörtern. »Sie waren verliebt, und in diesem
Zustand unbeherrschbarer Euphorie tritt jede andere Ambition in den
Hintergrund. Aber die Bäume, die ihre Wurzeln in den Himmel stre-
cken, hätten Ihnen sagen müssen, worum es wirklich ging. Es konnte ja
wohl nicht vernünftig sein, wenn die Kopftriebe im Sand steckten und
die Triebwurzeln sich ins Licht reckten! Verkehrte Welt! Der Therapeut verliert die Kontrolle, die Patientin übernimmt! Das ist für geal-
terte Männer nicht unüblich beim Beginn fleischlicher Beziehungen.«

»Sie war nicht meine Patientin, und es war keine fleischliche Beziehung.«

Wieder musste Tiefenbach husten. Sein von Falten gemustertes Gesicht glänzte vor Schweiß. Angesichts seines Zustandes unterdrückte
Sahlfeldt den Ärger über Tiefenbachs Suada.

Der Analytiker, vermeintlich von seiner Grippe genesen, hatte einen Rückfall erlitten, bekämpfte sein Fieber mit Medikamen-
ten, die ihn zugleich müde und mürrisch machten, und saß, die Füße in Schweizer Lammfellhausschuhen, eingesunken in seinem
Therapeutensessel – trotz der Zimmerwärme in einer dicken hell-
grauen Strickjacke aus isländischer Wolle über einem schwarzen
Rollkragenpullover, die Glatze von einer weißen Filzkappe bedeckt, die ihm Patienten aus einem marokkanischen Urlaub mitgebracht hatten. Derart weltläufig eingekleidet, versprach er sich eine
raschere Gesundung. Zu sprechen fiel ihm schwer, anfallartig unterbrach ihn rasselnder Husten, doch er hatte darauf bestanden, die
tägliche Stunde mit Sahlfeldt einzuhalten.

»Ich weiß, die Wahrheit stört Sie, denn Sie waren und sind ein ver-
dammter Romantiker. Nichts dagegen, wenn es gut tut. *Wenn es gut
tut!* Wer sich mit Künstlern einlässt, unterliegt immer. Das sind alles
Monomanen, sie können nicht anders, und Lenja ist keine Ausnahme.
Wer sein Ego nicht zum Über-Ich erklärt, erschafft kein Kunstwerk.«
»Ich dachte, Kunst entsteht aus dem Unbewussten.«
Tiefenbach lachte und hustete zugleich. »Ja, das meint man so.
Aber denken Sie daran, wie viele Künstler glauben, sie stünden au-
ßerhalb der Gesetze, die für alle anderen gelten, sie kennen nur Tod
und Eros und verachten die Regeln menschlicher Gemeinschaft.«
Sahlfeldt dachte an Joachim Tieck und dessen Theorie, Künstler
seien Leute, die lediglich schlechter verdrängen könnten als andere
Menschen. Er wollte Tieck nicht für ein Monstrum halten.
»Ihr Analytiker müsst immer übertreiben.«
»Und ihr Systemiker lasst euch von den eigenen Gefühlen über-
tölpeln!«
Auf dem Sideboard an der Stirnwand des Therapiezimmers summte der Wasserkocher und schaltete sich aus.
»Noch einen Kamillentee?«, fragte Sahlfeldt.
Tiefenbach nickte. Sein Patient bediente ihn, setzte sich dann wieder gegenüber und ließ seinen Blick in dem Tiefenbachs ruhen. Die
beiden Männer schienen ineinander zu versinken, während sie an
die selbe Frau dachten, die der Analytiker soeben als egozentrisches
Monstrum beschrieben hatte. Sahlfeldt ahnte, dass Tiefenbach sich
damit von seinen Schuldgefühlen gegenüber Lenja zu befreien suchte. Doch der machte sich Gedanken darüber, warum sein Patient und
Kollege während der ersten Nacht mit Lenja in den zentralen Traum
seiner Kindheit zurückgekehrt war.
Er hob die Tasse, blies vorsichtig über den dampfenden Tee, schlürf-
te, trank in kleinen Schlucken, verzog das Gesicht und stellte die Tasse zurück auf den weißen Korbtisch zwischen den Sesseln.
»Scheußlich. Ich kann das Zeug seit Kindertagen nicht ausstehen.
Übrigens ein Beispiel für die Macht mütterlicher Suggestion: Man
glaubt an die Heilkraft von etwas, das man hasst. Wie war das mit Ihnen und der Kamille? Hans? Hören Sie mir zu?«

Sahlfeldt besann sich. »Ja.«

»Und?«

»Was?«

»Die Kamille!«

»Ja«, sagte Sahlfeldt, »ich habe sie auch gehasst. Vor allem das Sammeln. Vor dem Dorf wuchs die Kamille neben dem Bahndamm, und wir Kinder mussten sie ernten, ein Junge im Haus brauchte jede Menge davon. Vielleicht bin ich deswegen von zuhause weggelaufen, in einem Sommer, ich war noch nicht fünf.«

»Donnerwetter!«, rief Tiefenbach und hustete nach. »Das will ich wissen, sind Sie, was das Alter betrifft, sicher?« In seinen Augen funkelte das Vergnügen darüber, dass es ihm gelungen war, Sahlfeldt auf das gewünschte Thema zu lenken. Vor Tagen noch hatte sein Patient sich geweigert, von seiner Kindheit zu erzählen, nun war er von selbst darauf gekommen.

»Ganz sicher«, sagte Sahlfeldt und schien stolz darauf zu sein, »ich bin ja mehrfach ausgerissen, aber das erste Mal ist natürlich das größte Abenteuer.«

Hans war fast fünf Jahre alt, hatte schulterlange blonde Locken, über die kurze braune Wollhose hing das ausgefranste schmutzigweiße Unterhemd. Er lief barfuss über die Sandsteinstufen aus dem Haus, auf den mit Trümmerschutt befestigten Weg, Hornhaut schützte seine Fußsohlen. Zwischen den offenstehenden und in den Angeln fest gerosteten Flügeln des Gittertors trat er aus dem Garten hinaus. Er vertraute dem Sommertag und ließ das Flüchtlingshaus zwischen den hohen Fichten zurück, den Keller mit seinen schwarzen Mauern und dem modrigen Gestank nach Schimmel, das Unglück in den düsteren Zimmern. An diesem Tag im Juli des Jahres 1952, als in der Stadt am Fluss schon die neue Zeit begann, schien im Dorf, wohin seine Mutter sich mit seiner Schwester und ihm geflüchtet hatte, der Krieg eben erst zu Ende zu sein.

Hans verließ die vaterlosen Spielkameraden der anderen Familien und seinen Freund Fritz, der ein Jahr älter war und im hinteren Teil des Gartens, wo Gurken im Beet wuchsen, den blutigen Schleim seiner Bronchien auf die Erde spuckte, um ihn ihm zu zeigen, mit einem seltsamen Stolz in der Geste seiner linken Hand, die auf den Auswurf wies. Nachts machte ihm seine Mutter warme Kamillenwickel um die Brust, und einmal in der Woche kam ein deutscher Arzt in amerikanischer Uniform und gab ihm eine große Spritze mit einer gelblichen Flüssigkeit in den Hintern. Fritz mit den hoch geschorenen Schläfen, der langsam und ohne dass seine Mutter es wahrhaben wollte, an Tuberkulose erstickte, war schon am Ende seines Aufenthalts, bevor sein Leben begonnen hatte, und Hans und er betrachteten mit grimmigem Interesse die Vorspur seines Todes neben dem Gurkenbeet. Fritz hasste den Arzt, der ihn zu retten versuchte. »Wenn mein Vater zurück kommt, dann jagt er den Ami zum Teufel!«

»Waren Sie denn so unglücklich, dass Sie fliehen wollten?«

»Nein.« Sahlfeldt lächelte. »Eigentlich hatte ich eine behütete Kindheit, eine liebevolle Mutter, ich war stolz auf meine Schwester, irgendwann würde auch mein Vater wieder da sein, wir wussten da noch nicht, dass er inzwischen in Österreich mit einer anderen Frau lebte.«

»Sie haben ihn gesucht.« Tiefenbach trank seinen Tee aus und schüttelte sich. Er stellte die Tasse zurück, beugte sich dabei zu Sahlfeldt vor und sagte leise: »Das verbindet uns, Hans, nur kam meiner nie zurück.«

»Nein. Nein, ich glaube nicht, dass ich ihn gesucht habe. Er war ja vor meiner Geburt abgehauen und ein paar Jahre später plötzlich wieder da, und meine Mutter nahm ihn auf. Aber er war mir nicht wichtig. Ich lebte gar nicht in der Welt, ich lebte in den Märchen, verstehen Sie, so verrückt es klingt, ich glaube, ich war schon mit fünf Jahren auf der Suche nach der Prinzessin, die ich befreien und neben mich auf den Thron setzen könnte. Ich wusste, dass im Wald vor dem Dorf ein Drache wohnte und unter der Kirche ein Zauberer. Jeden Abend vor dem Einschlafen nahm ich mir vor, die beiden zu besiegen. Ich hatte nur kein weißes Pferd, also machte ich mich zu Fuß auf.«

»Ja«, lachte Tiefenbach, »das alles braucht es, um ein richtiger König zu sein. Sonst wird man bloß Therapeut.«

An dem Morgen, an dem sie sich im Frühstückscafé getrennt hatten, ohne sich neu zu verabreden, lief Lenja langsam zurück zur alten Ziegelei. Sie spürte eine ungekannte Leichtigkeit, machte kleine Tanzschritte, wenn sie niemanden in der Nähe sah, und nahm sich vor, dass Hanna bald beginnen würde zu sprechen.

Vor der Ateliertür holte sie ihr Telefon aus der Manteltasche, suchte unter den Nummern die von Sahlfeldts Praxis, zögerte, drückte sie weg und bestellte ein Taxi.

Der Wagen fuhr die Frau mit der großen Puppe ins Villenviertel der Stadt.

»Nein, keine Straße«, hatte sie gesagt, »ins Wingertviertel oben mit den alten Häusern, Sie wissen, am Rand der Weinberge, ich sage Ihnen, wo ich aussteigen will. Und halten Sie bitte unterwegs an einer Drogerie, ich muss schnell was besorgen.«

Die Villa der Körbers, von einem weitläufigen Garten umgeben, stand in dem nach Osten hin ansteigenden Teil der Stadt, der unter Einheimischen der Wingert hieß und mit den letzten Gärten an die Rebenhänge eines Weinguts grenzte.

Agnes Körber lebte allein in dem zweistöckigen, ockergelben Haus mit braunen Fensterläden und geschwungenem Mansardendach. Sie hatte es nicht nötig, an Kurgäste zu vermieten.

Lenja stand, die Puppe geschultert, unterhalb der Villa auf dem Bürgersteig, sah zum ersten Stock auf und zählte vom Erker an der linken Hausecke vier Fenster nach rechts. Es war schmaler als die anderen und zum Lüften halb geöffnet: das Fenster des Badezimmers.

Sie kannte den ansteigenden, beidseits von Buchsbaumhecken gesäumten und mit löchrigen Kalksteinplatten ausgelegten Weg zu den Stufen des Eingangs. Der Vorgarten war ihr vertraut, die zwei Magnolienbäume, unter denen im Frühjahr Narzissen blühten; jetzt kleine Asternrondelle. Sie kannte den Zaun aus schwarz lackierten eisernen Speeren.

Das Gefängnis ihrer Kindheit.

Sie entschloss sich und drückte die Klingel neben dem Tor.

Frau Körber öffnete die Haustür, trat in den Windfang und sah zur Straße hinunter. Das Sonnenlicht schien sie zu blenden. Sie verschwand wieder im Haus, dann knackte die Gegensprechanlage im Torpfosten. »Wer sind Sie und was wollen Sie?«

Lenja nahm sich Nele von der Schulter und stellte sie neben sich aufs Trottoir. Sie sang die ersten Takte der *Barcarole*.

In der Villengegend waren vormittags selten Passanten unterwegs. Ein älterer Herr in offenem Trenchcoat und mit kleinem Pepitahut führte seinen mageren Windhund aus und hörte und sah die Frau im schwarzen Mantel, die sich allem Anschein nach an ihrer erschreckend blassen Tochter im kurzen, schwarzweiß karierten Kleidchen festhielt. Er wunderte sich über den Gesang vor dem Tor. Wie Bettler sahen die beiden nicht aus. Der Besitzerin des Hauses sagte die Melodie offenbar etwas. Sie schlug die Haustür zu.

Herr und Hund gingen weiter.

Agnes Körber war keine ängstliche Frau. Als Achtjährige hatte sie das Ende des Zweiten Weltkriegs erlebt, mit Neunzehn Abitur gemacht, wollte Volksschullehrerin werden, brach nach der Hochzeit mit Ralf Körber ihre fast abgeschlossene Ausbildung ab und brachte mit Neunundzwanzig Zwillinge zur Welt. Die Söhne waren schon in jungen Jahren in die USA und nach Australien gegangen und seit dem Begräbnis ihres Vaters nicht mehr nach Deutschland gekommen.

Einmal im Jahr leistete sich Agnes eine ausgiebige Kreuzfahrt. Allein. Sie brauchte keine besten Freundinnen.

Lenja Markoff wartete unten an der Straße mit ihrer Puppe, spitzte die Lippen und pfiff die Melodie des Gondellieds. Die Körber stand oben hinter dem Eingang, den sie wieder einen Spalt breit geöffnet hatte. Sie hörte das Pfeifen trotz der Entfernung so laut, dass sie die Hände vor die Ohren hob. Während sie versuchte, Haltung zu bewahren, ahnte sie, dass sie diesen Kampf verlieren würde. Wieder ertönte die Klingel. Frau Körber drückte den Sprechknopf und sagte: »Ich kenne Sie nicht.«

»Ich bin doch Lena, deine Tochter, und Nele ist bei mir, willst du uns nicht ins Haus lassen, damit wir dich begrüßen können?«

Die Witwe hatte einen hasserfüllten Ton erwartet, doch aus dem Lautsprecher drang eine kindliche, fast liebevolle Stimme. Agnes

Körber betätigte den elektrischen Öffner und wartete auf die Frau mit der Puppe.

Das Schloss im Tor schnarrte, Lenja drückte es auf und trat in den Garten. Jede der Platten aus Travertin, die den Pfad zum Haus bildeten, war ihr vertraut. Geändert hatte sich hier anscheinend nichts. Über diese Steinplatten war sie zur Ursulinenschule gegangen, war den größeren Löchern und den Fugen ausgewichen, um schlechte Noten zu vermeiden. Auf diesem Weg war sie geflohen. Auf diesem Weg war sie zurückgebracht worden.

Die Körber blieb oben an der Haustreppe stehen und sah auf Lenja hinunter, die sich ohne Eile näherte. Sie versuchte, im Gesicht der erwachsenen Frau, die ihr auf dem Friedhof noch wie eine Erscheinung vorgekommen war, das des Mädchens wiederzufinden.

»Neunundzwanzig Jahre«, sagte Lenja Markoff und sah zu ihr auf. »Ich war noch nicht acht.«

»Nein«, sagte Agnes Körber leise. »Es war November 1986. Du warst schon acht. Pardon, Sie waren gerade acht.«

»Wir können beim Du bleiben. Damals gab es auch keine Höflichkeit. Meine Puppe Nele gibt es auch immer noch.«

Die Witwe sah sie schweigend an, nickte und lief ins Dunkel des Hausflurs.

Die Treppe, die zu den Zimmern im ersten Stock führte, war damals mit einem roten Sisalläufer bespannt gewesen, der durch Messingstangen in den Winkeln der Stufen gehalten wurde. Jetzt war ihr helles Holz geschliffen. An der Wand zog sich die Doppelschiene eines Sitzlifts zum oberen Korridor hinauf. Die Witwe bemerkte Lenjas Blick.

»Ich brauche ihn nicht. Der Rektor konnte am Ende die Treppe nicht mehr gehen, das Herz. Daran ist er dann ja auch gestorben.«

Lenja fiel ein, dass Agnes Körber schon damals nie von ihrem Mann oder von Ralf gesprochen hatte, sondern ihn vor anderen stets *Rektor* nannte, in Anwesenheit Dritter auch so anredete. Seltsam, dass sie ein derart auffälliges Detail vergessen hatte. Lag es daran, dass er sie gezwungen hatte, ihn Ralf zu nennen?

Agnes deutete ans Ende des Korridors.

»Da hinten ist mein Schlafzimmer. Hier war seins. Und hier –«

Als die Witwe das Zimmer öffnete, spürte Lenja ein leichtes Schwanken. Sie tastete nach dem Türrahmen und lehnte sich an. Auf diesen Augenblick hatte sie sich vorbereitet, sich das Zimmer mit Zeichnungen in Erinnerung gerufen, hatte in ihrer Phantasie trainiert, in den Raum ihrer Albträume einzutreten.

Jetzt hatte sie nur noch einen Gedanken: *Hier ist es gewesen.*

Agnes Körber setzte sich auf das Bett.

»Es tut mir so unendlich leid.«

Lenja blieb in der Tür stehen und wartete, ob noch mehr kam, doch die Witwe hatte schon ihr Äußerstes an Eingeständnis gewagt.

»Du hättest es verhindern können.«

Die Körber hob den Kopf.

»Ich habe alles so gelassen. Ich habe nicht mal sein Schlafzimmer ausgeräumt.«

»Du hast mir verboten, die Tür im Bad abzuschließen.«

Lenja war gegen ihren Vorsatz laut geworden. Sie legte sich Nele über die Schulter, trat ins Zimmer und sah sich um.

»Der CD-Player war damals nicht hier.«

Agnes Körber stand vom Bett auf.

»Er hat ihn sich gekauft. Als du ins Internat gekommen bist, hat er sich hier eingeschlossen, fast jeden Tag, und hat die Barcarole gehört, immer nur die Barcarole, die hat mich fast wahnsinnig gemacht.«

Sie ging ein paar Schritte zum Fenster und sah in den Garten hinunter.

»Aber du bist nicht wahnsinnig geworden. Damals hast du im Wohnzimmer unten die Platte aufgelegt, wenn er hier bei mir war. So laut, dass du nichts hören musstest.«

Die Witwe starrte weiter aus dem Fenster, als ginge sie das, was hier im Raum geschah, nichts an.

»Er ist tot«, sagte sie, »es ist vorbei.«

»Du hast ihm für sein Grab ein weißes Engelmädchen gekauft.«

»Den Kitsch hat er von seinen Söhnen.«

Lenja dachte an die Zwillinge, die nicht einmal zu den Weihnachts-
ferien aus ihren Studienorten nach Hause kamen. Wären sie da gewesen, hätten sie vielleicht... Sie verbot sich, zu denken, was alles nicht
geschehen wäre.

»Hast du sie vor ihm beschützt?«

Agnes Körber stieß sich vom Fenster ab, drehte sich um und setzte
zu einer Antwort an, der Lenja zuvor kam.

»Nichts ist vorbei. Für mich nicht, für dich nicht. Horst Kolditz.
Und Fritz Mallinckroth. Wo sind sie?«

»Ich habe keine Ahnung.«

Agnes Körber hatte so schnell geantwortet, dass sie nicht überlegt
haben konnte. Lenja musste lächeln, setzte Nele ab, stellte sie auf die
Füße und lehnte sie an den Türrahmen.

»Schau dich nur um, Nele. Erinnerst du dich? Meine beiden Stief-
brüder wissen nicht, was für einer ihr Vater war. Ich glaube, der Rektor stand nicht auf Knaben. Sie hatten ein Loch zu wenig für seinen
Schwanz.«

Frau Körber griff mit beiden Händen hinter sich und suchte am
Fensterbrett Halt.

»Hör auf, so zu reden, Lena, hör auf, das ist – – »

»Lenja! Ich heiße Lenja! Und was ist das? Ungehörig? Wenn ich sage, was er getan hat?«

Die Witwe hatte Mühe, sich aufrecht zu halten. »Aber ich habe
dich ins Internat gebracht! Ich! Ich! Gegen seinen Willen!«

»Da war ich zehn. Und die Ferien? Du bist weggefahren. Er blieb.
Kolditz. Mallinckroth. Soll ich dir von den Ferien erzählen? Oder al-
ler Welt? Was, glaubst du, werden die Söhne des Rektors sagen? Wenn
Lenja Markoff ein Interview gibt und von ihrer Kindheit erzählt? Die
Kunstszene ist ganz verrückt nach Opfergeschichten.«

»Nicht das, bitte nicht.«

»Mallinckroth und Kolditz?«, fragte Lenja ruhig.

Agnes Körber presste die Lippen zusammen. Mit den Namen stiegen Bilder auf, die sie erfolgreich verdrängt hatte. Lenja trat auf sie zu.
Durch das Fenster fiel Sonnenlicht auf ihr Gesicht. Sie wiederholte
leise: »Mallinckroth. Kolditz. Wo?«

»Kolditz ist im katholischen Priesterheim am Ursulinenpark. Nicht weit von der Schule.«

»Und Mallinckroth?«

»Er ist irgendwie verschwunden, nach der Anzeige und der Scheidung wohl in den Alkohol abgestürzt, aus der Schule entlassen, ich weiß wirklich nicht, wo er ist, aber irgendwo muss er ja wohnen, ich habe jedenfalls nicht gehört, dass er gestorben wäre. Er hat uns doch erpresst, was sollten wir denn tun?«

Lenja sah sie lange an, als könnte sie den Wahrheitsgehalt der Behauptung in den Augen der Witwe ablesen.

»Du warst immer auf seiner Seite.«

»Der Rektor war mein Mann. Der Vater meiner – –«

Mit einer heftigen Handbewegung schnitt Lenja ihr das Wort ab und sagte: »Du hättest die Musik ausschalten können.«

Sie zog zwei Hunderterscheine aus ihrer Manteltasche und legte sie neben den CD-Player.

»Ich hab euch damals vierhundert Mark geklaut.«

»Aber das musst du doch nicht – –«

»Nein, muss ich nicht«, sagte Lenja, nahm Nele auf, ging durch den Korridor, zögerte vor der geschlossenen Tür des Badezimmers, öffnete sie nicht, wandte sich noch einmal der Witwe zu und sagte: »Ich habe eine Tochter.«

»Oh wie schön für dich, wie heißt sie?« Die Witwe schien aufrichtig erfreut zu sein.

»Hanna. Sie ist jetzt so alt wie ich damals war.«

»Ach ja. Du liebst sie bestimmt sehr.«

»Ja«, sagte Lenja ruhig. »Mehr als alles. Und ihr werdet für sie sterben. Nicht für mich. Für Hanna. Erst Kolditz, dann du, und nach dir Mallinckroth. So wie die Reihenfolge war. Wenn nicht, wird es eine Skulpturengruppe geben, der Entwurf ist fertig: der Rektor, du mit den beiden Jungs, ich mit acht Jahren bäuchlings auf dem Tisch. Wir alle, der Rektor an mir. Du mit den Söhnen abgewendet. Ihr seht nicht hin. Zum ersten Mal wird ein Werk von mir keine Nummer tragen, sondern einen Titel: *Familie Körber*. Ich werde es der Stadt als Leihgabe anbieten.«

Sie hob Neles herabhängenden Arm und winkte der Witwe, die ihre Augen aufgerissen hielt, mit der Puppenhand zu, stieg die Treppe hinunter, verließ das Haus, den Garten, die Straße, und lief vom Wingertviertel abwärts in die Stadt, bis sie den Fluss sah.

Auf einer Bank an der Uferpromenade ruhte sie sich aus und sprach leise mit Nele. Dann stand sie entschlossen auf.

15

KURZ VOR SEINEM TOD hatte Horst Kolditz dem Herrgott für den
zurückliegenden Sommer gedankt und in seinem Befinden Spuren
von Glück, ja von Übermut entdeckt. Er saß, eine Kamelhaardecke
über den Knien, im Rollstuhl vor dem Priesterheim und genoss die
weiche, trockene Luft. In zwei Stunden würde sie klamm werden und
bereits nach November riechen, dem Monat, der mit all seiner Düs-
ternis dem Tod gehörte.

Noch war der Oktobernachmittag zu sonnig und zu warm, um ans
Sterben zu denken. Zeit für den Blick auf die Straße und das Leben,
das er von seinem Rollstuhl aus beobachtete. Er war Neunzig, bei guter Gesundheit, und konnte trotz seines Alters ohne Brille in die Ferne und die Nähe sehen.

Die polnische Pflegerin, Marzena Tutasz, nahm ihre Zigaretten-
pause auf einem kleinen Balkon im ersten Stock des Heims. Im Zimmer hinter ihr war der siebenundachtzigjährige Diakon, dessen mit-
tägliche Versorgung sie abgeschlossen hatte, in Schlaf gefallen.

Die aus Opole stammende Tutasz rauchte zügig, blickte zum Ursulinenpark hinüber, schweifte für einen Moment ab in ihre Kindheit,
Bilder des alten Parks Nadodrzacski an der Oder stiegen in ihr auf,
wo sie mit ihrer Mutter gewesen war, und da sie ein weiches, senti-
mentales Gemüt hatte, überließ sie sich den Erinnerungen, die sich
ins Oktoberlicht mischten.

Auf dem asphaltierten Vorplatz des Heims, wo sonst die wenigen
Raucher unter den emeritierten Pfarrern neben der Glastür des Eingangs herumstanden, hatte sich am heutigen Samstag keiner einge-
funden.

Seit einer halben Stunde schon saß Kolditz unter der Sonne dieser letzten Tage im Oktober. Hinten im Park liefen Jogger, direkt vor ihm schlurften Halbwüchsige mit Skateboards unterm Arm in der schmalen Straße vorüber und sahen nicht zu ihm her. Vor Wochen hatte er vom Fenster seines Zimmers aus eine Frau einen Kinderwagen schieben sehen, und ihm war eingefallen, dass er bereits fünf Jahre älter war als seine Mutter bei ihrem Tod. Er hatte die Messe für sie gelesen. Wenige Wochen später hatte er an Ralf Körbers Grab zu der Gemeinde gesprochen, die dem Rektor das letzte Geleit gab. Alles, was Rang und Namen hatte, war versammelt, die ganze Schule. Nur Mallinckroth, den Hausmeister, hatte er nicht gesehen.

Damals war der Himmel bedeckt. Heute strahlte der Tag, und Kolditz war trotz seiner altersgemäßen Schwäche einverstanden mit sich, mit Gott und der Welt.

Er war eingenickt. Als er wieder die Augen öffnete, stand auf der anderen Straßenseite eine Frau im schwarzen Mantel mit einem dürren Mädchen vor dem Eingang des Parks. Das Kind, hochgeschossen, mochte sieben sein oder knapp drüber, ein schwarzweißes Kleid, weiße Kniestrümpfe und schwarze Schnallenschuhe, das dunkle Haar straff anliegend, das bleiche Gesicht ihm zugewandt. Ein seltsam starres Kind. Die Frau hielt es an der Schulter fest, als wollte sie es am Weglaufen hindern.

Über den Parkbäumen zogen zwei Wolken durch den Himmel, ein graues Kaninchen und ein weißer Fisch, der es fraß und dessen Schwanzflosse zerfaserte. Kolditz atmete tief ein, füllte seine Lungen mit dem herbstlichen Duft.

Die Augen des Mädchens schienen ihm leer zu sein, so, als ob sie das Nachmittagslicht nicht aufnähmen, sondern verzehrten. Er löste seinen Blick von ihnen und betrachtete die Frau, die vielleicht die Mutter war. Hinter ihnen stand die Sonne zwischen den Buchenkronen. Das Kind bewegte sich nicht.

Dann kam es ihm so vor, als ob das starre Mädchen leblos wäre, er erkannte, dass es kein Geschöpf Gottes, sondern offenbar eine große Puppe war, die, an die Frau gelehnt, auf dem Bürgersteig stand. Ihr Gesicht war schmal und von phosphoreszierender Blässe. Das dunkle

Haar war wie das der Frau nach hinten frisiert und konnte dort ebenso zu einem Zopf oder Knoten gebunden sein. Das Kleid aus schwarzweiß kariertem Stoff war sehr kurz.

Jetzt neigte die Frau den Kopf und sah auf die Puppe hinunter. Er folgte ihrer Bewegung. Das Kleidchen. Woher kannte er es, und wieso fragte er sich das? Die schwarzen und weißen Quadrate verbogen sich in den Falten zu Rauten.

Er hätte schwören können, dass er diese Puppe nie zuvor gesehen hatte. Dennoch hatte er das Gefühl, als wiederholte sich etwas.

Sein Puls stieg, er schloss die Augen. Das Puppenkleid flog aus der Erinnerung in die Gegenwart und wirbelte durch das Längsschiff seiner Kirche. Kolditz wandte sich entsetzt ab, sah in der Bank vor dem Altar ein Mädchen in hellblauem Mantel und rosa Gummistiefeln sitzen, das ängstlich zu ihm aufsah, er wollte beten, sein Mund gehorchte ihm nicht. Er riss die Augen auf.

Die Frau im Park beugte sich, hob das Kleid der Puppe an. Ein weißes Höschen wurde sichtbar, und er sah, dass es im Schritt rot war.

Sein Atem blieb aus. Seine Lungen sogen und schnappten vergeblich, er riss die Kiefer auseinander. Die Vergangenheit verschloss seine Kehle. Erstickend gierte er nach Luft und sah, wie die Frau den Arm der Puppe hob und ihm mit dem hellen Händchen winkte.

Sein Brustkorb dehnte und spreizte sich, ohne dass er sich füllte, die Gurgel blieb zu, seine Hände umkrampften die Lehnen des Rollstuhls, er stützte sich auf, reckte und spannte seinen Oberkörper, zog seine Schultern hoch, rang verzweifelt um Atem, er hatte den Namen der Puppe auf der Zunge, wollte sie zu sich rufen, *vergeben* sollte sie ihm – und jetzt, jetzt endlich gab seine Kehle nach, öffnete sich und ließ mit einem nach innen fauchenden Klagelaut Luft in die Lungen schießen.

Kolditz atmete frei, sank erlöst zurück in seinen Rollstuhl, und sein Herz blieb stehen.

Marzena Tutasz schnippte die Zigarettenasche über die Brüstung und sah vor dem Eingang des Heims Horst Kolditz in seinem Roll stuhl. Anscheinend versuchte er, sich aufzurichten. Dann sackte er zurück, warf seinen Kopf in den Nacken, und sie sah seinen aufgerissenen Mund. Sie schrie etwas, es klang wie *Näjschientscha Mariapanna*, warf die Kippe vom Balkon, rannte durch das Zimmer des schlafenden Diakons, den Flur, die Treppe hinunter zur Eingangshalle, und rief, während die Glastür aufglitt, Kolditz bei seinem Namen. Als sie in seinem Gesicht den Tod sah, legte die Pflegerin Zeige- und Mittelfinger an seine Halsschlagader, ließ ihre Hand dort ruhen und bewegte stumm die Lippen, als könne, wenn sie nur lange genug betete, der Puls in den Körper zurückfinden.

Im Ursulinenpark gegenüber glühte die Sonne hinter den Buchenstämmen; für die Tutasz ein Himmelszeichen. Doch davor – war es ein schlechtes, ein gutes Omen? – trug eine Frau im schwarzen Mantel ein großes, dünnes, schlafendes Kind in ihren Armen und drehte sich dem Parkeingang zu, lief in die Sonne und löste sich im blendenden Glanz zwischen den Bäumen auf. Die Tutasz bekreuzigte sich. Dann schloss sie Kolditz die Augen, zog ihm die Decke von den Knien und legte sie ihm um die Schultern.

»Was hast du getan? Was hast du dem alten Pfarrer angetan! Was bist du nur für ein Mädchen!«

Lenja hielt ihre Puppe an sich gepresst und lachte, während sie lief, legte ihren Kopf zurück, sah über sich im brennenden Himmel die Äste entgegenkommen und verschwinden, sie kam aus der Spur, schwankte, fing sich und fühlte sich frei wie lange nicht, tanzte ein paar Schritte, erlöst von der jahrelang getragenen Last.

Als sie den Park an seinem anderen Ende durch das Haupttor verließ, fasste sie ihre Puppe unter den Achseln, hielt sie hoch und zeigte ihr ein vierstöckiges wilhelminisches Backsteingebäude mit breitem Portikus, das gegenüber lag.

»Das war meine Schule, dort herrschte der Rektor, aber dann kam ich ins Internat, da war ich sicher. Bloß nicht sicher genug. Weißt du, wie es ist, wenn man sicher ist, aber nicht sicher genug?«

Sie flüsterte: »Die Ferien! Ich musste nach Hause, da war der Körber, da kam der Kolditz, da kam der Hausmeister Mallinckroth. Er hat mir die Flasche mit Salzsäure gezeigt und über einen Frosch ausgegossen. Er hat gefragt: *Erst dein Gesicht? Oder erst deine Händchen?* Ich war gehorsam, der Rektor hat es gewusst, der Pfarrer hat es gewusst, die Agnes hat es gewusst. Seine Frau hat den Mallinckroth angezeigt wegen der Fotos von mir.«

Sie atmete tief, dann fuhr sie fort, ihrer Puppe zu erzählen, was jetzt hinter ihr lag; die geflüsterten Sätze fanden kein Ende, senkten sich nicht zum Punkt, so, als wären die Erinnerungen nur Schwaden aus Gift, die endlich ihren Mund verließen und zu der starr blickenden Puppe zogen.

»Erinnerst du dich? Dann sind wir beide auf und davon! Am ersten Ferientag, Pfingsten, im verfluchten Körberhaus, der Kolditz ist beim Abendessen zu Gast und glotzt mich an, der Rektor tut freundlich, die Agnes ist auf Kreuzfahrt, ein zweites Mal fängt uns keiner, ich klaue das Geld aus dem Küchenschrank, was die Agnes dem Rektor für die Wochen da gelassen hat, vierhundert, und wir sind weg! Weg! Am ersten Tag der Ferien! Du hast ja gar nicht verstanden, was los war, wieso wir im Zug saßen, alles muss versteckt sein, Mensch Nele, war das schön! Und raus aus dem Zug und Anhalter, bis Amsterdam die Autos, der Laster, und gelogen haben wir, dass sich die Balken bogen! Aber frei! Frei!«

Die Schatten des Nachmittags waren zusammen geflossen, der Friedhof lag in der Dämmerung, als Lenja an Rektor Körbers Grab stand. Sie hatte die Puppe auf den Kiesweg gesetzt und an den schwarzen Stein gelehnt.

Der marmorne Mädchenengel auf der Oberkante war fest montiert, und Lenja gab es auf, ihn aus der Verankerung zu reißen. Sie nahm einen Lippenstift aus der Manteltasche und zögerte, wo sie das Blut anbringen sollte.

Schließlich malte sie nicht das weiße Hemdchen, sondern den Mund des Engels rot und verschmierte die Ränder, bis in dem Kindgesicht ein sündiger Ausdruck entstand. Sie stellte die Messinghülse mit dem zerdrückten Rest des Stifts so auf Ralf Körbers Grabstein, dass der Engel darauf blickte wie auf den Täter seiner Schändung.

Morgen Vormittag würde Agnes Körber zum Grab des Rektors kommen, die Marmorfigur mit wundem Mund sehen und panisch versuchen, sie zu säubern.

Sie lächelte zufrieden, hob Nele auf und sah ihr in die Augen. »Jetzt gehen wir zu Hans. Aber verraten darfst du ihm nichts, ja? Er erträgt es nicht. Auch Hanna nicht.«

Lenjas fünfter Brief

Wie sollte ich mit dir über Rache sprechen, über Vergeltung, über den Hass auf die, die mich gequält, verletzt, verwundet und so lange gedemütigt haben, bis ich den Rest, den sie von mir übrig gelassen hatten, nur noch töten wollte.

Für dich ist der Hass wahrscheinlich eine seelische Qual, von der du die Menschen befreien willst. Für mich ist er mein Leben. Ohne ihn gäbe es mich nicht mehr. Er hat mich gerettet. In meinen Albträumen ertrank ich oder stürzte ab, wurde aufgeschnitten, bis über den Scheitel in Erde eingegraben, aber wenn ich aus all dem Schrecken erwachte, hat mein Hass mich getröstet, er hat mich beruhigt, er hat mir Mut gemacht, er hat mir versprochen, dass ich mich rächen könnte, irgendwann. Dass ich dafür leben sollte. Und dass nach meiner Rache die Albträume ausbleiben würden. Er war immer stärker als die Angst, er dachte sich aus, was ich mit Kolditz und Mallinckroth und dem Rektor tun würde. Du kannst dir nicht vorstellen, was mein Hass alles von mir verlangt hat.

Als Roos gestorben war und Lucas alles aufgeben wollte, träumte ich von ihr. Sie schenkte mir eine kleine rote Schlange, die sich in meiner Hand zusammenringelte. Ich hatte keine Angst. Roos lächelte. Als ich Lucas den Traum erzählte, schien er ihn zu trösten. Wir haben weiter Bilder gemalt und verkauft. Ich machte Skulpturen aus Ton und brannte sie, bemalte sie, grässliche Typen, nicht groß, dreißig Zentimeter,

Wolfsmenschen, Vampire, Teufel, entstellte Bestien, und bei jeder schickte ich meine Hexenflüche zu Kolditz und Mallinckroth und zum Rektor und verwandelte sie damit in die Ungeheuer, die sie waren. Irgendwann war diese Armee aus Horrormonstern zu viel für Lucas. Er sagte:»Ich kann dir nichts mehr beibringen, du stagnierst.« Etwas später zeigte er meine Sachen einem Freund, der an der Akademie unterrichtete.

Auch wenn von da an mein Leben ganz anders wurde: Wir blieben doch die Kinder von Lucas und seiner Roos, wir sind immer noch in Verbindung, einer ist Bühnenbildner in Buenos Aires geworden. Lucas ist lange schon tot. Er wollte zu seiner Roos. Geblieben ist mir aus all den Jahren mein Hass. Er ist mein Bruder. Mein Wegweiser. So lange ich ihn habe, handle ich richtig.

Du kannst wahrscheinlich gar nicht hassen, wie solltest du da verstehen, dass Hass ein Leben retten kann? Und dass deine Liebe mich nicht stärker machte, sondern geschwächt hat?

16

TIEFENBACHS ZUSTAND HATTE SICH verschlechtert, ein Internist des Sanatoriums verordnete ihm Bettruhe, er fügte sich widerwillig mit der Bemerkung:»Sie wollen, dass ich pausiere? Dafür habe ich keine Zeit!« Auch Sahlfeldt drängte ihn, die Gespräche ein paar Tage lang ruhen zu lassen. Schließlich habe man die gravierendsten Probleme gelöst.»Das sollten Sie besser wissen, Sahlfeldt. Das dicke Ende kommt erst. Dafür lohnt es sich vielleicht noch einmal, gesund zu werden.«

Am Vorabend des dritten Pausentages hatte ein warmer Föhnsturm eingesetzt, der von den Alpen her nach Nordosten übers Land strich und die Schneemengen verzehrte. Kleine Lawinen rutschten von den Dächern des Sanatoriums und prallten mit dumpfem Laut vor den Fenstern zu Boden. Weil Spaziergänge im glasigen Matsch der Wiesen und Wege nicht möglich waren, entstand bei den Patienten eine merkwürdige Unruhe, bei vielen verstärkt durch Kopfschmerzen, als deren Ursache man ebenfalls den Föhn ausmachte. Sahlfeldt litt nicht, er genoss, dass der Föhn den Himmel klar fegte und setzte sich mittags in Mantel und Hut in einen der gepolsterten Gartenstühle auf die windgeschützte Terrasse hinter dem Speisesaal, von der aus er auf See und Berge sehen konnte. Ein bläuliches Licht lag über allem und verlieh der Landschaft eine unwirkliche Schärfe.

Beim Mittagessen zuvor war ihm aufgefallen, dass der backenbärtige Greis und seine jüngere Frau ihren Aufenthalt offenbar beendet hatten. An deren Tisch kam ein kurz geschorener, elegant gekleideter, vielleicht fünfzigjähriger Mann von beeindruckender Größe und Schwere, der eine mattsilbern glänzende Gasflasche in einem Rollgestell hinter sich her zog. Von ihr stieg ein Schlauch zu seinem Kragen, wo er sich in zwei glasklare Plastikröhrchen verzweigte. Sie führten um seinen Hinterkopf nach vorn und verbanden sich auf der Oberlippe des Mannes zu einer Nasensonde, durch die er seine Atemluft mit Sauerstoff anreicherte. Dieses Gerät gab dem wuchtigen Schädel eine Verletzlichkeit, die in seltsamem Gegensatz zum ersten Eindruck körperlicher Kraft stand. Die violette Farbe der Lippen ließ auf Herzprobleme schließen, und Sahlfeldt dachte unwillkürlich daran, wie groß das Herz einer solchen Körpermasse sein müsse, um sie zu durchbluten. Der Mann saß allein am Tisch und arbeitete neben dem Essen unaufhörlich mit einem iPad, auf dem er las und wischte und schrieb.

Zwischen Hauptgang und Dessert erhob sich am zweiten Tisch die von ihrem Sohn verlassene Dame, die heute eine türkisfarbene dünne Strickjacke über weiten weißen Hosen trug, und steuerte zögerlich auf Sahlfeldts Tisch zu. »Verzeihen Sie, wenn ich Sie störe. Würden Sie mir vielleicht einen kleinen Gefallen tun?«

Er stand auf und deutete auf den leeren Stuhl an seinem Tisch. Sie wehrte ab. »Es geht schnell, bitte, bleiben Sie doch sitzen.«

Aus den Augenwinkeln sah er, dass der neue Gast den Kopf gehoben hatte und unverhohlen zu ihnen herüber stierte.

»Sie haben doch gewiss ein Handy«, fuhr die Dame fort und wischte sich ein paar Haarfransen aus der Stirn. »Wenn ich Ihnen die Nummer von meinem Jungen gebe, würden Sie dann vielleicht ein Foto von mir machen und es ihm senden?«

Sahlfeldt ahnte, dass sie damit die Angel nach ihrem Sohn auswarf. Dennoch erklärte er sich dazu bereit, zog sein Telefon aus der Hosentasche und wollte die Sache rasch hinter sich bringen.

»Nein, am Tisch, ich möchte, dass er mich am Tisch sieht.«

Sie lief zurück, setzte sich, richtete sich im Stuhl auf, drehte den Kopf etwas seitwärts und versuchte, heiter auszusehen. Sahlfeldt stand ihr gegenüber. Ihr Lächeln war so künstlich und verzweifelt, dass er zögerte, auf den Auslöser zu drücken.

»Haben Sie's?«, fragte sie, er nickte, sie nannte ihm die Telefonnummer, an die er das Bild senden sollte.

»Keinen Gruß dazu?«

»Nein«, sagte sie, »nur das Bild.« Und wie um sich selbst zu vergewissern, dass sie richtig entschieden hatte, wiederholte sie: »Nur das Bild.«

Er schickte es los, ein kurzes Pling-Plang aus seinem Telefon signalisierte, dass das Foto unterwegs war, und als er wieder an seinem Tisch Platz nahm, traf ihn der Blick des Sauerstoffbedürftigen, der den ganzen Vorgang observiert hatte. Das wässrige Blau der Augen passte nicht zu seinem dunklen Typus. Langsam breitete sich in seinem Gesicht ein Lächeln aus, das Sahlfeldt als Zustimmung deutete. Er nickte, der Riese senkte freundlich den Kopf, und während die Bedienung mit den Desserttellern den Raum betrat, winkte die Dame in der Türkisjacke Sahlfeldt vertraulich zu.

Die nachmittägliche Sonne machte ihn müde, Geräusche drangen noch zu ihm, er öffnete die Augen kaum, als er ein Quietschen hörte, und sah undeutlich, dass der Mann mit der Sauerstoffflasche in einem Gartenstuhl nicht weit von ihm Platz nahm und eine Krankenschwester eine Decke über seine Knie breitete. Er zog sie sich bis ans Kinn hoch und sagte: »Sie sind ein guter Mensch. Ich heiße Peter Josefi und bemühe mich, auch einer zu sein.«

Sahlfeldt wusste nicht, ob er ihn oder die Schwester gemeint hatte. Er reagierte nicht, schloss die Augen und ließ sich weiter in seine Erinnerung gleiten. Er spürte, dass die Sonne wie eine gütige Hand den bloßen Nacken des kleinen Hans wärmte...

Schon fast im Schlaf, fragte er sich, warum er trotz des strikten Verbots, allein den Garten zu verlassen und auf die Straße zu gehen, ganz ohne Furcht weggelaufen war.

»Draußen«, sagte die Mutter von Fritz oft zu den Kindern, »draußen auf der Straße ist Krieg. Da sterben die Buben.« Und Fritz sah sie mit fieberglänzenden Augen an und nickte. Aber seine Mutter glaubte auch, dass ihr großer Führer in einem U-Boot nach Argentinien gelangt sei und wiederkehren werde. Und die Mutter von Hans sagte über die Mutter von Fritz: »Die ist vom Nazikrieg meschugge. Wir haben ja Gott sei Dank längst Frieden, und der oberste Verbrecher sitzt in der untersten Hölle.«

Aber wohin war der Krieg weitergezogen, von dem die Erwachsenen täglich redeten? Mausch, sein Kätzchen, begleitete Hans. Der Kopf war halb weiß, halb schwarz, der Körper schwarz, drei Pfoten weiß. Eines Tages war es aus dem Feld hinter dem Garten gekommen. An der rechten Vorderpfote fehlte Mausch ein Glied. Weicher Katzengang würde ihm nie gelingen, immer musste es humpeln und hüpfen. Hans sah darin nichts Besonderes. Manchmal waren Männer hinkend zurück aus der Ferne gekommen. Einmal hatte Hans einen gesehen, der vor sich hin pfiff und sein linkes Bein zwischen den Holzkrücken voran schwang, dann die Krücken dem Bein voraus und das Bein wieder nach, was zwischen den Pappeln der Landstraße einen zwar einbeinigen, doch schmissigen Gang auf das Dorf zu ergab. Das leere rechte Hosenbein trug der Mann auf der halben Länge nach hinten hochgefaltet und im Hosenbund festgesteckt.

Jetzt läuft Hans fort und ahmt den Männergang nach, weil die Ferne offenbar das Hinken verlangt. Aus der Ferne war ja auch Mausch gekommen. Hans steht am Bahnübergang. Der Schimmer der Eisenbahngleise. Ihr Schnittpunkt in der Ferne ist das Ziel. Das Licht ist mittaggelb und juliwarm. Die Hitze hockt auf dem Dorf. Der Kirchturm flirrt blassrot zwischen glimmenden Schieferdächern. Über der Erde steht Staub. Und keiner weit und breit, der Hans sieht. Nur das neben ihm humpelnde Kätzchen, das seit Wochen nicht von seiner Seite weicht und nachts in seinem Bett schläft.

Zielstrebig läuft er über den warmen Schotter auf den diesigen Rand der Ferne zu, gönnt seinen Füßen Rast auf den schwarzen Holzschwellen. Die Luft riecht nach Teer und nach dem rostigen Abrieb der Züge. Der Weg, der links unten neben dem Bahndamm verläuft und aus Kesselschlacke aufgeschüttet ist, verschwindet am Ortsrand unter Gras, Brombeerranken, Huflattich. Dann schließen Birken den Damm ein, ihr Blätterschatten zittert Hans übers Haar. Das Kind wird dunkel, seine Locken wachsen mit dem Dickicht zusammen, und so verliert es sich in Sahlfeldts Schlaf.

Nach dem Abendessen, bei dem der kolossale neue Gast fehlte, ging Sahlfeldt sofort auf sein Zimmer, öffnete eine neue Flasche Rotwein, setzte sich an den Tisch und trank zwei Gläser, goss sich ein drittes ein, bevor er an Lenja schrieb:

Ferne Geliebte,
Tiefenbach geht es schlecht, er ist bettlägerig, und ich habe Tage nur mit mir selbst, Tage, an denen ich mich erinnere, wie ich seinerzeit als kleiner Junge von zuhause fortgelaufen bin. Bestimmt vierzig Jahre habe ich nicht mehr daran gedacht. Und nun kommen mehr und mehr Bilder, Gefühle, Fragen.
Ich lief zwischen den Bahngleisen auf dem Schotter davon. Es tat nicht weh, wir waren ja immer barfuss, uns wuchs eine feste Sohle. War ich entschlossen? Nein. Sehnsüchtig? Ja. Es war die Verlockung des Horizonts. Dort, wo die Doppelspur sich zu einer Linie verengte, musste das sein, was die Erwachsenen das Leben nannten.
Aber was war das Leben? Wenn das Wort aus dem Mund meiner Mutter kam, war es drückend und schwer wie ein Sack Kohle. (Mir fällt der Kohlenmann ein, der sich vornüber ins Kellerfenster bückte und die Blechschütte über Kopf in den Keller leerte. Alle Kinder haben seine Kraft bewundert und sich vor seinem schwarzen Gesicht gefürchtet.)
An einem Tag wie diesem, wo es über dem Bahnkörper nur blauen Himmel gab und darin kleine Wolken wie Witze, an einem solchen Tag kann man den Übermut der Kinder nicht zügeln. Keiner hat damit gerechnet, dass ich weg wollte. War es wirklich so? Meine Arbeit hat mich gelehrt, Erinnerungen zu misstrauen. Ein Viertel deines Lebens erzählen dir die anderen, drei Viertel flüsterst du dir selbst ein. Märchenwünsche werden Halbwahrheiten, Träume springen in die Wirklichkeit und verwandeln sich in unumstößliche Tatsachen. Unser Gedächtnis bewahrt ein Durcheinander von Erfindungen und Ereignissen: liebgewonnene Lügen, schön geschminkte Missetaten und die Spuren verdrängter Schrecken. Nicht zu

vergessen die falschen Leiden, die nicht durchlittenen Gefahren, die Abenteuer, die dir vom Kopf in die Füße gerutscht sind. Und vielleicht sind sie das Schönste.

Wer sagt uns, dass in den eigenen Erinnerungen mehr Wahrheit liegt als in den erzählten? Oder umgekehrt? Die Frauen, bei denen ich aufwuchs, haben alle übertrieben. Ein dramatisches Geschlecht. Meine Großmutter ein Klageweib arabischen Kalibers, je älter sie wurde, um so ungeheuerlicher die Geschichten. Angeblich nimmt mit der Todesnähe die Zuverlässigkeit der Berichte zu – nein, das Gegenteil ist der Fall, das Gegenteil! Meine Mutter war eine untertreibende Übertreiberin. Oder eine übertreibende Untertreiberin, je nachdem. Liebevoll, doch immer besorgt. Und die Tanten! Was hatten die für Zeug auf der Zunge!

Meine Erinnerungen liegen durcheinander im Nähkorb der mütterlichen Sorge mit der Unzahl alter Knöpfe, Schnallen, Gummizugbänder, zu denen kein Hemd, kein Gürtel, keine Hose mehr existiert. Aber die Wahrheit? Mein Gott, die Wahrheit... Vielleicht ist sie ja nicht von Bedeutung. Schließlich ist ein Leben das Gegenteil einer Dokumentation.

Wenn meine Patienten das lesen könnten...

Hätte mich damals einer gefragt, wohin ich wollte, ich hätte Arm und Zeigefinger ausgestreckt und einfach nach vorn gedeutet. Zum Kopf der Eisenschlange. Und nichts gesagt, nur gedacht: Dort, wenn ich dort ankomme, wo die Gleise zusammenstoßen, dann bin ich endlich da.

Wer hat mir das eingeredet?

Meine Sehnsucht nach der guten Ferne kann nicht aus den Gesprächen der Frauen im Haus gekommen sein. Sie dachten sich den Horizont voller Gewitter und Stürme, vom Horizont kam das Verderben, man musste vor ihm die Tür verrammeln. Hatte ich denn keinen Hunger? Ein leerer Bauch war nicht ungewöhnlich, ich wusste, dass ich das ziehende Gefühl im Magen betrügen konnte, indem ich mich ablenkte. Das muss der Augenblick gewesen sein, in dem ich mich zwischen die

Schienen gesetzt und angefangen habe mit den Schottersteinen zu spielen. Mausch stellte sich auf die Hinterpfoten und sprang den Steinen nach, die ich den Bahndamm hinabkollern ließ. Sie wollte sie mit beiden Pfoten treffen, aber sie knickte immer wieder ein und fiel auf die Schnauze. Ich selbst habe mir später vom Keuchen meiner Mutter erzählt, die durchs Dorf rennt und nach mir ruft. Sie tat mir leid. Ich sehe meine Schwester schnaufend vor mir stehen, wütend, wie ich sie nicht kannte. Ihre überstandene Angst. Aber ich bin nicht in Panik. Ich nehme ihre Hand und steige mit ihr vom Bahndamm hinunter auf den von Brennnesseln überwucherten Weg. Die Blätter der Nesseln streifen meine nackten Schienbeine. Wer Schuld hat, muss büßen. Nach ein paar Minuten hatten wir den schwarzen Schlackenweg erreicht, auf dem sie das Fahrradfahren erlernt hat. Immer wieder ist sie mit dem alten Damenrad gestürzt und hat sich die Knie aufgeschürft, in den Narben blieben zeitlebens die Tätowierungen der Asche.

Lenja, ich wüsste so gern, wie es dir jetzt mit Erinnerung und Wirklichkeit geht. Hat dich die Rache von deinem Trauma erlöst?
Ich hatte das Glück, dass ich mich mit der Ferne über die Nähe trösten konnte. Mit vier Jahren wusste ich, dass es eine Alternative zum häuslichen Unglück gab, und alles wurde erträglich. Ich habe mich damals von mir selbst abgelöst und wurde frei.

Er setzte ab, weil seine rechte Hand auf einmal gefühllos war, als gäbe es sie nicht mehr. Der Füllfederhalter glitt ihm aus den Fingern und rollte über den Brief zur grünen Aktenmappe. Verblüfft sah er zu, wie seine Hände sich zu Fäusten ballten, ohne dass er sie spürte.
Lenja stand neben dem Schreibtisch am Fenster und sah in die Nacht hinaus. Sie trug das Wollkleid, dessen Farbe sie als meergrün bezeichnet hatte, damals, als sie zum ersten Mal im *Bocca della Verità* waren.

Sahlfeldt sprang auf, war mit drei Schritten bei ihr. Er umarmte die Leere, seine Arme schlangen sich um den eigenen Leib, er drehte sich und sah Lenja in seinem Stuhl am Schreibtisch sitzen. Sie nahm den Füller und strich Satz für Satz durch, was für sie geschrieben war, bis sie den Bericht aus seiner Kindheit ausgelöscht hatte. Zufrieden blickte sie zu ihm auf:

»Alles schöne Lügen! Die Ferne war für dich heller als die Nähe, und so ist es geblieben! Du hast dich aufgegeben, du hast eine Vereinigung der Schienen gesehen, die es nicht gibt, du wolltest als Kind unter die Lokomotive geraten, armer Hans, du wolltest nicht leben, du bist niemals frei geworden.«

Bevor er widersprechen konnte, stand sie auf, ging an ihm vorbei und verschwand mitten durch das geschlossene Fenster in die Nacht. Er öffnete es und starrte in die Dunkelheit. Der Föhnsturm warf seine Böen ans Haus, fing sich im Halbrund der Wohngebäude und legte sich dort. Von Lenja keine Spur.

Im schwachen Licht, das aus den Erkerfenstern der Weinstube auf die Terrasse fiel, sah er eine große Figur stehen, neben der etwas Silbernes glänzte. Ihm fiel der Name des massigen Mannes ein, Peter Josefi, der ein guter Mensch sein wollte, und er fragte sich, was ihn dazu trieb, seine Sauerstoffflasche in die Nacht auszuführen wie einen Hund.

Josefi hatte ihn entdeckt, hob die Hand und winkte ihm zu, eine Vertraulichkeit, die Sahlfeldt missfiel.

Er schlug das Fenster zu und drehte sich mit dem Rücken zur Nacht. Unter dem Licht der Schreibtischlampe lag der ausgestrichene Brief.

Er trank das dritte Glas aus. Trauer stieg in ihm auf, er versuchte, sie niederzuhalten, sie presste sich durch seine Brust in seine Kehle, er gab nach und ließ den Tränen freien Lauf.

Als Doppelgänger stand der Therapeut Hans Sahlfeldt neben sich und beobachtete aufmerksam, doch ohne Anteilnahme, wie seine Sehnsucht ins Unerträgliche wuchs.

17

TIEFENBACH HATTE IHM AUFMERKSAM zugehört, keine Zwischenfrage gestellt und kein einziges Mal gehustet.

»Nun gut«, sagte er, »dass Sie Lenja sehen konnten, spricht ja noch nicht dafür, dass sie da ist. Zumal wir sie in diesen Tagen in London oder überall und nirgends vermuten dürfen. Bilder der Sehnsucht können wirklicher sein als die Wirklichkeit.«

Sahlfeldt saß auf einem Hocker an Tiefenbachs Bett und schien keine Rücksicht darauf nehmen zu wollen, dass der Analytiker noch nicht wieder bei Kräften war. Seine Bettdecke war mit Akten belegt, in denen er die eigenen Behandlungsfehler diagnostiziert hatte. Mit einer an Besessenheit grenzenden Neugier hatte er einige alte Fälle durchforstet – so, als müsse er reinen Tisch machen, oder, wie er es lieber nannte, *einen salvierenden Überblick über die eigene Schuld schaffen.*

Sahlfeldt war am späten Vormittag in Tiefenbachs Wohnung gekommen und hatte ihm aufgeregt von der nächtlichen Begegnung mit Lenja und dem Brief berichtet. Das Papier erwies sich am Morgen als Doppelseite mit unleserlichem Zeichengewirr, das von dichten Querstrichen überzogen war.

»Wer hat das getan, wenn nicht ich selbst? Und was heißt das? Das heißt zweifelsfrei: Seit ich es unterlasse, Ihnen den Narren vorzuspielen, werde ich nicht wieder vernünftig, sondern tatsächlich paranoid!«

»Wer sagt Ihnen, dass Sie zuvor vernünftig waren, Hans? Und *zweifelsfrei* ist in der ganzen schönen Schöpfung grundsätzlich nichts. Nein, seit Lenja und ich Sie dazu gebracht haben, aus Ihrer fest gefügten Therapeutenexistenz zurück zu gehen in Ihre Kindheit, geraten

Sie in Bewegung. Endlich! Und dieser unleserliche Brief ist der Beginn einer Mitteilung an Sie selbst, noch unverständlich, aber irgendwann werden Sie in sich selbst lesen können.«

Tiefenbach entnahm einer der Akten ein Blatt Papier. »Ich lese Ihnen mal vor, was ein Patient Ihrer Generation mir als junger Mann vor einigen Jahrzehnten aufgeschrieben hat. Er hatte eine schriftstellerische Neigung, vielleicht auch Talent. Er schrieb mir: *Direkt nach dem Krieg hatten die Kinder andere Augen und tiefere Furcht. Nachts hockten auf den dünnen, bleichen Bögen ihrer rachitischen Schlüsselbeine winzige schwarze Vögel, lautlos, mit weichen, haarigen Schnäbeln: Sie schnappten nach den heranfliegenden Zukunftsträumen und fraßen sie und ließen nur die Albträume der Gegenwart durch.*

Diese Wächter des Unglücks saßen uns damals allen im Schlaf unter dem Hals und tranken, wenn sie keine Träume fingen, aus unseren kleinen Schlüsselbeingruben den Angstschweiß. Diese Haustiere waren das einzige Geschenk unserer Kindheit. Aber die Eltern sahen sie nicht, darum war niemand da, die Zukunftsfresser zu verscheuchen. Und wir behielten unsere Angst für uns, weil wir uns schämten. – Sehen Sie, Hans, ich habe damals, ich war ja selbst jung, diese offensichtlich präzise Beschreibung eines Traumas für eine Art Phantasmagorie gehalten und ihm geschrieben, dass er weiter dichten sollte und ich ihm Glück wünsche. Außerdem müssten wir Sorge tragen, seine Begabung für solche Texte nicht durch eine allzu erfolgreiche Analyse zu gefährden. Ich habe nicht erkannt, dass er mit seinen Worten die schiere Wahrheit seiner Not formuliert hatte. Vier Monate später hat er sich vor eine Straßenbahn geworfen und verbrachte den Rest seiner Tage in einer Eisernen Lunge. Sie sehen, es genügt nicht, ein Trauma zu schildern. Man muss es öffnen und sich hinein begeben.«

»Ach was, hinein begeben, *wie* denn, wenn es einen umbringt!«
Sahlfeldt sprang auf und rannte zum Fenster, riss es auf und sog die Luft ein, als wäre er kurz davor zu ersticken. Er drehte sich um und rief ins Zimmer:

»Wie können Sie nur hier im Bett herum liegen und sich mit Ihrer beruflichen Vergangenheit befassen, wenn ich Sie brauche, *jetzt* brauche, die ganzen vertanen Wochen brauchte ich Sie nicht, aber jetzt! Und jetzt flüchten Sie sich in eine Grippe! Wenn das keine Psychosomatik ist!«

Tiefenbach sah ihn schweigend über seine Brillengläser hinweg an. Er sammelte die auf seinem Bett verteilten Aktendeckel ein, stapelte sie und hielt Sahlfeldt den kleinen Stoß entgegen.

»Ich schenke Ihnen meine Fehler. Daraus können Sie mehr lernen als aus sämtlichen Lehrbüchern Ihrer Systemtherapie.«

»Warum will plötzlich alle Welt, dass ich alte Akten lese?«, protestierte Sahlfeldt. Tiefenbach streckte die Arme aus und hielt ihm das Bündel hin.

»Nehmen Sie, seien Sie so gut, nehmen Sie mein dokumentiertes Versagen und verlassen Sie bitte mein Zimmer. Gleich kommt jemand und bringt mir das Essen. Ich möchte es wie immer allein einnehmen.«

»Kann ich Ihnen helfen, Herr Sahlfeldt?« Die junge Schwester sprach zu ihm wie zu einem Kind und legte ihre Hand auf seinen Unterarm, mit dem er die Akten an sich presste. »Soll ich Sie zum Mittagessen führen?«

Ihm wurde bewusst, dass er seit Minuten mitten im Foyer stand, wo sich die Wege der Patienten, des Personals und der Besucher kreuzten, und augenscheinlich den Eindruck eines verwirrten Mannes machte, der zu keiner Entscheidung findet.

»Nein, danke, ich esse heute nicht zu Mittag.«

»Ist Ihnen nicht gut?«

»Doch, sehr gut, sehr, sehr gut. Ja. Vielen Dank. Ich gehe jetzt auf mein Zimmer.«

Sie sah ihm nach und nahm sich vor, bei der nächsten Arztbesprechung von dem Vorfall zu berichten.

Er legte die Akten auf seinem Schreibtisch ab, ging zur Tür und schloss sie ab, kehrte zum Schreibtisch zurück und blickte auf Tiefenbachs braunen Stapel und Reinhilds grüne Gerichtsmappe wie auf wilde Tiere. Aus der Obstschale nahm er einen Apfel und fing an, ihn bedächtig zu essen, als müsste er über Gestalt und Wesen des Apfels nachdenken.

Dann zog er die Schuhe aus, stellte sie parallel nebeneinander vor das Fußende des Bettes und legte sich in seinen Kleidern auf die Decke. Leise sagte er: »Du wirst dich erkälten.«

»Du wirst dich erkälten!«, hatte Lenja gelacht.

Er stand im Garten und sah zu den Sternen hoch. »Ich muss mich abkühlen!«

Sie blieb in der Tür der Veranda stehen und rief ihm zu: »Im Mondlicht bist du fast noch ein Jüngling. Aber auch die werden krank!«

»Dann schließe ich die Praxis, lasse mich von dir pflegen und heiße Kamillenwickel um die Brust machen!«

»Werde ich nicht, komm, mir ist kalt.«

Er folgte, rannte über den nassen Rasen zur Treppe, Lenja schloss die Verandatür hinter ihm, umarmte ihn und hüllte sie beide in seinen hellbraunen Morgenmantel, der ihr zu groß war und den sie gerade deshalb liebte und für sich beanspruchte, wenn sie hier war.

Hans spürte Wellen einer Zärtlichkeit, die er noch vor wenigen Wochen für den Rest seines Lebens ausgeschlossen hatte. Im selben Augenblick schob sich ein Todesbild vor sein Glück, und Lenja spürte, dass er die jungenhafte Leichtigkeit, die er nach dem Sex hatte, schlagartig verlor.

»Was ist? Bin ich lästig?«

»Halt mich. Es war – –«

»Du hast mich schon satt.«

»Nein. Plötzlich eine Erinnerung. Kamillenwickel. Unsinn. Zum Vergessen.«

»Nein, nein, ich will es wissen, bitte erzähl mir, ich weiß so wenig von dir, wir essen weiter, und du erzählst mir!«

Sie zog ihn zum Tisch, der Rechaud unter dem Topf *Moules normandes* war noch heiß.

Am Beginn des Abendessens hatten sie einander zugesehen, wie sie die Miesmuscheln öffneten, waren plötzlich ohne ein Wort aufgestanden, hatten einander entkleidet und auf dem Teppich miteinander geschlafen.

Lenja wickelte seinen Morgenmantel um sich, verknotete den Gürtel, setzte sich vor ihren Teller und sagte: »Kann ich jetzt endlich deine Kamillenwickelgeschichte hören?«

Er stand nackt und frierend im Zimmer, betrachtete sie, gab keine Antwort und stellte sich vor, wie es wäre, sie nicht nur für Tage und Nächte, sondern auf Dauer hier bei sich zu haben.

Als er sie zum ersten Mal in seine Wohnung eingeladen hatte, die sich unter den Therapieräumen im Erdgeschoss des Hauses befand, war sie als Fremde durch die Zimmer gegangen, unsicher und neugierig gleichermaßen; alles hier sprach von ihm und gab, wenn sie nur genau genug hinsah, etwas von ihm preis, das sie noch nicht kannte.

Für sie war seine Einladung, den Raum seines privaten Lebens kennen zu lernen, ein intimerer Vorgang als der Sex, den sie seit Wochen hatten, in ihrem Atelier, in seiner Praxis, unbedenklich nachts im Park, wenn ihr Wunsch überhand nahm.

Ein einziges Mal in dieser Zeit hatten sie über ihren Altersunterschied gesprochen, während eines ihrer Barbesuche im *Only4the-Rich*; er gab zu, dass er sich verjüngt fühlte und damit nicht gerechnet hatte und setzte zur üblichen Phrase an: »Immerhin könntest du meine –«

Lenja legte ihm sofort den Zeigefinger auf die Lippen und sagte: »Nicht. Nicht *den Satz*. Nie.«

Seit jenem Augenblick wurde sein Alter, abgesehen von kleinen ironischen Anspielungen, nicht mehr thematisiert, und er genoss, dass zwischen Lenja und ihm ein Vertrauen wuchs, das Lust und Geduld vereinte.

In seiner Wohnung heimisch zu werden, kam für sie einer zögerlichen Eroberung gleich, von Besuch zu Besuch gehörte sie etwas mehr hierher, orientierte sich, fand sich zurecht, prägte sich unbewusst seine Ordnung ein, griff bald zielsicher zu Besteck und Geschirr, wenn sie gemeinsam das Abendessen einnahmen, merkte sich, wo das Salz stand, vergaß einmal in seinem Bad Lippenstift und Make-up und hörte gern, als sie ihn tags darauf bat, ihr das Schminkzeug mitzubringen, dass er es dort behalten wollte. Dennoch vermied sie alles, was den Eindruck erweckt hätte, sie wünschte sich einzunisten.

Mit der Zeit nahm ihr Gefühl, eine Besucherin zu sein, ab, und wenn sie seine Wohnung betrat, zog sie mit größter Selbstverständlichkeit ihren Mantel aus und hängte ihn an seine Garderobe.

In seinem Bett war sie nach der ersten Nacht orientierungslos erwacht, hatte die Augen wieder geschlossen und sich seinem schlafwarmen Rücken zugedreht. Am zweiten Morgen erkannte sie das Zimmer als vertrauten Raum. Von Aufenthalt zu Aufenthalt gewann sie eine Art vorsichtige Gewohnheit. Erstaunt beobachtete sie, wie er ihre und Hannas Zugehörigkeit zu seinem Leben als sicher vorauszusetzen begann.

Dann ergab es sich, dass sie allein in seiner Wohnung saß und auf ihn wartete, weil er ihr seine Schlüssel gelassen hatte und noch im ersten Stock arbeitete. Vom Esstisch aus betrachtete sie seine Bücherregale, an den wenigen freien Wandflächen Aquarelle und zwei großformatige Ölbilder von Joachim Tieck, sämtlich abstrakt, die mahagonibraune lederne Sitzgarnitur, die für sechs Gäste Platz bot, und fragte sich, wie viel hier von seiner geschiedenen Frau gestaltet worden war. Die Überlegung hinderte sie an ihrem Vorsatz, ein Abendessen zuzubereiten, so als wäre seine Küche noch das Gebiet der Anderen und als könnte Hans ihre eigenmächtige Nutzung missbilligen.

Er kam aus der Praxis herunter und spürte bei Lenjas Begrüßung, dass sie befangen war. Irritiert drängte er sie, ihm ihre Gefühle mitzuteilen.

»Ich bin keine Patientin, und hier ist nicht deine Praxis«, wich sie aus.

»Aber du bist anders, irgendwie nicht da, wo bist du?«

»Ich habe daran gedacht, wie deine Frau hier das Zuhause für euch beide geschaffen hat.«

»Die Richterin?«, lachte er. »Ich habe alles, was sie angeschafft hat und was mich an sie erinnert, im ersten Monat nach der Scheidung entfernt. Sie hat Gott sei Dank viel mitgenommen. Ich habe ihre Fotos, ihre Briefe, meinen Ehering, den Trauschein und die Scheidungspapiere behalten. Und ihre Telefonnummer. Es gibt allerdings im Keller noch ein paar Flaschen Wein, die wir gemeinsam auf einer Fahrt durchs Elsass erstanden haben.«

Lenja wurde, während er sprach, wütend auf ihre Zweifel. Sie schämte sich und übersetzte sein abfälliges Reden von Reinhild auf ihre eigene Zukunft, in der er wahrscheinlich von ihr in gleicher Weise sprechen würde, suchte Abstand und schob ihm den Schlüsselbund über den Tisch.

»Eh ich's vergesse, deine Schlüssel.«

Sahlfeldt begriff, dass er ihre Frage nach Reinhilds überdauernder Anwesenheit lächerlich gemacht hatte. Er hatte beabsichtigt, sie zu beruhigen, und sie stattdessen mit seiner Angeberei gedemütigt.

»Entschuldige. Ich will nur sagen, dass mich auch in den Sachen hier nichts mehr mit Reinhild verbindet. Würdest du die Schlüssel an dich nehmen? Ich habe welche machen lassen. Außer uns hat nur meine Haushaltshilfe noch einen, Gençay, sie arbeitet schon sehr lange für mich.«

Sie sah ihn prüfend an, streckte dann ihre Hand nach ihm aus.

»Haben Sie noch was von dem guten Wodka, Herr Therapeut?«

Als sie getrunken hatten, sagte Sahlfeldt: »Ich wäre froh, wenn du morgen Nele mit hierher bringen würdest.«

»Aber sie ist eine Sünderin!«

»Dann wird sie sich bei mir wohlfühlen«, lachte er.

Am übernächsten Abend zog die Puppe bei ihm ein und wurde im Gästezimmer einquartiert, wo sie in einem mit weißen Polstern ausgelegten Korbsessel saß und in den fremden Raum blickte.

»Können wir sie allein lassen?«, fragte Sahlfeldt.

»Das ist sie gewohnt«, lachte Lenja und steckte ihm einen Schlüssel zu: »Atelier.«

Hans sammelte seine Kleider vom Boden und zog sich an, während Lenja weiter Muscheln aß. Am Tisch nahm er den Wein aus dem Kühler, schenkte die Gläser voll und hatte offensichtlich keine Lust, Erinnerungen mitzuteilen, die sie von ihm hören wollte. Schweigend nahm er eine leere Muschel, mit der er das Fleisch der anderen aus den Schalen zupfte.

Sie wartete, kaute, beobachtete ihn und wollte nicht, dass die Stimmung verging.

»Also, was war mit den Kamillenwickeln?«

»Traurige Geschichte.«

»Ich kenne *nur* solche«, sagte sie.

»Nicht beim Essen.«

»Wann sonst!«

»Es ist so weit weg, über sechzig Jahre«, wich er aus.

»Deshalb will ich es ja wissen, den alten Hans kenne ich ein bisschen, den jungen noch gar nicht.« Er wischt sich mit der Serviette den Mund ab und stöhnte. »Na gut. Ich war fünf oder fast sechs, gerade noch nicht in der Schule. So lange ist das her. Da warst du noch nicht mal eine Idee.«

»Stimmt. Und?«

»Ich hatte einen Freund. Fritz. Er war ein Jahr älter. Er starb an Tuberkulose. Nicht selten damals. Ich stand zum ersten Mal an einem Grab und sah den Kasten da unten, in dem lag mein toter Freund Fritz. Seine Mutter hatte ihn mit Kamillenwickeln behandelt, ein deutscher Arzt, der mit den Amerikanern aus der Emigration zurück gekommen war, spritzte ihm Antibiotika, aber sie halfen wohl nicht. Vielleicht gepantschtes Zeug. Wir Kinder hatten alle Kamille gesammelt an den Wiesenrändern, und jetzt standen wir da auf dem Dorffriedhof neben einer Strickwarenfabrik, die etwas später Pleite machte, alle trugen Schwarz, ich wollte nicht begreifen, dass Fritz plötzlich nicht mehr da war trotz meiner Kamillen-Sammelei, ich dachte an die Regenwürmer, die versuchen würden, in den Sarg zu kommen und sich dafür zu rächen, dass er und ich ihre Eltern auf Brot gegessen hatten. Es muss im späten Herbst 1952 gewesen sein, die Bäume waren kahl. Die Mutter von Fritz weinte nicht, die stand mit dem kantigen Gesicht, das sie immer hatte, da und krampfte die Hände so ineinander, dass ich die weißen Knöchel sah. Daran musste ich vorhin denken.«

Lenja hob ihr Weinglas. »Armer Fritz. Wir trinken auf deinen Freund Fritz!«

Er stieß mit ihr an und nickte. »Auf dich, Fritz. Du hattest ein kurzes Leben und beschissene Eltern.«

»Ich kenne auch einen Fritz, er heißt Mallinckroth, vielleicht stelle ich ihn dir mal vor. Wie hieß dein Fritz weiter?«

»Gerling. Sein Vater hielt sich bei den Weinbauern als Knecht versteckt. Seine Mutter missbrauchte Fritz für ihren Glauben, dass der Krieg noch nicht verloren war.«

»Aber nicht 1952!«

»Oh doch. Ich habe mich mal in einer Nacht, als ich laute Musik hörte, in den Speicher hoch geschlichen und durch den Türspalt gelinst. Die ganze Gerlingfamilie saß da, auch der angeblich vermisste Vater, sie saßen am langen Esstisch, vom Grammophon quäkte der Badenweilermarsch, und mein Freund Fritz marschierte in kurzen Hosen auf der Festtafel zwischen den Tellern und Gläsern hin und her, die Erwachsenen klatschten, sein Gesicht glühte, und dann erwischte mich seine Schwester Hilda, die vom Klo kam und mich von der Tür weg riss und beschwor, niemandem etwas zu sagen, sie versprach mir, wenn ich den Mund hielte, dürfte ich morgen ihre Brüste sehen, ganze drei Minuten. Sie war fünfzehn und hatte schon welche. Nicht anfassen, aber sehen! Dafür hätte ich alles verschwiegen und alles verraten. Es war der zwanzigste April. Ich hole uns noch einen Wein.«

Er stand auf, lief in die Küche zur Kellertür und hörte hinter sich Lenjas fassungslose Empörung: »Aber das müssen doch alle im Haus gehört haben!«

»Ja klar!«, rief er.

Als er zurückkam und die Flasche entkorkte, fragte Lenja: »Was hat deine Mutter gesagt?«

»Gar nichts. Sie saß in der Küche und trank Wacholder. Und meine Großmutter, die Kommunistin war, jedenfalls hat sie das immer behauptet, ging mit dem Wäschetopf und dem größten Kochlöffel ins Treppenhaus, veranstaltete einen Heidenlärm, und wenn sie pausieren musste, weil ihr der Arm weh tat, animierte sie meine Schwester, auf dem Kamm die Internationale zu blasen. Aber eine Kommunistin wurde meine Schwester dann doch nicht.«

Lenja betrachtete ihn schweigend, dann fragte sie: »Hast du sie gern?«

»Meine Schwester? Ja. Ich habe sie gern. Sie hat einen argentinischen Großgrundbesitzer geheiratet, ihm fünf Kinder geboren, lebt als seine Witwe in Buenos Aires und ignoriert alles, was unsere Großmutter ihr über soziale Gerechtigkeit beigebracht hat.«

Er hob sein Glas. »Auf das Vergessen.«

»Auf deine Erinnerung«, sagte Lenja.

»Na gut. Auf meine Erinnerung.«

Er nahm einen Schluck. «Ich erinnere mich an einen Satz von dir, der mir nicht aus dem Kopf geht.«

»Wirklich?

Er setzte sein Glas ab. »Es war die zweite Stunde, in der wir über Hanna miteinander gesprochen haben. Du hattest sie im Internat besucht und bist erst am Abend gekommen, weißt du noch?«

»Ich weiß.«

»Ich habe Hannas Rolle gespielt und als Hanna zu dir gesprochen und gesagt, etwas sei an meinem achten Geburtstag passiert, ich könne das dir nicht und niemandem sagen. Das sollte heißen, Hanna schweigt, weil –«

»Und ich habe«, unterbrach ihn Lenja leise, »auf dieses Spielchen nicht reagiert!«

»Doch, du hast wie zu dir selbst gesagt: *Aber sie weiß doch gar nichts davon.* Und seit damals beschäftigt mich die Frage: Wovon weiß Hanna nichts? Und wieso wären die Sätze, die ich in ihrem Namen gesagt hatte, dir begreiflich gewesen, wenn *sie etwas davon gewusst* hätte?«

Sie trank ihr Glas in einem Zug aus. Er neigte sich vor und sagte leise: »Du weißt, weshalb Hanna schweigt. Darf ich dich jetzt danach fragen?«

Sie wich seinen Augen aus und sah an ihm vorbei nach oben, schien sich mit ihrem abirrenden Blick auch gedanklich zu entfernen. Er ließ ihr Zeit.

»Es gibt vielleicht auch eine billigere Transportversicherung für die Skulpturen«, sagte sie mit größter Selbstverständlichkeit, als hätten sie soeben davon gesprochen.

Sahlfeldt wusste, dass sie ihm nicht auswich, sondern abgedriftet war, wie er es von stark traumatisierten Patienten kannte. Ihre Dissoziation war ein fast sicherer Hinweis auf ein vollständig abgekapseltes biografisches Ereignis, dem sich zu nähern unerträglich gewesen wäre.

»Ja, wahrscheinlich«, sagte er, »aber müssen das nicht sowieso die Aussteller tragen?«

Nach einer langen Pause kehrte ihr Blick zu ihm zurück. »Was?«

Er machte einen weiteren Versuch.

»Wovon weiß Hanna nichts? Was ist passiert, als du acht warst, Lenja?«

Sie schüttelte den Kopf und stand auf. »Du willst das nicht wissen.«

Während sie langsam zur Verandatür ging, versuchte er, sich klar darüber zu werden, was er in diesem Augenblick tun durfte: seiner Ahnung und seinem Gespür als Therapeut folgen und sie mit ihrer Angst konfrontieren? Oder ihr nachgeben und nicht weiter in sie dringen?

Sie war schon hinunter auf die Wiese gelaufen, er sah sie von der Treppe aus als schmale, helle Figur im Mondlicht neben dem Kirschbaum stehen, den Reinhild ihm zur Hochzeit geschenkt hatte. Sie lehnte sich an den Stamm.

Er ging auf sie zu.

Lenjas sechster Brief

Wie sicher war ich, dass du mein Leben ausspionieren wolltest, und wie entschieden wollten Hanna und ich dich dazu bringen, uns zu vertrauen, um dir dann zu beweisen, dass du nichts von uns erfahren hast, wir aber fast alles von dir! Und jetzt sehe ich den Jungen, der in den Wald läuft, ich sehe, wie die Bäume sich losreißen und auffahren und unterm Himmel sich umdrehen –

und mit den Baumkronen voran auf die Erde zustürzen und mit ihren Ästen in den Gruben im Boden stecken, sehe, dass ein Wald ohne Laub und Nadeln da steht, ein Gespensterwald, tot, der sein Wurzelgeflecht dem Himmel entgegenstreckt wie eine Anklage. Und davor steht, ohne zu begreifen, was geschieht, das Kind. Ich sehe dich da, Hans. Ist das der Krieg, von dem du geträumt hast? Das Leben verschwindet in der Erde. Träumt das Kind vom Tod? So kommt es mir vor. Du tust mir da so leid, so wie dir wahrscheinlich Hanna leid tut. Ich muss mich hüten, dich nicht zu –

nein, das Wort wird nicht geschrieben, nicht gesprochen, nicht gedacht.

Aber ist es nicht seltsam, dass wir beide von Bäumen träumen? Und wie viel schöner ist mein Traum mit den weißen Blüten als deiner von den stürzenden Kiefern! Ich danke dir dafür, dass du mir von deiner Kindheit erzählt hast, während ich noch immer schweige. Oder hörst du, was ich *nicht* sage? Kannst du das? Mein Ziehvater Lucas in Amsterdam war der einzige Mann, der gut zu mir war. Einfach gut, ohne etwas zu erwarten oder gar zu verlangen. Inzwischen weiß ich, dass du ihm ähnlich bist. Und darum darf ich dich nicht in meine Geschichte hineinziehen. Obwohl ich es immer mehr will. Ja, ich würde dir gern meine Rache anvertrauen, dich zum Mitwisser machen, dir meinen Hass erklären und ihn vielleicht mit dir teilen. Ich würde –

Ich bin sicher, dass du ein guter Therapeut bist und die Nöte und das Leid deiner Patienten anhören kannst und erträgst. Aber wenn es von mir kommt, wird es für dich unerträglich. Wir sind schon zu weit. Unsere Baumgeschichten sind nicht vereinbar, aber irgendwie verwandt. Ich bin sicher, dass du die Vorstellung nicht erträgst, was mir geschehen ist. Vielleicht ist das der Fluch meiner Geschichte: Ich wollte vertrauen und konnte es nicht, und dann, wenn ich es könnte, darf ich es nicht.

Deshalb bleibt der Hass mein engster Vertrauter, auch wenn ich das Gegenteil fühle. Und es tut weh, zu wissen, dass ich für Abstand zwischen uns sorgen muss, während du dich immer mehr in ein Leben mit mir hinein denkst. Wenn du erst weißt, was ich tun werde, dann weißt du auch: Es gibt für uns keine beständige Nähe.

18

DER FOLGENDE TAG BEGANN mit einem über der Bergkette glühenden Morgen, den Sahlfeldt aus dem Ostfenster seines Zimmers fotografierte.

Er war, in seinen Kleidern auf dem Bett liegend, gegen halb acht fröstelnd erwacht, hatte auf der Rückkehr vom Bad den rosigen Schein über den Kämmen des Gebirges gesehen und sich entschlossen, den Lehnsessel ans Fenster zu rücken. Eingehüllt in zwei Liegestuhldecken, wollte er das tröstliche Licht so lange beobachten, bis es sich über den See ausgedehnt und den ganzen Himmel überzogen hätte. Erst jetzt wurde ihm bewusst, dass er seit dem Mittag des Vortags nicht zugedeckt geschlafen hatte und trotz der überheizten Luft im Zimmer ausgekühlt war.

Er wollte die Morgenröte genießen, konnte aber die Augen nicht offen halten und fiel in Tiefschlaf. Er schlief noch im Sessel, als die Sonne sich über die Grate hob und aus dem wolkenlosen Himmel durchs Fenster auf sein Gesicht strahlte. Seine Augen irrten hinter den geschlossenen Lidern im Traum umher, und das Licht des aufsteigenden Tages mischte sich in eine andere Landschaft.

Wieder stand er in der Sandheide, wieder hoben sich die Bäume am Waldrand ins Mittagslicht, kehrten sich in der Höhe um und senkten sich mit den Kronen voran in ihre Wurzelgruben. Doch diesmal war er nicht der kleine Junge, sondern er war erwachsen, trug Anzug und Hut, beobachtete Lenja, die mit Nele an ihrer rechten und einem Mädchen an ihrer linken Seite vor den Bäumen stand. Das Mädchen war fast so groß wie Lenja, und er wusste, dass Hanna gekommen war. Er wollte sie rufen, sah aber auf seine Armbanduhr, ihm fiel ein, dass es kein Frühstück mehr gab, wenn er sich nicht beeilte.

Er erwachte und schützte seine Augen mit der Hand vor der Sonne.

Üblicherweise frühstückte er nur eine Scheibe Brot mit Quark, danach Früchte und Joghurt. Heute wollte er die verschlafenen Mahlzeiten des zurückliegenden Tages nachholen, bestellte ein gekochtes Ei, eine zweite Portion Kaffee, nahm sich Lachs und Schinken vom Buffet und fühlte sich erst nach dem dritten Brötchen hinreichend gesättigt. Den Fruchtsalat, bedeckt mit zwei Esslöffeln Naturjoghurt, nahm er nicht mehr aus Hunger zu sich, sondern aus Gewohnheit.

Der Hauptweg vom Sanatorium zum See war mit Kies aufgeschüttet und wieder gangbar gemacht worden. Sahlfeldt zog sich in seinem Zimmer um, winddichte Hose, Mantel, Wanderschuhe, Hut, um seinen Morgenspaziergang anzutreten.

Tiefenbachs Mappen und Reinhilds Gerichtsakte lagen noch immer ungelesen auf dem Schreibtisch, und Sahlfeldt war sich nicht schlüssig, ob er sie überhaupt öffnen wollte. Eine unbestimmte Furcht stieg in ihm auf, wenn er sie ansah.

Der Himmel hatte sich inzwischen mit Schleiern und fedrigen Wolken überzogen, die Berge waren flächig und grau geworden, als wären sie in die Ferne gerückt. Der Föhn war vorüber.

Sahlfeldts Spaziergang führte ihn jenseits der Terrasse über steinerne Stufen in das tiefere Gelände, vorbei an der Freifläche für die Sonnenliegen und zwischen den Hortensiensträuchern schließlich auf eine gerade, rechts und links von Wiesen gesäumte Strecke, deren Ende nach nicht ganz zwei Kilometern unter Weidenbüschen und Erlen verschwand. Dahinter begann im Uferschilf der hölzerne Steg, der zur Plattform am See führte.

Er hatte keine Eile, schlenderte mehr als zu laufen, und wurde vom Geräusch schwerer, doch zügiger Schritte hinter sich auf dem Kies dazu veranlasst, an den Rand zu treten. Es war Peter Josefi, der in erstaunlicher Hast und oberflächlich grüßend an ihm vorbeizog, in engen Jogginghosen, einem hellblauen Anorak und mit geschultertem Rucksack, aus dem eine silberne, offensichtlich für solche Märsche gedachte Sauerstoffflasche ragte.

Sahlfeldt setzte seinen Spaziergang fort, sah der Gestalt nach und verfiel unwillkürlich ebenfalls in eine schnellere Gangart.

Als er den Ufersteg und die Holzplattform am See erreichte, sah er Josefi auf der Bank linkerhand mehr lehnen als sitzen, das Gesicht schweißnass und bleich, die Augen geschlossen, den Rucksack neben sich. In beiden Händen hielt er die Aluminiumflasche, von der ein Schlauch zu seiner Nase führte. Sahlfeldt näherte sich ihm und fragte, ob alles in Ordnung sei.

»In bester Ordnung, danke, alles sehr gut. Es sind die Klappen, wissen Sie, die eine schließt nicht mehr so dicht, wie sie sollte, aber ich kriege demnächst eine neue, für die OP päppelt man mich hier auf, ich mache brav alles mit, Psycho, Malkurs, Schongymnastik, Massage, ab nächste Woche Ergometer, und wenn ich das Programm durch habe, lege ich mich unters Messer, kriege 'ne neue Schweineklappe, und dann bin ich wieder fit wie ein Turnschuh.«

Sahlfeldt setzte sich neben ihn. »Das sind gute Aussichten. Ich hatte schon befürchtet, Sie hätten sich übernommen, es ist vielleicht nicht günstig, so zu schnell zu gehen.«

»Sind Sie Arzt?«

»Gewissermaßen, aber hier bin ich Patient.«

»*Auch* die Klappen?«

»Nein. Nein, eher nicht«, sagte Sahlfeldt, spürte Josefis Erwartung, von einer Diagnose zu erfahren, und schwieg.

»Ich bin Finanzberater«, sagte Josefi, als er lange genug auf eine Auskunft gewartet hatte, »Anlageberater, genau gesagt. Also wenn Sie was anlegen wollen, ich bin der richtige.«

»Ich will nichts anlegen.«

»Das weiß man nie. Eine Erbschaft, ein Lottogewinn, eine Steuerrückzahlung, plötzlich liegt da Geld und vermehrt sich nicht.«

Er richtete sich auf und schien neue Kräfte zu bekommen. »Ich kann Ihnen gern ein Modell anbieten, Sie sind ja wohl nicht so der Risikotyp, also sagen wir dreißig Prozent in einen offenen Immobilienfonds, zwanzig in einen Aktienfonds mit etwas höherem Risiko, dreißig in einen gemischten Aktien-Rentenfonds mit fast keinem Risiko und zehn in Gold. Zehn Prozent sollten Sie liquide halten. Glauben Sie mir: Sicherer kann man nicht leben.«

Angesichts dieser riskanten Behauptung schwieg Sahlfeldt und richtete, während Josefi noch überlegte, ob er ein anderes Modell mit höherer Rendite vorschlagen sollte, seine Aufmerksamkeit auf zwei Bussarde, die über den nahen Fichtenwipfeln kreisten und sich in verschlungenen Spiralen höher schraubten.

»Ein schönes Bild«, sagte er.

»Was? Gold?«

»Da oben, die beiden Raubvögel, es muss herrlich sein, sich so gemeinsam in die Lüfte tragen zu lassen, finden Sie nicht?«

Josefi kniff die Augen zusammen und sah nach oben. »Na, für mich wäre das nichts«, lachte er und stand auf. »Wir sehen uns beim Mittagessen, und denken Sie mal nach, es lohnt sich!«

Als Sahlfeldt sich um zwölf Uhr an seinen Platz setzte, fiel ihm auf, dass auf Josefis Tisch keine Namenskarte mehr lag und das Besteck und die gefaltete Serviette offenbar unberührt waren. Auch wenn die Bedienungen nicht über Patienten oder gar ihre Krankheiten reden durften, erfuhr er hinter vorgehaltener Hand, dass man den Notarzt bestellen und Peter Josefi ins Herzzentrum der Hauptstadt bringen lassen musste.

»Er wird es schon schaffen«, sagte die Serviererin in ihrer bayerisch breiten Tonart, stellte Sahlfeldt den Nachtisch hin und klopfte mit den Knöcheln dreimal auf die Holzlehne seines Stuhls.

Kurz darauf fand er im Fach mit seiner Zimmernummer die Nachricht, dass Tiefenbach ihn heute zur Therapiestunde erwarte, wie üblich um fünfzehn Uhr.

»Glauben Sie, dass man einen Menschen mittels seiner Erinnerung umbringen kann?«

»Ohne weiteres«, sagte Tiefenbach, »obwohl die Fälle häufiger sind, dass der Mensch, der beispielsweise ein Verbrechen begangen hat, sich selbst entleibt, weil seine Erinnerung an die Tat ihn dazu drängt, sie auf diese Weise loszuwerden. Nicht sehr klug, denn man will ja die Erinnerung löschen, um unbeschwert zu leben, befindet sich dann aber, wenn überhaupt noch, im Jenseits, das, glaubt man den Griechen, ohnehin ein Terrain der Vergesslichkeit ist. Dennoch lebt die Literatur von den Fällen. Sich umzubringen, um mit gutem Gewissen zu leben, ist alles in allem eine Dummheit.« Der Analytiker war unverkennbar gesundet und hatte seine Neigung zum Dozieren wieder in ganzem Umfang aufgenommen. Um ein Zeichen zu setzen, dass er die krankheitsbedingte Selbstvernachlässigung überwunden hatte, war er sorgfältig gekleidet, trug zur schwarzen Hose ein frisches weißes Hemd unter einer silbergrauen Wollstrickjacke mit Hornknöpfen, von der er gern betonte, sie stamme aus Island. Socken in einem ebenso hellen Grau rundeten das Signal ab, dass er wieder ganz in der Welt war.

»Ich meine etwas anderes«, sagte Sahlfeldt. »Wenn ich einen Menschen dazu bringe, dass er sich eines Verbrechens erinnert, das er begangen und restlos verdrängt hatte, und er durch die Erinnerung stirbt, die ich in ihm auslöse – –«

»Ja?«, fragte Tiefenbach etwas beunruhigt.

»Ist das dann ein Mord?«

»Da müssen Sie Ihren Herrn Vater fragen, ich bin kein Jurist. Psychologisch würde ich es tragische Beihilfe zur Erkenntnis mit Todesfolge nennen. Doch warum beschäftigt Sie eine so vollkommen unwahrscheinliche und hypothetische Situation?«

»Und wenn«, insistierte Sahlfeldt, »ich jemanden dazu veranlasse, sich aus Scham oder Angst vor Schande das Leben zu nehmen, wie würden Sie das nennen?«

Tiefenbach zögerte. »Denken Sie an ein konkretes Ereignis?«

»Weichen Sie nicht aus!«

»Ich würde vielleicht von einem aufgedrängten Suizid sprechen, womit freilich nicht die Schuldfrage beantwortet wäre, im ethischen Sinne, schon gar nicht im juristischen.«

Sahlfeldt stand auf und lief zum Fenster, wollte wieder zurück, unterließ es, blickte in den grauen Nachmittag über den Wiesen, dann wieder in den Raum, schien mit sich zu kämpfen und zog schließlich zwei Zeitungsausschnitte aus der Jackentasche, entfaltete sie und wedelte damit durch die Luft.

»Lenjas Adoptivmutter stürzt sich im vergangenen Oktober von der Herrmannsbrücke in den Fluss. Drei Tage zuvor steht die Todesanzeige eines Pfarrers namens Horst Kolditz in der Zeitung.«

Tiefenbach fixierte seinen Patienten, ohne sich eine Reaktion anmerken zu lassen.

»Sie wissen«, rief Sahlfeldt vom Fenster her, »dass ich von Agnes Körber spreche? Der Witwe von Direktor Körber? Sie wissen es, ja?« Der Analytiker versuchte, seine Gedanken zu ordnen. Hatte Sahlfeldt die *Barcarole*-Akte gelesen? Woher kam diese Zeitungsmeldung? Woher die Todesanzeige für Kolditz? Was regte seinen Patienten am Suizid von Körbers Witwe derart auf?

Hans Sahlfeldt ließ die Zeitungsausrisse sinken. Er erwartete keine Antwort von Tiefenbach, lief zu seinem Sessel und setzte sich. »Lenja ist unschuldig«, stieß er hervor. »Sie ist unschuldig, wie nur immer irgendjemand unschuldig sein kann. Sie hat niemanden umgebracht! Ich weiß es. Wenn hier einer schuldig ist, dann ich!«

Noch immer schwieg Tiefenbach. Er dachte nicht an Lenjas Schicksal, er versuchte zu verstehen, was mit seinem Patienten Sahlfeldt vor sich ging: Der erfolgreiche Familientherapeut schien sich tatsächlich in jenen geistig verwirrten Mann zu verwandeln, den er ihm in den zurückliegenden Wochen vorgespielt hatte. Vor wenigen Tagen hatte er die Rolle des Psychoten aufgegeben und die dafür inszenierten Marotten unterlassen – doch offenbar hielt die Verworrenheit, einmal gestaltet und gelebt, an ihm fest und holte sich ihn zurück.

Spaltete sich Sahlfeldts Persönlichkeit, um sich weiterhin als Lenjas Retter fühlen zu können? Brachte er ein zweites Opfer, nach seiner Selbstbezichtigung, die ihn hierher geführt hatte?

Als hätte sein Patient den Gedankengang teilen können, fragte er ihn: »Das wollen wir doch nicht zulassen, nicht wahr, Kollege?«

Sahlfeldt sah zu ihm herüber, aus weiter innerer Entfernung und ohne zu begreifen, was der Analytiker meinte. Langsam fand er zurück in die Gegenwart.

»Wir lassen doch immer alles zu...«

Tiefenbach ließ ihm Zeit. Minuten verrannen, in denen Sahlfeldt mit offenen Augen da saß und schwieg, während sein Therapeut seine Energie darauf konzentrierte, ihn mental an sich zu binden. Er befürchtete, dass Sahlfeldt sich mit seinen Erinnerungen in tiefere Schichten seiner Seele zurückziehen und dort verstummen könnte. Sein Patient hob den Kopf, als ob er etwas hörte.

»Ich soll übrigens diese grünen und braunen Akten nicht lesen, die man mir unaufhörlich ins Haus liefert«, sagte er. »Das müssen Sie schon verstehen.«

»Welche grünen?«, fragte Tiefenbach leise. Er nahm Sahlfeldt fest in den Blick. Der erwiderte den Blick, und Tiefenbach konnte beobachten, wie sein Patient, während er ihn ansah, nach innen driftete und in die Welt seiner Gedanken abschweifte.

»Na, Sie wissen doch, es sind immer dieselben Leute, die solche Papiere hin- und her schmuggeln.«

Der Analytiker entschloss sich, dem Seelenraum beizutreten, in dem sein Patient sich offenbar gerade aufhielt, und keinen Widerstand zu bieten. Dabei ließ er ihn nicht aus den Augen.

»Was alles lassen wir immer zu, Hans?«

Sahlfeldt versuchte nicht, Tiefenbachs saugendem Blick zu entkommen. »Das wissen Sie nicht? Die Qualen. Diese unfassbaren Qualen.«

»Ja, da haben Sie wohl recht, wenn wir die nicht zuließen, sähe die Welt anders aus und es ginge uns allen besser, wir hätten ein entspanntes Leben, wir hätten nur angenehme Erinnerungen, würden uns leichthin treiben lassen durch den Tag, ruhen in der Nacht, und wären leicht und sorglos wie ein Blatt, das sich von dem leichten warmen Wind tragen lässt...“

Tiefenbach hatte die Stimme gesenkt und war fast unhörbar geworden. »Und wir könnten auf dem sanften Strom dahin gleiten, ruhig und geborgen in der Welt, gelöst – ohne Furcht – behütet – mit geschlossenen Augen – – und Lenja würde kommen, ja, sie nähert sich schon, jetzt ist sie da...«

Dem Patienten fielen die Lider zu, er folgte dem einschläfernden Tonfall Tiefenbachs, sann noch über die Bedeutung der Sätze nach und hielt sich an dem Wort *Welt* fest. Mit seinen Händen umfuhr er blind eine große Kugel, die ihm vorschwebte. Dann ließ er die Arme sinken und begann tief und ruhig zu atmen. Er öffnete den Mund.

»Man muss dazu wissen, dass der Mond scheint und sein Licht auf meine Haut wirft, ich habe ja nichts an.«

»Ja klar«, sagte Tiefenbach leise. »Fahren Sie fort.«

»Ich sage doch, wir hatten Muscheln gegessen, die nassen Lippen in den Schalen, wir sahen uns an, es war eine Welle, sie überfällt uns! Und dann laufe ich hinaus, ich – – «

»Sie lieben sich, Hans, was tut der Mond?«

»Der Mond kühlt mich, ich bin im Garten, und Lenja ruft von der Verandatür her: *Du wirst dich erkälten!*«

»Also laufen Sie hinein, zurück zu ihr auf die Veranda, Sie umarmen sie, ja?«

»Ja! Sie wissen es ja?«

«Ich weiß es.«

Sahlfeldts Lider zitterten über den Augen, die mit den inneren Bildern hin und her zuckten, und Tiefenbach bemühte sich, die Erlebnisse des Halbschlafenden selbst zu sehen, ihn mit seiner Phantasie zu begleiten und den Bilderstrom nicht abreißen zu lassen.

»Es ist gut, Lenja im Arm zu halten, Hans, es ist richtig, und endlich ist die Angst vorüber.«

Sahlfeldt schwieg. Als der Analytiker befürchtete, er habe die Verbindung verloren, lehnte sein Patient sich zurück und sprach mit lebhafterer Stimme weiter.

»Wovon weiß Hanna nichts? Du weißt, warum sie schweigt. Darf ich dich jetzt danach fragen? Aber da läuft sie hinaus in den Garten und steht neben dem Kirschbaum, den mir Reinhild geschenkt hat zu unserer vergeblichen Hochzeit, ich laufe ihr nach, sie fragt mich, warum willst du das wissen, ich sage, weil ich dich liebe – – ich sage zum ersten Mal, dass ich sie liebe, und Lenja wendet mir ihr Gesicht zu, der Mond, das weiße Licht in ihren Augen, sie weint: *Mich lieben? Das geht überhaupt nicht. Nicht mal Hanna kann mich lieben. Doch, Nele, die kann es, die Nele, die liebt mich, denn sie ist aus Holz und hat kein Herz und keine Seele.* Und ich halte sie fest, ich hätte fast geschrien, dass ich sie liebe, dass ich sie liebe mit – –«

Sahlfeldt verstummte. Er hielt die Augen geschlossen. Tiefenbach hatte sich in die Bilder eingefühlt und sah sich selbst im Garten, abseits des Paars stehend, das sich aus dem blauen Mondschatten des Kirschbaums löste und umschlungen zurück kehrte zum Haus, auf die Veranda, ins beleuchtete Zimmer. Er blickte durch die Scheiben der Tür und war sicher, dass Lenja, die er drinnen zum Tisch gehen sah, jetzt endlich – –

»Sie erzählt«, sagte er, »jetzt endlich, nicht wahr, Hans, jetzt schweigt sie nicht mehr.«

Aber Sahlfeldt ließ seinen Satz noch immer unvollendet, und Tiefenbach weckte ihn nicht aus seinem Zwischenzustand. Er konzentrierte sich darauf, in seiner Spur zu bleiben: Was hatte sein Patient erfahren, was war in jener Nacht zur Sprache gekommen?

Er schloss seine Lider und versuchte, sich in Sahlfeldts Erinnerung hinein zu versetzen und an ihr teilzunehmen. Tatsächlich erwarb er langsam – in einer ihm selbst unerklärlichen Verbindung aus Empathie und Erfahrung – Bilder, Sätze, Ahnungen, die sich seiner eigenen Kenntnis von Lenjas Schicksal anlagerten, und die ihm, als wäre er anwesender Zuhörer des nächtlichen Gesprächs, das Martyrium des achtjährigen Kindes Lena Körber offenbarten.

19

»WENN DU DICH NAH setzt und mich festhältst.«
Sie hatte mit sich gekämpft, erschrocken über den eigenen Wunsch,
endlich auszusprechen, was sie seit ihrer Kindheit verschwieg.

Er trug seinen Stuhl auf die andere Seite des Tisches, setzte sich
neben Lenja, legte seinen Arm um ihre Schultern, sie lehnte sich an
ihn und begann, vom Tod ihrer Mutter zu erzählen; und stockend,
als müsse sie vor jedem Satz neuen Mut fassen, von ihrem Vater; von
dem Morgen, an dem er sich an ihr vergangen hatte; von ihrem Weg
durch die Kälte, zur Kirche.

»Ich hatte rosa Gummistiefel, die hatte mir noch meine Mutter gekauft.«

Schließlich beschrieb sie den toten Vater in der Seilschlinge, wie sie
ihn aus dem Blickwinkel des Kindes in Erinnerung hatte.

»Seine Füße in der Luft, sie waren plötzlich viel größer.«
Ihre Schultern zitterten. Er verstärkte seinen Griff und zog sie fester an sich. »Ich bin hier«, sagte er. Wieder schien sie erst Wörter suchen zu müssen, ihr Atem wurde schneller, und mit einem Mal, als
habe sie eine Fessel um ihr Gedächtnis geöffnet, sprach sie vom Pfarrer Horst Kolditz.

»Seine Haushälterin hat mir in einem Dachzimmer das Bett gemacht, dann ging sie nach Hause. In der Nacht kam er, ich sollte
knien und mit ihm für die Seele meines Vaters beten. Als ich wieder
im Bett lag, deckte er mich auf und sagte, *ich weiß, was du für eine bist,
du machst es, du machst es mit mir wie mit deinem Vater*, ich hätte meinen Vater verführt und in den Tod getrieben. Und als er dann müde
war und aus dem Zimmer ging, sagte er noch, *kein Wort zu irgendwem*, sonst würde er in der Predigt am Sonntag allen sagen, was ich

für eine bin. *So einer, wie du eine bist, glaubt niemand,* sagte er. Und ich lag da, und ich habe mich geschämt, ich hatte Angst, und ich wollte ein Baum sein.«

Sie hatte den Bericht über Kolditz in scheinbar unbeteiligtem Ton aufgesagt, hastig, fast ohne Luft zu holen, als spräche sie von einer Anderen oder einem Gegenstand. Jetzt, erlöst, atmete sie tief und presste ihr Gesicht an seine Schulter.

»Ein Baum?«, fragte er. »Wie in Hannas Traum vom blühenden Baum und der Schlange.«

»Ja. Wie in Hannas Traum. Das war ein so schönes Bild. Plötzlich war es da. Ich war ein Baum auf einem freien Feld. Aber ohne weiße Blüten. Nicht mal Blätter. Ich habe zur Muttergottes gebetet, dass sie mich in einen Baum verwandelt. Ich wollte aus Holz sein wie Nele. Aber ich musste bei Kolditz bleiben, ich saß am Sonntag in der vordersten Bank, sah am Altar das Folterbild vom heiligen Laurentius und hatte Angst, der Pfarrer könnte in seiner Predigt erzählen, dass ich meinen Vater verführt und umgebracht hätte. In der zweiten Woche kam die Körber und sagte, sie hätten es mit dem Jugendamt geregelt, ich war endlich frei, ich kam zum Rektor, lebte da, tags in seiner Schule und nachts in seinem Haus. Drei Monate später hat er mich adoptiert. Ich heiße Körber. Ich bin seine Tochter. Lena Körber. Sie haben mir das J aus dem Namen geschnitten, damit ich nicht mehr russisch klinge. Hörst du mir zu?«

Sahlfeldt hatte sein Gesicht auf ihr Haar gelegt und versucht, seinen inneren Aufruhr zu beherrschen, der nicht aus Mitleid und Empörung wuchs, sondern dem Willen entsprang, Lenja rückwirkend zu schützen. Sein Zorn auf Lenjas Vater und auf Kolditz mündete in den Selbstvorwurf, sie allein gelassen zu haben. Obwohl ihm die Absurdität seines Gefühls bewusst war, hörte er sich sagen: «Verzeih mir.«

Sie setzte sich in ihrem Stuhl auf und schob seine Hand von ihrer Schulter.

»Du hältst es nicht aus«, sagte sie.

»Es zu wissen«, widersprach er, »und es nicht verhindert zu haben.«

»Du bist ja nicht schuld, du kommst doch in meiner Vergangenheit nicht vor.«

»Aber ich schäme mich.«

»Mit solchen Männern kannst du nicht kämpfen, Hans, die begreifst du nicht.«

»Ich hätte dich so gern bewahrt«, sagte er. »Im Nachhinein noch vor all dem geschützt – das macht die Liebe so, sie will auch immer rückwärts schon gewesen sein.«

Rektor Körber hatte ihr die Wahl gelassen. »Wenn du in ein Heim willst, musst du in eine andere Stadt und eine andere Schule, das willst du doch nicht, oder willst du das, Lenchen? Du kannst dann auch nicht mehr zum Grab von deiner Mama und deinem Papa gehen. Hier bei uns darfst du wohnen und essen, aber du kannst auch jederzeit weg. In ein Heim, wie gesagt. In einer fremden Stadt. Lenchen, überleg es dir. Überleg es dir gut. Wir wären glücklich, wenn wir für dich da sein könnten.«

Ralf Körber war ein schmächtiger, knapp einssiebzig großer, blassblonder Mann Anfang Fünfzig, der kein beeindruckendes Auftreten, doch eine überzeugende Art zu sprechen hatte. Die tiefe Stimme passte nicht zu seinem Äußeren, und mit ihr verschaffte er sich bei Schülern und Kollegen einen gewissen Respekt. Sie machte das Herrschaftliche an ihm aus, das seiner Gestalt fehlte.

Seine Amtsführung in der Grund- und Hauptschule, die den Namen der früher im selben Gebäude tätigen Gesellschaft der heiligen Ursula trug, war tadellos. Und so lag es nahe, dass Horst Kolditz, der die Körbers als zweifellos gläubige und pflichtbewusste Mitglieder seiner Laurentiusgemeinde kannte, mit ihnen über den Fall Markoff sprach; zumal Pfarrer und Rektor dem Vorstand des städtischen Sozialvereins angehörten und sich dort ehrenamtlich engagierten.

Als Kolditz an einem Sonntagnachmittag, eingeladen zu Kaffee und Kuchen, mit dem Waisenkind Lenja Markoff in der Villa eintraf, war Agnes Körber, wie sie selbst später sagte, *ganz hingerissen* von dem Mädchen. Ihre beiden Söhne studierten mit Stipendien in Australien und den USA, Agnes hatte Zeit, sich um das Mädchen zu kümmern, und so war sie es, die das Jugendamt überzeugte, dass Lenja bei ihr und ihrem Mann in besten Händen sei. Der Behörde gegenüber ließ sie verlauten, man erwäge sogar, trotz fortgeschrittenen Alters, wegen der Vorteile für das Kind eine Adoption.

In den ersten Wochen, wenn der Rektor nachmittags Lenjas Hausaufgaben kontrollierte, fielen Agnes seine Blicke auf, schweifende, unruhig zu dem Kind hin irrende und an ihm abgleitende Blicke, nach denen er sich anscheinend zwingen musste, sich auf die schulische Arbeit zu konzentrieren. Manchmal rückte er nah an Lenja heran, legte ihr den Arm um die Schultern, um sie zu belehren, minutenlang ließ er väterlich eine Hand auf ihrem Knie ruhen, strich ihr belobigend übers Haar, doch zärtlicher, als Agnes selbst es von ihm kannte; und als er mehrmals in seinem weißen Morgenmantel abends ins Bad gekommen war, wenn Lenja sich das Gesicht wusch und die Zähne putzte, gewöhnte das Mädchen sich an, die Badezimmertür zu verschließen. Körber klopfte, verlangte aber nicht, dass sie öffnete, sondern veranlasste seine Frau, dem Kind zu verbieten, sich im Bad einzuschließen. Agnes folgte seiner Weisung.

An einem Samstagabend, als Lenja in der Badewanne lag, kam er herein, schloss hinter sich die Tür ab, zog den Morgenmantel aus und starrte das Mädchen an. Sie hatte sofort die Augen geschlossen und an Kolditz gedacht. Sie schämte sich. Als er sie anfasste, verurteilte sie sich: *Er sieht es mir an. Ich habe was an mir, und er erkennt es, alle sehen es, nur ich weiß nicht, was sie sehen. Ich bin jetzt so, und jeder weiß es. Jeder.*

Eine Woche lang rührte der Rektor sie nicht an, sprach mit ihr in der Schule wie mit allen anderen Schülern, plauderte bei Tisch, als sei nichts gewesen. Sie war verwirrt, hoffte, alles sei mit dem einen Mal vorüber, fragte sich aber, ob sie ihn verärgert hatte, und fürchtete sich vor Agnes' Blicken, die jetzt anders auf ihr ruhten, mit einer ungewohnten Strenge und Kälte, so, als kündigte sie eine Strafe an, ohne sie auszusprechen.

In den Nächten wagte Lenja nicht, einzuschlafen. Und wenn der Schlaf sie übermannte, suchten sie Albträume heim. Sie schwamm in einem See, aus dessen Tiefe Schlingpflanzen nach ihr griffen, sie hinunter zogen, und während sie versank, sah sie am Grund des Sees einen großen braunen Hund sitzen, der zu ihr aufsah und bellte, ohne dass sie ihn hören konnte. Sie schrie.

Agnes Körber kam nicht, um sie zu trösten. Der Rektor stand plötzlich in ihrem Zimmer, redete leise, besänftigend, summte den Barcarole-Walzer als Schlaflied, legte sich zu ihr und griff nach ihr. Sie lernte, den Schrei beim Aufwachen zu unterdrücken. Körber kam dennoch. Sie legte Nele als Schutz neben sich ins Bett. Er kam und schleuderte die Puppe auf den Boden. Von dort sah sie zu.

Lenja lernte für die Schule mehr denn je, doch Agnes, anfangs von den guten Noten begeistert, schien plötzlich jedes Interesse an den Leistungen verloren zu haben.

Dann kam der Sonntagmorgen, an dem der Rektor sie im Bad überfiel. Sie stand am Waschbecken. Plötzlich klang die Barcarole durch das Haus, die er summte, wenn er nachts zu ihr kam. Die Musik war so laut, dass Lenja den Gesang der Männer verstehen konnte. *Schöne Nacht, du Liebesnacht, O stille mein Verlangen, süßer als der Tag uns lacht die Schöne Liebesnacht...*

Sie hatte ihn nicht kommen hören. Er schloss die Tür von innen zu und war mit drei Schritten hinter ihr.

Lenja schrie ihren Schmerz gegen die Barcarole an. Er hielt ihr den Mund zu. Sie musste sich übergeben und spuckte durch seine Finger ins Waschbecken. Er fluchte, drehte sie um, schlug sie ins Gesicht. »Wasch mir die Hände!« Sie gehorchte, drehte den Wasserhahn auf, er hielt seine gespreizten Finger darunter, Lenja reinigte sie mit der Nagelbürste, sah den Ehering, reichte Körber ein Handtuch und wartete angststarr, bis er es ihr vor die Füße warf, sich abwandte, zur Tür ging und aufschloss. Bevor er das Bad verließ, drehte er sich zu ihr um.

»Heute Abend kommt Kolditz«, sagte er, »du weißt, was du zu tun hast.«

Lenja wusch sich, sie hielt den Kopf unter den Wasserhahn und ließ sich kaltes Wasser in den Mund laufen, biss in den Strahl, hustete, schnappte mit den Lippen, trank wie eine Verdurstende und gurgelte, stieß die verschluckte Luft aus und riss den Kopf hoch, zwang sich wieder unter das Wasser und ließ es sich in die Kehle laufen, bis sie glaubte, den widerlichen Gestank los zu sein, der ihren Körper befallen hatte.

Sie kauerte sich auf den Fliesenboden und hörte, dass es still war im Haus. Die Barcarole war zu Ende.

Sie fror und wollte sich selbst umarmen, ekelte sich aber vor ihrer eigenen Haut.

Von hier an waren die Sterntalergeschichten von der Bestrafung der bösen und der Belohnung der guten Töchter lächerliche Lügen. Lenja war nicht böse und war es doch; sie war gut und war es doch nicht; alles in ihr verkehrte sich, die Welt stand Kopf und kam nicht mehr auf die Füße.

Sie hasste nicht ihre Peiniger, sondern sich selbst. Ihr Gedächtnis sammelte die Qual zu einer wachsenden Kette aus Not und Scham, keine der Stunden, in denen Kolditz und Körber sie zu Schnaps und Tabletten zwangen und die Barcarole durchs Haus klang, konnte sie vergessen.

Da lernte sie, sich zu teilen und sich zu betrachten, als liefe ein Film, in dem sie gequält wurde, und vor dem sie gleichzeitig allein in einem Zuschauerraum saß. Sie weinte nicht mehr wie das Mädchen im Film, sie weinte als Zuschauerin um das Mädchen, das sie sah und mit dem sie fühlte und von dem sie wusste, dass sie ihm nicht helfen konnte.

Man bemerkte, dass sie zu stottern begann. »Eine kleine Entwicklungsstörung«, sagte Körber, »das vergeht von selbst.«

Dann verfiel sie ins Schweigen. Für ihre schriftlichen Arbeiten in der Schule erhielt sie von Mal zu Mal bessere Noten.

Eines Tages lief sie fort. Aus dem Haus und über die Steinplatten des Gartenwegs und hinunter in die Stadt und flussaufwärts bis zu den Uferweiden vor der Stadt. Nele hatte sie mitgenommen.

Man fand sie, brachte sie zurück. Ein halber Tag Freiheit. Mehr gelang ihr nicht. Sie sagte kein Wort.

Bis sie in den Ferien, der Sommer ging zu Ende, im Garten hinter der Villa, für dessen Pflege Frau Körber Lenjas Mithilfe verlangte, zwischen den Weigelienbüschen einem Mädchen begegnete, das ihr aufs Haar glich und fragte:»Wie heißt du?«

»Ich bin Lena. Aber eigentlich heiße ich Lenja.«

»Ich weiß«, sagte das Mädchen und deutete auf die weißen Verbände um Lenjas Unterarme.»Aber jetzt machst du das nicht mehr.«

»Nein.«

»Versprochen?«

»Ja.«

Körber fand sich bestätigt, als sie wieder zu sprechen begann. »Sagte ich doch. Solche Marotten verschwinden von selbst.«

Tiefenbach erschrak, als Sahlfeldt plötzlich zu summen begann, und er in der Melodie den Walzer aus *Hoffmanns Erzählungen* erkannte, den ihm vor dreißig Jahren jenes Mädchen vorgesungen hatte, zu dessen Begutachtung er von der Staatsanwaltschaft beauftragt worden war: Lena Körber. Sie hatte auf keine seiner Fragen geantwortet und, wenn er sie eindringlich ermahnte, zu antworten, nur jedes Mal die Barcarole angestimmt. Schließlich verstummte sie und griff nach seinem Notizblock, den er ihr mit dem Bleistift überließ – in der Hoffnung, sie werde endlich Auskunft geben.

Doch auf den Zettel schrieb sie nur: *Hanna weiß es.*

»Wer ist Hanna? Eine Freundin?«, hatte er gefragt. Sie nickte.

»Geht sie in deine Klasse?«

Lena Körber schrieb einen weiteren Zettel. *Immer in der Schule.*

Tiefenbach hatte tags darauf die Eltern befragt, doch ihnen war keine Hanna bekannt. Körber sagte, es gebe überhaupt keine Hanna an seiner Schule. Im Gutachten stand schließlich, Lena Körber sei seelisch labil, nicht kooperativ, könne derzeit nicht hinreichend zwischen Realität und Phantasie unterscheiden.

An den Fenstern des Therapieraums rann leichter Regen hinab und ließ das Bild des Hortensiengartens vor den Scheiben in einer glasigen Unschärfe verlaufen. Das Licht über dem Gelände des Sanatoriums war, während Tiefenbach die Begegnung Sahlfeldts mit Lenja durchlebte, immer schwächer geworden, als würde es schon Abend.

»Sie wachen jetzt auf, Hans, kommen Sie zurück, ich bin hier und bei Ihnen, Sie können die Augen öffnen, wir sind im Sanatorium, wir können miteinander sprechen, jetzt, jetzt sind Sie wach.«

Sahlfeldt richtete sich im Sessel auf und sah Tiefenbach an. Er brauchte lange, bis er seine Lage begriff, blickte sich im Raum um, und nickte stumm, als er sich zurechtgefunden hatte.

»Habe ich geredet?«

»Nein. Sie haben sich sinken lassen.«

»Aber zu einer Hypnose hätten Sie mein Einverständnis –«

»Das war gar nicht nötig«, unterbrach ihn Tiefenbach. »Ihre Sehnsucht hat Sie geführt – gezogen, wenn Sie so wollen – und ich habe Sie gewissermaßen begleitet, aber Sie haben nicht geredet, ich habe nichts gehört, nur zuletzt, jetzt, als Sie anfingen zu singen, diesen schrecklichen Ohrwurm von Offenbach.«

Sein Patient schien erleichtert zu sein.

Tiefenbach stand auf, streckte sich stöhnend, verschränkte seine Arme hinter dem Rücken und blickte zu der kleinen Digitaluhr auf, die hinter Sahlfeldt in die Wand eingelassen war.

»Ich würde gern noch weiter mit Ihnen arbeiten, aber unsere Stunde ist zu Ende, sogar etwas überzogen, sechzehn Uhr sieben, und draußen wartet ein Myokardinfarkt, der immer pünktlich ist. Bitte gehen Sie über die Veranda hinaus, die Person will nicht gesehen werden. Bis morgen.«

»Veranda!«, sagte Sahlfeldt langsam, »Lenja steht ja auf der Veranda«, fuhr er fort und horchte dem Klang nach, als wäre noch ein Teil von ihm in der gerade durchlebten Erinnerung verblieben, stand auf und lief zur Fensterfront, hinter der eine schmale Treppe über zwei Stufen in den Hortensiengarten des Sanatoriums hinunter führte.

»Ihre Schuhe!«, rief Tiefenbach, »Sie vergessen Ihre Schuhe! Hier an der Tür! Sahlfeldt! Sie werden sich erkälten!«

Sein Patient hatte die Glastüren ins Freie bereits aufgeschoben.

»Ja, das hat sie gesagt: Du wirst dich erkälten!« Er lief hinaus in den Regen, störrisch wie ein Kind, ohne auf Tiefenbachs Rufe zu achten.

20

MIT GRIMMIGER ZUSTIMMUNG SAH er den Wolken entgegen, die blauschwarz hinter dem Gebirgskamm aufquollen. Sie wuchsen sich zu Riesen aus und überquerten die Berge. Als sie den See erreichten, wurden sie von weiteren, seitlich hinzu kommenden Gesellen verstärkt und eroberten den Himmel über der Gegend. Sahlfeldt feuerte sie mit Schreien an, als ob sie seiner Ermutigung bedürften, und tatsächlich begannen sie, Türme und Wälle zu bauen.

Als aus ihrer Mitte zugleich mit den ersten Tropfen ein Blitz niederfuhr und die rückseitige Front des Sanatoriums aufleuchten ließ, lachte Sahlfeldt in den unmittelbar folgenden Donner und spendete Beifall, »Nur zu! Ja! So! So!«, streckte die Arme von sich und fing in den Händen die ersten Hagelkörner auf, die durch den Regen schlugen.

Er saß am Rand des Kieswegs zum See auf einer Bank und fühlte sich eins mit dem Wetter, in wildem Humor und ohne das geringste Bedürfnis, sich zu schützen. Im Gegenteil, preisgegeben zu sein, kam ihm gerecht vor, die hypnotische Begegnung mit Lenja hatte sein Schuldgefühl belebt, seine Liebe kam ihm wertlos vor, weil es ihr nicht gelungen war, Lena Körber schon geschützt zu haben, bevor er überhaupt von ihr gewusst hatte. Was war das für eine Liebe, die das Schicksal nicht änderte? Was für ein lächerlicher, unfähiger Therapeut war er, dass er nicht sofort Lenjas tiefe Lebensverletzung erkannt hatte? Während die Fragen durch seinen Kopf kreisten, wusste er, dass sie absurd waren, ohne jeden Sinn, weil sie, neben allen anderen Bedingungen, die Zeit ignorierten. Und den Verlauf der Zeit nicht anzuerkennen, war ein untrügliches Kennzeichen für Paranoia. Dennoch blieben seine Selbstvorwürfe bestehen und verlangten nach Bestrafung. Der Abend, an dem Lenja in seiner Praxis aufgetaucht war, kam ihm in Erinnerung. Hatte er nicht schon damals, bevor er sie im Wartezimmer entdeckte, mit dem Blick in den vergehenden Sommer gedacht: *Was man nicht festhalten kann, soll man freigeben, den Sommer an den Herbst, das Licht an die Dämmerung.* Und das gelebte Leben?

Er hielt die Arme ausgebreitet. Einen Blitz hätte er, der sich für ungläubig hielt, als Gottesurteil empfangen.

Aus der Klinik kamen zwei Krankenpfleger in gelben Gummimänteln, überblickten das Gelände und rannten, als sie den Gesuchten entdeckt hatten, über den Wiesenpfad zum Seeweg hinunter, näherten sich Sahlfeldt und riefen ihm etwas zu, was er unter den fortwährend herab schießenden Blitzen und Donnerschlägen nicht hörte. Er sah seine Retter kommen und wedelte mit den Händen, um sie abzuweisen und ihnen zu signalisieren, dass sie sich fernhalten sollten, er benötige sie nicht. Sie erreichten ihn, griffen ihn unter die Achseln, stellten ihn behutsam auf, nahmen ihn in ihre Mitte und legten ihm eine Decke über Kopf und Schultern. Nach kurzer Gegenwehr ließ er sich durch den zunehmend gröberen Hagel zur Klinik hinauf und ins Haus führen, wo man ihn gegen seinen erklärten Wunsch nicht ins Zimmer, sondern in den Wellness-Bereich brachte, dort in der Abteilung für medizinische Bäder seiner durchnässten Kleidung entledigte und ihn in eine Wanne mit warmem Wasser steigen ließ.

»Was machen Sie denn aber auch, Herr Sahlfeldt.« Der vorwurfsvolle Ton der Krankenschwester, die bis zum Eintreffen des diensthabenden Arztes auf einem Stuhl neben der Tür postiert war, machte ihn trotzig, er zuckte mit den Schultern.

Es war dieselbe junge Schwester, die ihn tags zuvor im Foyer angetroffen und gefragt hatte, ob sie ihn zum Mittagessen führen sollte.

»Wenn uns Doktor Tiefenbach nicht gleich informiert hätte, wer weiß, Sie lägen jetzt da draußen vielleicht vom Blitz erschlagen.«

»Ja«, lachte er, »das wäre möglich gewesen, kommt ja vor.«

»Es wäre aber doch schade um Sie, meinen Sie nicht?«

Er wandte ihr das Gesicht zu und sagte, als müsse er ihr die Dinge erklären: »Das weiß man dann nicht mehr.«

Zum Stil und zur Philosophie des Hauses gehörte, dass die Patienten ungeachtet der Schwere ihrer körperlichen oder geistigen Heilbedürftigkeit ein größtmögliches Maß an Normalität erfuhren und erlebten, und dass alles zur Wahrung ihrer Würde unternommen wurde.

Sahlfeldt erwartete man darum – nachdem er in sein Zimmer gebracht und auf seine Versicherung hin, alles sei *okay*, allein gelassen worden war – selbstverständlich zum Abendessen an seinem Tisch, wo er auch wie gewohnt um halb Sieben Platz nahm und zur Menükarte griff. Nach der Fasanen-Consommé zum Beginn entschied er sich für den gedünsteten Saibling mit Karotten-Fenchelgemüse und beschloss, das warme Dessert, eine Tarte Tatin, vorzubestellen.

Überhaupt schien er sein riskantes Verhalten im Gewitter vergessen zu haben und war ungetrübter Laune, bis die jüngere, sorglose Bedienung, die am heutigen Abend für die Tische im Nebenraum eingeteilt war, ihm zuflüsterte, man erwarte den Gast mit der Sauerstoffflasche, Peter Josefi, nicht mehr zurück. Damit wollte sie offenbar den Exitus des Anlageberaters bekannt machen, denn nach der Mitteilung blickte sie Sahlfeldt bedeutend an und nickte zur Bestätigung ihrer Nachricht.

»Ich hätte dann gern die warme Apfeltorte als Nachtisch«, sagte er ungerührt, so, als habe er den Hintersinn der Botschaft nicht verstanden. »Und bitte ein Viertel Luganer.«

Erst als sie, offenbar gekränkt, gegangen war, fiel ihm auf, dass die beiden anderen Tische nicht besetzt waren.

Anstelle der traurigen Mutter betrat, während Sahlfeldt der Kellnerin nachsah, ein schwergängiger, mittelgroßer Mann in graubraun kariertem Anzug den Raum. Er fiel durch seinen gewölbten Bauch auf, den er seitlich mit den Händen hielt und seinem restlichen Körper wie einen Schiffsbug voran schob. Sahlfeldt meinte, in dem neuen Gast einen Fernsehschauspieler zu erkennen, kam aber nicht auf den Namen. Der schätzungsweise Vierzigjährige nickte ihm kurz zu, als wäre er im Speisezimmer bereits bekannt, ließ sich am Tisch nieder und kämmte mit gespreizten Fingern sein graues Haar nach hinten. Er zog eine Hornbrille aus der Brusttasche seines Jacketts, setzte sie auf und studierte die Menükarte.

Sahlfeldt verabschiedete sich in Gedanken von der Mutter mit den schwarzen Stirnfransen und ihrem überreifen Haussohn, wünschte dem jungen Mann eine handfeste Liebe und seiner Mutter eine unterhaltsame Kreuzfahrt – als sich ein weiterer Neuzugang im Speiseraum einfand: Sie trat, in einem senfgelben Kleid, zögerlich über die Schwelle, blieb stehen und sah, dass nur ein Tisch mit dem zweifellos für sie vorgesehenen Platz frei war. Staksig und ohne zu grüßen, bewegte sie sich wiegend – Sahlfeldt dachte unwillkürlich an eine Giraffe – an den Tisch, an dem Peter Josefi auf *'ne neue Schweineklappe* gehofft hatte. Ahnungslos nahm sie den Stuhl des Toten für die kommenden Wochen in Besitz. Als sie saß, richtete sie Besteck und Teller präzise aus. Ihre Frisur aus rostroten Löckchen begann erst nach einer auffallend hohen, gebogenen Stirn und zog sich bis ins Genick. Als sie ihr blasses Gesicht der Speisekarte zuneigte, tat sie das mit einer ihr offenbar selbst geltenden Höflichkeit.

Sahlfeldt gab seiner Vorliebe zu ersten Eindrücken nach und stufte sie als Bibliothekarin ein. In ihrer Haltung fand er einen Stolz, den sie sich vielleicht gegen Widerstände bewahrt hatte, und in ihrem Gesicht die geübte Einsamkeit eines Menschen, der seine Hoffnungen überwunden hat.

Der Schauspieler nahm seine Brille ab und sah unter hängenden Augenlidern zu der Neuen hinüber, mit einem Blick müder Lüsternheit, den er abwandte, als er spürte, dass Sahlfeldt ihn beobachtete.

Die Nachtluft schmeckte nach Schnee, während er die halbrunde gepflasterte Terrasse vor dem Speisesaal überquerte, um zum östlichen Sanatoriums-Flügel zu gelangen, in dem sein Zimmer lag. Das Gewitter, dem nun die Kaltluft von den weißen Gipfeln nachströmte, war Ankündigung und Beginn eines erneuten Wechsels der Wetterlage gewesen. Zurecht hatte niemand dem strengen Frost am Monatsbeginn zugetraut, den Dezember hindurch anzudauern. Dem folgenden Föhneinbruch, der das Eis auf dem See in treibende Schollen zerteilt hatte, waren unbestimmte und von vielen Patienten als unangenehm empfundene Tage gefolgt, die Bruno Tiefenbach *wetterlos* nannte. Jetzt aber standen im Nachthimmel scharf leuchtende

Sternbilder, und der leicht beizende Duft von hochgradigem Sauerstoff, der von den Bergen herzog, kündigte Schnee und einen beständigen Winter an.

In seinem Zimmer fand Sahlfeldt auf dem Kühlschrank eine neue Flasche Rotwein und frische Gläser. Er zögerte, dem weißen Luganer beim Abendessen noch den Merlot folgen zu lassen, ignorierte seine Skrupel und trank sich die Unbedenklichkeit an, die er zur Öffnung der Akten auf seinem Schreibtisch brauchte.

Die Gerichtsakte im grünen Karton bezog sich auf eine Strafanzeige aus dem Jahr 1989 gegen einen gewissen Fritz Mallinckroth, neunundvierzig Jahre alt, Hausmeister der Ursulinenschule, wegen Vergehens an der minderjährigen Lena Körber, derzeit neun Jahre alt: Erziehungsberechtigte Ralf und Agnes Körber, leiblicher Vater Valentin Markoff, verstorben 30. November 1986, leibliche Mutter Henny Markoff, verstorben 2. Juni 1986. Erstattet hatte die Anzeige Christa Mallinckroth, Ehefrau des Beschuldigten, die am 9. und am 10. Januar 1989 zu Protokoll gab, in der Brieftasche ihres Mannes Polaroidfotos gefunden zu haben, Nacktbilder der Lena Körber. Sie habe ihren Mann mit ihrem Verdacht konfrontiert, er habe sie daraufhin geschlagen und verletzt. Ärztliche Beurkundungen der Hämatome im Gesicht und am Oberkörper der Christa Mallinckroth liegen der Akte bei. Der beschuldigte Fritz Mallinckroth leugnete den Vorwurf des Missbrauchs, nicht den der Körperverletzung seiner Ehefrau, berief sich aber auf verminderte Schuldfähigkeit wegen Alkoholgenusses. Sein Anwalt machte geltend, dass die anzeigende Ehefrau sich bei Durchsuchung seiner Brieftasche und der ungerechtfertigten Beschuldigung den Folgen selbst ausgesetzt habe. Fotos der von seiner Ehefrau geschilderten Art ließen sich nicht finden. Mallinckroth bestritt, jemals eine Polaroidkamera besessen zu haben. Seine im Verlauf der Anhörungen aufgestellte Behauptung, der Pfarrer H.K. und der Schulrektor R.K. hätten ihn bei seiner Frau denunziert, weil er sie selbst bei Vergehen an der Lena Körber beobachtet habe, entbehrte jeder Glaubwürdigkeit.

Eine medizinische Untersuchung lehnten die Erziehungsberechtigten der Lena Körber namens ihrer Tochter als zu große seelische Belastung des als äußerst empfindsam geschilderten Mädchens ab. Die Staatsanwaltschaft ließ, nach Absprache mit dem Jugendamt, eine Befragung des Kindes von einem psychologischen Gutachter durchführen. Das Gutachten liegt den Beschlussakten bei. Daraus gehe hervor, dass aus psychologischer Sicht keine sicheren Hinweise auf einen Missbrauch zu erkennen seien und somit eine Anklage aus Sicht des vereidigten Gutachters, Dr. Dr. Bruno Tiefenbach, nicht gestützt werde. Der Tatbestand selbst sei weder zu beweisen noch auszuschließen. Das Gutachten gehe von einer frühpubertären Renitenz der L.K. aus, da sie zu sämtlichen Fragen beharrlich geschwiegen habe. Glaubwürdige Aussagen seien derzeit von ihr nicht zu erwarten. Der untersuchungsführende Oberstaatsanwalt, Dr. Wilhelm Sahlfeldt, habe entschieden, das Verfahren gegen Fritz Mallinckroth nicht einzuleiten. Der Vorgang wurde am Montag, dem 27. Februar 1989, geschlossen.

Hans Sahlfeldt blätterte mechanisch in den Anlagen der Akte, ohne sie zu lesen, und schloss den grünen Deckel. Seine Hände zitterten.

Er trank das Glas Rotwein aus, goss es wieder voll, kippte es in zwei Zügen und wollte das Trinken und Füllen und Trinken fortsetzen, um Ekel und Scham, die ihn beim Lesen erfüllt hatten, zu ertränken.

Etwas in ihm entschied sich anders.

Er stand auf, ging ins Bad, öffnete den Wasserhahn, hielt den Kopf schräg darunter und ließ sich kaltes Wasser in den Mund laufen, schluckte und gurgelte, bis er den Geschmack von Fäulnis los war, der sich beim Lesen der Akte in seinem Mund gesammelt hatte.

Er legte sich ins Bett, fühlte sich wie im Fieber, aktengrüne Vögel stiegen in Spiralen durch sein Gehirn. Er riss die Augen auf und sah Lenja neben dem Bett stehen, sie legte sich zu ihm, nahm ihn in die Arme, und die Aktenvögel flogen davon. Hans legte seinen Kopf an Lenjas Schulter, sein Zittern ließ nach, er wurde ruhig und hörte ihr zu.

»Wer ist Mallinckroth?«, fragte er.

Lenjas siebenter Brief

Ich habe dich gewarnt, du erträgst diese Dinge nicht, weil es um mich geht.

Was wir vom Schrecken wissen und erfahren, lässt sich doch nur einigermaßen aushalten, so lange er uns nicht zu nah kommt.

Weshalb, glaubst du, habe ich das Gesicht meiner Skulptur 431 mit Säure verätzt? Weil erst dadurch der Kunstgenuss in ein nahes Erlebnis aufgelöst wurde, das diese eiskalte Gesellschaft in Schockstarre versetzte. Erst die Verwundung hat Nähe erzeugt. Vielleicht am Ende Nachdenklichkeit.

Du wolltest meine Geschichte erfahren.

Jetzt weißt du das meiste. Jetzt bist du zu nah. Bis hierher habe ich für meine Rache gelebt. Sie ist mein Auftrag an Nele. Ich habe dir gesagt, dass sie eine Sünderin ist, aber das hat dich nicht davon abgehalten, sie in dein Haus zu holen. Der Rektor ist ihr entgangen. Agnes war folgsam. Den Kolditz musste Nele nur an sein dreckiges Leben erinnern, damit er starb. Bleibt Mallinckroth. Ihn wird sie töten müssen.

Wie weit, meinst du, muss ich mich schuldig machen, um ruhig zu leben? Nele sagt, der Hass endet erst, wenn keiner zu hassen mehr da ist. Und erst wenn wir auf den Hass verzichten können, wird das Leben ruhig.

Hanna wäre da anderer Ansicht. Hanna hätte mir bestimmt abgeraten, in diese Stadt meiner Qual zurück zu kehren. Sie war immer vernünftiger als ich. Schon als sie noch meine Freundin war und mir verboten hat, noch einmal in meine Arme zu schneiden. Und dann, als sie nicht so schnell wachsen wollte wie ich und langsam zu meiner jüngeren Schwester wurde: Da war sie es, die Nele und mir geraten hat, während der Ferien abzuhauen, und sie hat Holland genannt, ich wusste nichts von Amsterdam, sie hatte die Idee mit dem Lastwagen, ich glaube fest daran, dass sie mich zu Lucas gebracht hat. In den Jahren dann, als ich wirklich zur Kunst kam, wurde Hanna von meiner Schwester zu meiner Tochter. Ich konnte mich immer darauf verlassen, dass sie mir half, wenn ich verwirrt war. Sie war von unserer ersten Kinderbegegnung an die Klügere von uns beiden. Kein Wunder, sie hatte nicht mein Schicksal, weißt du? Sie hat es viel besser gehabt als ich. Ihr hat niemand etwas angetan. Sie hat mir geholfen, mein Schweigen aufzugeben. Aber dann, als ich herkam, schwieg sie plötzlich selbst. Vielleicht war sie nicht einverstanden, ich weiß es nicht. Jedenfalls schwieg sie, und ich hatte Angst, sie zu verlieren. Lieber Hans, du hast mir geholfen, sie zu behalten. Je mehr du an sie geglaubt hast, um so sicherer hatte ich sie wieder. Sie ist doch mein Kind. Irgendwann wird sie wieder sprechen. Ich weiß es. Ich darf nur den Augenblick nicht verpassen und muss ihr gut zuhören. Dafür musst du sie bitte auch festhalten. Vielleicht sagt sie dir dann auch, dass sie dich mag, ich weiß das, sie mag dich sehr.

Aber dann werden wir dich verlassen, um dich vor unserer Schuld zu schützen. Ich habe kein Recht, dich an meine Rache zu binden. Du wirst frei sein. Und dich von mir befreien.

21

SAHLFELDT WOLLTE NICHT ERWACHEN. Im Halbschlaf, zwischen Schleiern von Lenjas Bericht über Mallinckroth treibend, träumte er sich in die Hoffnung zurück, die ihn im zurückliegenden November getragen hatte, als noch ein Leben zu dritt aussichtsreich vor ihm lag. Damals hatte er behauptet, Hannas Gestalt stehe ihm deutlich vor Augen, ja, er glaube sogar, ihre Stimme zu kennen, die sie bald wieder benutzen werde. Lenja hatte gelacht. Sie hatte begriffen, welcher Wunsch ihn bewegte, und Sahlfeldt vermied, seine Hoffnung auf ein gemeinsames Leben auszusprechen. Ihr Lachen hatte ihn irritiert. Machte Sie sich über ihn lustig? War es nicht in der Tat lächerlich, dass er mit seinen fast siebzig Jahren dem Traum von einer Familie mit einer neunjährigen Tochter nachhing? Ohne darüber zu sprechen, rief er sich zur Vernunft.

In der ersten Novemberwoche aber hatte sie unvermittelt auf einem ihrer Regenspaziergänge am Fluss von Emails erzählt, die sie von Hanna empfing. Es ging um die Planung für Weihnachten.

»Willst du ihr nicht mailen? Ihre Adresse ist einfach, hannakoff@ gmx.de.«

Die Hoffnung, Hanna schreiben zu können, machte seine selbstverordnete Einsicht zunichte. Zwei Tage später begann er, mit dem Schweigekind zu korrespondieren, behutsam wie ein Fremder stellte er sich von Mail zu Mail persönlicher vor und betonte, dass er Geduld habe und keine Antworten erwarte. Das Mädchen dankte ihm, bestätigte, dass ihre Mutter bereits von ihm gesprochen habe, und beschrieb den Alltag in ihrem Internat. Jeden Satz deutete er als einen Schritt, den sie auf ihn zuging.

Die herbstliche Natur verlor ihre Farben, während Sahlfeldt sich ausmalte, Hanna wie eine Tochter bei sich aufzunehmen. Er setzte seiner Phantasie keinerlei Widerstand mehr entgegen, steigerte sich in die Wunschvorstellung einer gemeinsamen Zukunft mit Lenja und Hanna und entwarf sich als Vater, der Hanna zum Sprechen, zum Erzählen, zum Leben verleiten könnte. Er gab sich noch rund fünfzehn Jahre, dann wäre sie vierundzwanzig. Er schrieb ihr, ob sie sich vorstellen könne, mit ihrer Mutter und ihm in seinem Haus Weihnachten zu feiern. Hanna antwortete zurückhaltend, ließ ihre Entscheidung offen. Durch die Korrespondenz wurde die Begegnung mit Lenja von einem Zufall am Ende eines üblichen Therapie-Tages Anfang Oktober ins Schicksalhafte vergrößert, und – er schrieb es nicht auf und sprach es auch Lenja gegenüber nicht aus – all seine Jahre vor der Begegnung mit ihr schienen jetzt eine lange Vorbereitungszeit gewesen zu sein, Stufen zu den kommenden Jahren, in denen er mit Lenja und ihrer schweigenden Tochter den eigentlichen Sinn seiner Existenz finden würde.

»Hanna wird sprechen«, sagte er, und Lenja nickte, als wäre sie überzeugt.

Als er endgültig wach wurde, mischte sich seine damalige Illusion mit der Zerstörung seiner Hoffnung, die Lenja ihm später zugefügt hatte, und er begann den Tag, zerrissen zwischen vergangener Erwartung und gegenwärtigem Schmerz, in einem zwielichtigen Zustand, den er durch einen entschiedenen Schritt in die Realität beenden wollte: Gleich nach dem Frühstück würde er in den Akten lesen, die Tiefenbach ihm übergeben hatte.

Der Schnee, den er nachts in der Luft geschmeckt hatte, kündigte sich mit einzelnen Flocken an, die nach wirrem Flug beim Auftreffen schmolzen. Er sah in den Himmel. Die Wolken schienen ihren Vorrat noch zurück zu halten, doch Sahlfeldt war sicher, dass es heute zu keinem nachmittäglichen Spaziergang mit Tiefenbach mehr kommen konnte. Tatsächlich begann es kräftiger zu schneien, während er zum Frühstück ins Haupthaus ging.

Der Schauspieler saß vor seinem wiederholt gefüllten Teller und bestellte bei der Bedienung zwei Spiegeleier. Vor den Fenstern des Speisesaals verdichtete sich das Schneetreiben zu einer undurchdringlichen Wand.

Wenig später – Sahlfeldt hatte sein übliches Frühstück aus Joghurt, Früchten und einer Scheibe Brot mit Quark beendet – wurde das Licht eingeschaltet. Die Bibliothekarin trat in den Raum und steuerte ohne zu grüßen im Giraffengang auf ihren Tisch zu, blieb jedoch plötzlich neben dem Stuhl des Schauspielers stehen und verharrte dort salzsäulenhaft, während von ihr ein leises digitales Fiepen ausging.

Jetzt entdeckte Sahlfeldt, dass sie einen jener kleinen Apparate an einem Gurt über der Schulter trug, mit denen man im Sanatorium den Patienten ein Langzeit-EKG über 24 Stunden abnahm. In regelmäßigen Intervallen begann das Gerät, das durch Kontakte mit der Haut verbunden war, nach einem hohen Signalton leise zu brummen und pumpte eine Manschette am Oberarm auf, um zur Herzfrequenz auch den Blutdruck aufzuzeichnen. Der Patient war streng angewiesen, für ein unverfälschtes Ergebnis sofort jede Bewegung und Tätigkeit zu unterbrechen, bis ein erneutes Signal das Ende des Messvorgangs anzeigte und die Manschette abschwoll.

Der Schauspieler blickte irritiert zu der neben ihm stehenden Bibliothekarin hoch. Im selben Augenblick war das Fiepen wieder zu hören, kündigte aber nicht das Ende der eben begonnenen Giraffen-Messung an, sondern den Beginn einer weiteren – diesmal der gleichen Apparatur, die an dem Schauspieler hing. Der legte sofort sein Besteck auf den Teller, lehnte sich im Stuhl zurück und verfiel in die medizinisch verlangte Schockstarre, während die Bibliothekarin, noch immer unbeweglich neben ihm stehend, ihn von oben herab missbilligend ansah, als ob er sie parodierte.

Die gleichzeitige Vereisung der beiden ließ Sahlfeldt auflachen. Er verließ den Speiseraum. Ein Glas Orangensaft in der Hand, kehrte er zurück und erklärte, er sei mit den EKG-Apparaten schon seit Beginn seines Aufenthaltes vertraut und habe den Totstellreflex ebenso sklavisch befolgt.

Wie von ihm vermutet, führte dieser Vorfall zu einer Annäherung zwischen Giraffe und Schmerbauch, und zwei Tage später saßen sie sich abends bereits am selben Tisch gegenüber: der Schauspieler mit einem Überfluss an Anekdoten, die er lebendig vortrug; und die Bibliothekarin so entflammt von ihnen, dass sie seine Worte mit vorgerecktem Kopf und schlängelnden Schulterbewegungen nachvollzog.

»Nun also, was werfen Sie mir vor, Kollege? Heraus damit! Hätten Sie klüger gehandelt, immer gemessen an der damaligen Lage und Anschauung? Ja, ihr heute seid sensibler und habt gespitzte Ohren, was den Missbrauch betrifft, aber seinerzeit konnte ich mir das Ausmaß nicht vorstellen! Niemand konnte das!«

Tiefenbach hatte sich seine Fellmütze tief ins Gesicht gezogen, trug eine Sonnenbrille, die ihn angeblich hellsichtig machte, und kämpfte sich an Sahlfeldts rechter Seite durch das heulende Gestöber, das kaum zwei Schritte freien Blicks zuließ.

Eigensinnig hatte er darauf bestanden, in den Schneesturm hinaus zu gehen, nachdem Sahlfeldt ihm die Akte *Barcarole* zurück gebracht und auf den kleinen Tisch geworfen hatte.

»Wie konnten Sie das verantworten?!«

»Konnte ich«, hatte Tiefenbach ruhig entgegnet. »Und kann es heute nicht mehr. Lassen Sie uns den Waldweg nehmen.«

Sahlfeldt hatte entgegnet: »Aber man sieht nichts, es ist unmöglich!«

»Ja«, hatte Tiefenbach auf seinem Wunsch bestanden, »Schneeblind im Sturm! Wie unser Leben. Wir werden uns mit unserem Instinkt orientieren! Hinaus ins Ungewisse! Nur dort ist Wahrheit!«

Gut gerüstet in Mantel und Schal, Sahlfeldt mit Hut, Tiefenbach mit Mütze und Handschuhen, in Winterhosen und festem Schuhwerk waren die beiden Männer in die tobende weiße Welt hinaus getreten, auf die von Schnee vermummten Wege, die sie nur mittels ihrer Erinnerung erkennen und verfolgen konnten. Bald verloren sie die Orientierung, gerieten abseits des Walds auf knietief verschneites Wiesengelände und irrten, während sie über Schuld, Freiheit und Verantwortung stritten, in blind eingeschlagenen Richtungen umher, bis Sahlfeldt spürte, dass sich der Untergrund änderte, und annahm, auf den Steg am See geraten zu sein.

»Stehen bleiben! Nicht weiter!«, rief er und streckte die Hand aus, um Tiefenbach daran zu hindern, voran zu gehen. Offenbar aber war sein Therapeut nicht auf Armlänge, sondern weiter entfernt, und Sahlfeldts Hand geisterte im schwirrenden Weiß herum, ohne auf den Begleiter zu treffen.

»Wo sind Sie, Tiefenbach?!«

Nach Minuten, in denen Sahlfeldt sich darauf konzentrierte, ruhig zu bleiben, meldete sich sein Therapeut aus ungewisser Entfernung und Richtung.

»Jetzt stehen Sie da mit Ihren wohlfeilen Vorwürfen, nicht wahr, Herr Kollege? Jetzt sind Sie ohne Orientierung, während Sie mir die ganze Zeit vorhalten, *ich* hätte Sie verloren, und jetzt sagen Sie mir ehrlich, ganz ehrlich, denn es hört uns niemand außer vielleicht Gott: Hätten Sie damals erkannt, was mit der jungen Lena Körber war? Hätten Sie der keifenden Gattin von Mallinckroth geglaubt, als sie ihren Mann und er dann auch noch scheinbar ehrenwerte Leute wie Körber und Kolditz der widerlichsten Handlungen an der kleinen Lena bezichtigte? Hätten Sie dem Kind, das nicht redete und als einzige Äußerung diese kitschige Barcarole von sich gab und mir als Zeugin eine nicht aufzufindende Hanna aufschrieb – hätten Sie ihr konkrete Fragen gestellt, die schon als Gedanke jeden Rahmen menschlicher Norm überschreiten und für dieses Mädchen vielleicht eine schamlose Zumutung, ja, eine tiefe Verstörung bedeutet hätten?«

»Verantwortung!«, schrie Sahlfeldt in die Richtung, in der er Tiefenbach vermutete. »Verantwortung! Reden Sie sich nicht raus! Sie waren die Kapazität, Ihnen hat man Gutachten anvertraut, Sie haben den Tätern mehr geglaubt als dem Opfer!«

»Keineswegs.«

Plötzlich klang Tiefenbachs Stimme gemäßigt und näher.

»Ich habe dem Mädchen nicht von vornherein misstraut«, sagte er. »Ich bekam nur keinen Hinweis, keine Aussage, nicht das geringste Zeichen, das dafür sprach, dass sie missbraucht worden war. Die medizinische Untersuchung war von ihren Eltern verweigert worden, angeblich mit Rücksicht auf das Kind. Ich bitte Sie, Sahlfeldt, wie soll man in solcher Lage ein Gutachten erstellen, das für die Staatsanwaltschaft brauchbar ist und möglicherweise drei Männer in den Abgrund reißt.«

»Verstecken Sie sich nicht hinter dem Staatsanwalt!«, fuhr Sahlfeldt den nah im Schnee Vermuteten an, und ohne zu zögern gab Tiefenbach zurück:

»Ihr Vater, Ihr selbstherrlicher Vater! Versuchen Sie nicht, ihn zu retten!«

Während des Streits ließ der Sturm nach, die beiden Männer erkannten sich, keine zwei Meter voneinander entfernt, als Schemen und entdeckten, dass sich auf Sahlfeldts Hut wie auf Tiefenbachs Fellmütze der Schnee zu Hauben getürmt hatte und die Sonnenbrille des Analytikers auf ihren oberen Bögen weiße Krusten trug.

»Können Sie mir einen einzigen Augenblick in Ihrem Leben nennen, in dem Sie Ihrer Verantwortung für sich selbst vollkommen und zweifelsfrei gerecht geworden sind?«, fragte Tiefenbach. »Oder anders gefragt: Ist es Ihnen jemals gelungen, ein Schicksal ganz und gar zu erkennen, ohne dem eigenen Zweifel Vorrang einzuräumen? Oder noch anders: Haben Sie sich einem einzigen Patienten nicht überlegen gefühlt? Direkt gefragt: War Ihnen jemals Ihr Urteil weniger wichtig als Ihre Empathie?«

Sahlfeldt starrte sein Gegenüber an und bemerkte an der zunehmenden Klarheit der Luft zwischen Tiefenbach und ihm, dass der Wind abflaute und die Flocken sich nun gleichsam vertrödelten. Der Analytiker stand, mit dem Schneekegel auf seiner Mütze, wie ein gezipfelter Zwerg vor ihm; Sahlfeldt schloss daraus, dass sich auf seinem eigenen Hut ein gleichartiges Gebilde türmte, er fasste die Krempe, senkte den Kopf und ließ den Schnee abkippen.

Auch Tiefenbach nahm sich die Mütze ab und schüttelte sie. »Ich verlange nichts Übermenschliches von Ihnen, Hans. Aber mich empört Ihre Überheblichkeit. Haben Sie nicht geglaubt, Lenja befreien zu können von den Schmerzen ihrer Vergangenheit, haben Sie nicht Ihre eigene Liebe zum Zauber erhoben? Haben Sie nicht gehofft, diese in ihre Rache verstrickte Frau, die sich die Verletzungen selbst nicht vergibt, die andere ihr zugefügt haben, aus dem Gefängnis ihrer Erinnerung zu retten und gleichzeitig ihr Vater und ihr Prinz auf weißem Pferd zu sein, während Sie doch eigentlich bloß mit einer jüngeren Frau schlafen wollten?«

Sahlfeldt setzte seinen Hut auf, bückte sich, schaufelte eine Hand voll Schnee und rieb sich sein Gesicht ab. Er spuckte die Kristalle von seinen Lippen und sagte: »Ich möchte nicht noch mehr von Ihrer altersbedingten Liebesunfähigkeit hören, und Ihr Neid auf mich macht Sie kleiner, als ich Sie mir wünsche. Lenja und ich haben die sexuelle Gewalt, die sie erlitten hat, durch die freie Lust, die wir erlebten, überformt. Das war Teil unserer Liebe. Und bleibt es. Dass Erlösung nicht möglich ist, weiß ich selber.«

Tiefenbach ließ sich nicht anmerken, wie sehr er von der Unterstellung seiner Altersschwäche getroffen war. Er wandte sich um. Die Sicht war jetzt fast klar, und den Männern wurde bewusst, dass sie beide während ihrer Auseinandersetzung auf dem Steg gestanden hatten, zehn Schritte nur vom Rand und dem See, auf dessen Oberfläche eine gallertartige, halbgefrorene Schicht aus Wasser und Schnee schwappte.

»So macht ihr das eben«, sagte Tiefenbach leise, »weil ihr glaubt, wenn das Verhalten sich ändert, ändert sich auch die Seele. Tut sie aber nicht, Sahlfeldt. Tut sie nicht. Lenjas Unbewusstes ist immer noch voller Klage und Zorn, glauben Sie mir. Ihre Autoaggression lauert nur darauf, zuzuschnappen. Und ich bin mit daran schuld.«

Bei dem letzten Satz zog seine Stimme sich zurück, sein Geständnis war kaum noch zu vernehmen, und ohne eine Entgegnung abzuwarten, setzte er seine Fellmütze auf, machte sich auf den Rückweg, stapfte mühsam einige Schritte durch den Schnee und achtete nicht darauf, ob Sahlfeldt ihm folgte oder nicht. Der sah ihm nach und beschloss, den Disput fortzuführen.

»Wenn es Ihnen nicht bloß um Ihr Ego und Ihre verdammte Lust zur Selbstbezichtigung ginge«, rief er, »dann hätten Sie erkannt, dass Lenja ein neues Vertrauen zu sich und zu mir gefunden hatte! Wir haben uns nicht zur Befriedigung unserer Gier geliebt, sondern aus Sehnsucht nach Nähe! Nähe! Sagt Ihnen das was, Herr Analytiker? Oder haben Sie das auch vergessen?«

Tiefenbach blieb stehen, es war nicht zu erkennen, ob ihn der bis zu seinen Knien reichende Schnee festhielt, oder ob Sahlfeldts anhaltende Streitlust ihn zum Widerspruch herausforderte. Langsam wandte er sich um, lief drei Schritte zu Sahlfeldt zurück, nahm seine Sonnenbrille ab und sah ihm ins Gesicht.

»Was die unterstellte Lust zur Selbstbezichtigung angeht, so ist das nichts als eine Übertragung Ihrerseits. Und was die Nähe betrifft: Vergessen habe ich nichts. Geht gar nicht. Man sehnt sich immer. Sollten Sie wissen. Immer, egal, wie schnell die Jahre fallen. Aber ich habe gelernt, der Liebe als Therapie zu misstrauen. Sie verdeckt die Vergangenheit und lässt nur den Blick nach vorn offen. Doch bald mäßigt sie sich, und die Vergangenheit steht wieder da, sichtbar und fordernd wie eh und je. Ich hätte Ihnen diese Liebe gegönnt, ich hätte sie Lenja gegönnt, alles, was Sie beide wollten, hätte ich Ihnen gegönnt, aus ganzem Herzen. Denn Sie haben sie geliebt, Sahlfeldt, das weiß ich, ich habe Ihre Tränen gesehen, und Sie lieben sie noch immer, sie verteidigen diese Liebe wie ein Löwe. Aber Sie kämpfen um etwas Verlorenes, um etwas, das eine Fiktion war oder jedenfalls wurde. Sie verzehren Ihre Kräfte für eine Windsbraut. Sie waren tatsächlich kurz davor, paranoid zu werden. Ich habe versucht, Sie aus dieser Besessenheit zu erlösen, denn Sie waren von Lenjas Leben besetzt wie von einem Dämon, und ich habe nach Kräften versucht, Sie in Ihr eignes Leben zurück zu führen. Ich bin nicht sehr erfolgreich damit, wie ich sehe. Sie *wollen* in der Sehnsucht leben. Glauben Sie nicht, dass ich eben dies nicht sehr gut verstehen würde. In der Sehnsucht zu leben, schützt uns vor dem Absturz in die schale Wirklichkeit, den wir zurecht fürchten wie den Tod. Aber Sie haben den Sturz schon hinter sich, Sahlfeldt, Sie müssen ihn nicht mehr fürchten. Ich konnte sehen, dass Sie Ihre neue Freiheit noch nicht begriffen hatten. Manchmal in unseren Stunden hätte ich Sie gern einfach in die Arme genommen wie einen Sohn. Aber Sie waren noch nicht heimgekehrt, sozusagen.«

Er breitete die Arme aus.

»Wären Sie so gütig und würden *mich* in die Arme nehmen? Als Geste, dass Sie mir verzeihen, was ich damals getan habe? Lenja konnte das.«

Während Tiefenbachs Rede hatte der Wind die Wolken in Fetzen zerteilt und über die Berge zurückgetrieben, das Licht kehrte wieder, die Schneefläche blendete. Sahlfeldt hatte seinen Analytiker staunend angehört und war jetzt, als Tiefenbach das Wort *Sohn* aussprach, von einer so starken Bewegung ergriffen, dass er der Bitte nach Umarmung am liebsten sofort gefolgt wäre. Ein Satz klang aus seiner Erinnerung auf: *Die schönen Tage von Aranjuez sind nun vorbei.* Vor Wochen, als er mit Tiefenbach auf das Eis des Sees hinabgestiegen war, hatte er den Satz aus Schillers *Don Carlos* gesagt, ohne zu wissen, warum. Jetzt wurde ihm die Bedeutung dieses Satzes einer Zeitenwende bewusst: Der Augenblick war gekommen, seinen Vater mit der Vergangenheit zu konfrontieren und sich von Tiefenbach zu verabschieden.

Er stapfte auf ihn, der noch immer wartete, zu. Tiefenbach ließ sich erschöpft von ihm fest halten, seine isländische Fellmütze fiel in den Schnee. So blieben sie stehen, Sahlfeldt mit Blick auf die rückwärtige Fassade des Sanatoriums, vor der jetzt ein kleiner sonnengelber Raupentraktor ins Gelände fuhr und eine frische Loipe spurte. Mit etwas Abstand folgten dem Gefährt zwei auf Skiern gleitende Gestalten, und als die Pistenwalze einige Meter entfernt an den Männern vorüberzog, erkannte Sahlfeldt die nachfolgenden Langläufer: voran die Giraffe mit freudigem Schwung und scheinbar mühelos das Gewicht im Schlittschuhschritt von rechts nach links und zurück verlagernd; hinter ihr der Schauspieler, sich mühsam mit den Stöcken voranstoßend und ohne Aussicht, auf Dauer mithalten zu können.

»Sehen Sie, Tiefenbach, sehen Sie!«

Tiefenbach drehte sich um, blickte den Langläufern nach und lachte leise.

»Ja. So. Ja.«

Lenjas achter Brief

Gestern habe ich ihn gesehen: Mallinckroth kam aus dem Aldi-Markt, in der zerknitterten Plastiktüte an seiner rechten Hand klirrten Flaschen. Ich habe ihn sofort erkannt. Sein Gang, dieses Schlurfen, das kein Zeichen von Nachlässigkeit war, sondern von Verachtung. Wenn man einen Mann mit so großer Angst beobachtet wie ich damals, prägt man sich jede Kleinigkeit ein, man versucht, Änderungen zu erkennen, herauszufinden, wie seine Stimmung gerade ist, aus irgendwelchen Zeichen Hoffnung zu schöpfen, dass er heute nicht wütend wäre. Denn er war meistens voller Wut, er wollte keine Lust empfinden, er wollte wehtun.

Dass er mir gestern bei einem meiner Streifzüge durch die Stadt über den Weg lief, halte ich nicht für Zufall. Hanna hat ihn mir vor die Füße gelenkt. Ganz sicher. Ich war ohne Nele unterwegs, sonst hätte er mich vielleicht erkannt, aber zwischen dem Kind, das er vergewaltigt hat, und mir gab es keine Ähnlichkeit mehr. Auch er hatte sich verändert. Sah aus wie ein Stadtstreicher, ließ den Kopf nach vorn pendeln, nur sein Gang war derselbe wie damals. Ich folgte ihm bis in ein Abrissviertel, wo zwischen einigen renovierten Mietshäusern noch sichtlich unbewohnte und verwahrloste Gründerzeithäuser standen. In einem verschwand er, und ich merkte mir die Adresse: Riedhalsstraße 14. Als ich Nele davon erzählte, spürte ich ein seltsames Zögern in mir, so als wäre mein Hass schwach geworden, und ich dachte kurz daran, den alten Mann seinem natürlichen Ende zu überlassen. Nele erinnerte mich an das Gefühl, das ich nach dem Tod von Kolditz hatte, einen Augenblick herrlicher Leere, Freiheit, Zufriedenheit! Sie bestand darauf, ihn zu töten, und erklärte, sie werde es notfalls allein tun.

Ich musste lachen und sagte: »Aber wie willst du das tun, Nele, du bist doch eine Puppe!« Und sie sah mich an, mit einem Blick, den ich nie zuvor bei ihr gesehen hatte, und sagte ruhig: »Ich bin keine Puppe. Ich bin dein Hass.«

So wird es also geschehen, lieber Hans. Wir werden Mallinckroth töten. Und damit, du weißt es, gibt es für dich und mich keine Fortsetzung unserer schönen Tage. Der Komet braucht tatsächlich tausend Jahre, und wenn das Glück dann wieder herkommt, trifft es andere.

Vielleicht begreifst du, dass ich den Tod der Liebe vorziehen muss. Vielleicht wirst du es nie verstehen. Vielleicht verzeihst du mir irgendwann.

22

AUF DER VERSCHNEITEN WALDSTRECKE, die das Sanatorium mit
der Landstraße verband, schleuderte der Wagen in den Kurven, er
fing ihn ab, fuhr vorsichtig weiter und erwog kurz, den Besuch bei seinem Vater aufzuschieben.

Die weitere Strecke und die Zufahrt zum Altenheim Hesperidenpark waren jedoch geräumt und gesalzen, der nasse Asphalt dampf-
te in der Vormittagssonne. »Keine Ausrede mehr«, dachte Sahlfeldt,
als er zum Besucherparkplatz hinauf fuhr.

Sein Vater erwartete ihn im Café des Glaspavillons, hatte wie beim
letzten Besuch ungefragt zwei Stücke Sachertorte bestellt und sah
seinem Sohn mit dem Ausdruck distanzierter Erwartung entgegen.
»Du möchtest Capuccino, ich weiß. Ich nehme einen coffeinfrei-
en Espresso«, sagte er der Bedienung, die Hans Sahlfeldt an den
Tisch gefolgt war. »Wird das jetzt zur Gewohnheit, dass du mich be-
suchst?«

»Vielleicht, oder nein, eher nicht, wir waren ja nie auf Nähe aus.«
Er blickte sich im Pavillon um, in dem zu dieser Vormittagszeit nur an
wenigen Tischen einzelne alte Menschen saßen.

»Eben wollte ich mich noch darüber freuen, dass du kommst.«
Wilhelm Sahlfeldt steuerte den Rollstuhl näher an den Tisch und
senkte die Stimme. »Aber du weißt, dass ich Ehrlichkeit über alles
schätze.«

»Ich auch, das habe ich wohl von dir...«

Er schob seinem Vater die beiden Aktendeckel über den Tisch. Die
Bedienung kam und brachte die Getränke. Der Vater trank seinen
Espresso aus und lehnte sich zurück.

»Was ist das?«

»Akten.«

»Das sehe ich. Was für Akten?«

»Sieh hinein. Erinnerst du dich an den Fall Lenja Markoff?«

»Nein, ich erinnere mich überhaupt nur an ganz wenige Fälle, oder weißt du noch, was du jeden Tag deines Lebens getan hast?«

»Sie war adoptiert und hieß damals Lena Körber. Ein Mädchen. Ein Kind.«

Sein Vater begann, die Torte zu essen. »Sagt mir nichts.«

»Es steht alles in den Akten. Dein Gutachter hieß Tiefenbach, Dr. Dr. Bruno Tiefenbach. Du kannst es hier lesen!«

»Wozu?«, murmelte sein Vater mit vollem Mund. »Ich habe weiß Gott genug Akten gelesen in meinem Leben, ich bin heilfroh, dass das jetzt andere für mich tun.«

»Ich zum Beispiel.«

»Wenn dir das Spaß macht.«

»Es ging um Missbrauch.«

Der alte Mann hob die Augenbrauen. »Was?«

»Missbrauch. Lena Körber war acht Jahre alt, als sie erst von ihrem Vater, nach dessen Suizid dann vom Pfarrer der Laurentiuskirche, dann vom Rektor der Ursulinenschule, dann von deren Hausmeister vergewaltigt wurde, zwei Jahre lang, bis sie fliehen konnte. Du hast die Anklage nicht zugelassen.«

»Ich?« Wilhelm Sahlfeldt blickte in seine leere Espressotasse, als läge darin sein Gedächtnis.

»Du und dein Gutachter Tiefenbach. Die Verdächtigen hießen Horst Kolditz und Ralf Körber, der Beschuldigte war Fritz Mallinckroth. Dessen Frau hatte ihn angezeigt. Du hast das Verfahren niedergeschlagen, kurz vor deiner Pensionierung. Du wolltest die Sache niemandem hinterlassen.«

»Kommt mir unwahrscheinlich vor.«

»Das sind die aktenkundigen Tatsachen.«

Wilhelm Sahlfeldt stellte den leeren Kuchenteller mit den Schokoladespuren beiseite, richtete sich auf und sah seinem Sohn ins Gesicht. »Wird das ein Verhör? Oder eine Bestandsaufnahme? Oder ein Rachefeldzug? Oder einfach nur wieder vorwurfsvolles Geschwätz.«

»Kolditz starb an einem Herzinfarkt, Körber ist schon lange unter der Erde, seine Witwe hat Selbstmord begangen, Mallinckroth ist in seinem Bett verbrannt.«

»Ach ja? Defekte Heizdecke?«

Hans hatte sich vorgenommen, ruhig zu bleiben, komme, was wolle. Er wusste, dass er noch immer die Kindheitsfurcht vor der Arroganz seines Vaters in sich trug. Sein widersinniger Drang, Lenja im Nachhinein vor ihren damaligen Peinigern zu retten, war stärker. Er ignorierte die Provokation und sagte ruhig: »Lies!«

Wilhelm Sahlfeldt blickte auf die Akten, die zwischen ihnen auf dem Tisch lagen. Er sah sie an wie etwas Verdorbenes, das er nicht berühren wollte. Schweigend entschied er sich, die beiden Deckel, die seine damalige Entscheidung einschlossen, nicht zu öffnen. Sollten andere sich damit befassen, für ihn war das altes Zeug, abgetan, erledigt, schon kaum mehr wahr.

Er streckte den rechten Arm aus und schob die Belege seiner Schuld mit der Kuppe des Mittelfingers über den Tisch zurück.

Sein Sohn wechselte die Strategie.

»Ich habe die Unterlagen übrigens von Reinhild. Und von Tiefenbach. Niemand, verstehst du, niemand glaubt, dass ihr damals zum Wohl des Kindes gehandelt habt. Und Tiefenbachs Gewissen –«

»Gesetz!« Der Alte unterbrach ihn scharf. »Richtig oder falsch entscheidet das Gesetz! Und wenn dieser Seelenklempner mir Handhaben geliefert hätte, hätte ich nach dem Gesetz –«

Er vollendete den Satz nicht, und sein Sohn ließ ihn schweigen und nach neuen Ausreden suchen. Dann sagte er leise: »Was wusste Mutter?«

Die Frage überraschte den Oberstaatsanwalt a.D. Er gab seine aufrechte Haltung auf und beugte sich vor.

»Für meine beruflichen Dinge hat sich deine Mutter nie interessiert, so wie sie überhaupt, was mich betraf, desinteressiert war.«

Sahlfeldt lehnte sich zurück und versuchte, seinem Vater in die Augen zu sehen. Der alte Mann wandte den Kopf ab und blickte zum Eingang des Cafés, als erwarte er einen anderen Besucher. Eine Art trotziger Tragik umgab ihn plötzlich. Schweigend saßen sie einander gegenüber. Nach der langen Stille schaltete der Vater seinen Rollstuhl ein und fuhr von der Tischkante zurück.

»Du machst es dir leicht. Aber das hast du ja immer so gehalten.«

Der Elektromotor sirrte, klickte und jaulte leise auf, als der Oberstaatsanwalt nach einer scharfen Kurve rückwärts sein Gefährt nach vorn lenkte, dem Ausgang zu. Sahlfeldt gab seinem Wunsch nicht nach, den Vater aufzuhalten. Stumm wie seinerzeit als kleiner Sohn saß er am Tisch, ratlos und wütend, weil der Vater die Regeln nicht einhielt, die er seinem Kind eingebläut hatte.

Rational hatte er die Situation längst analysiert: Der Vater würde sich nicht mehr ändern, es war sinnlos, irgendeine Art Einsicht von ihm zu erwarten. Doch seine Gefühle bettelten immer noch um einen anderen Vater, einen, den er nie hatte und nie bekommen würde. Wie benommen starrte er auf die Glastür, die sich hinter dem Rollstuhl geschlossen hatte, und wartete, ohne zu wissen, worauf. Bis die Bedienung heran kam und in forschem Ton fragte: »Wer zahlt das jetzt?«

Tiefenbach war nicht überrascht, als Sahlfeldt ihm vom Verlauf seines Besuchs erzählte. Am Tischchen saßen sie einander in den Sesseln gegenüber, der Analytiker hatte schwarzen Tee zubereitet und schon zu Beginn der Stunde seine therapeutische Position aufgegeben.

Weder fragte er nach Sahlfeldts Gemütszustand noch nach Träumen; wartete auch nicht schweigend darauf, dass sein Patient irgend etwas äußerte, woran er anknüpfen könnte, sondern hörte neugierig den Bericht, den Sahlfeldt vom Verhalten seines Vaters gab; unterbrach nicht; ließ am Ende den Kopf zur linken Schulter kippen, wie immer, wenn er etwas bedenklich fand, und sagte: »Recht sprechen wollen und recht haben und gegen Gott und die Welt behalten müssen: keine seltene, aber immer unersprießliche Kombination.«

Durch die Fenster zum Hortensiengarten, der von Schneewellen bedeckt war, drang das Mittagslicht in den Raum und erfüllte ihn mit einer Helle, die jeden Winkel auszuleuchten schien. Sie ersetzte das intime Halblicht, das hier meistens herrschte und der Therapiesituation dienlich war, durch eine Art Tatsachenlicht. Es zwang zur Konzentration auf die Gegenwart, und vielleicht deshalb einigten sich die beiden Männer ohne Zögern darauf, dass dies die letzte Stunde von Sahlfeldts Behandlung sei.

»Sie können natürlich jederzeit zu mir kommen, wenn Sie dies wünschen«, sagte Tiefenbach, lächelte und fuhr fort: »Auch ich zu Ihnen, hoffe ich?«

»Ich würde mich freuen. Jetzt ist der Zeitpunkt, Sie um Entschuldigung zu bitten. Auch wenn Sie vielleicht von Anfang an durchschaut haben, dass ich mit meiner Selbstbezichtigung und meiner zur Schau gestellten Paranoia nur das Ziel hatte, Lenja von jedem Verdacht frei zu halten.«

»Das war doch eine ehrenwerte Absicht! Mir lag nicht daran, Sie zu überführen oder gar bei der Justiz zu denunzieren. Ich wollte – ja, was wollte ich? Ich glaube, ich wollte mit Ihnen befreundet sein.«

»Warum? Ich hatte doch meine Lehranalyse bei Ihnen abgebrochen. Wir sind damals in Zorn und Streit auseinander gegangen!«

» Und dennoch hatten Sie jetzt den Wunsch, dass ausgerechnet ich Ihnen helfen sollte.«

Der Analytiker grinste auf eine so nachsichtige Weise, dass Sahlfeldt mit einer jener typischen Bemerkungen Tiefenbachs rechnete, in denen er seine eigene therapeutische Methode auf den Thron der Menschenkenntnis hob.

Doch der alte Mann überraschte ihn mit einem Eingeständnis: »Wer Lenja liebt, hat meine Zuneigung, so einfach ist das. Es ist, als ob jemand wieder gut macht, was ich angerichtet habe. Es war das Herz, verstehen Sie? Mir hat das Herz gefehlt. Ich meine nicht das Kitschherz, ich meine das *Herz*. Wenn ein Kind zu dir kommt, kommt es nicht zu deinem Kopf, und wenn der noch so überlegen ist und die ganze Welt erklären könnte. Es kommt zu deinen Händen und deinem Herzen. Von deinen Händen will es geschützt und von deinem Herzen verstanden werden. Ich habe beides nicht getan. Darum hat Lena geschwiegen. Ich war für sie einer wie die anderen Männer, die sie kannte. Ich habe ihrem Schweigen nicht zugehört. Und dafür schäme ich mich. Bis heute. Es tat mir gut, dass Sie gekommen sind – dass mir einer vertraute, den sie liebte. Das war fast so, als ob sie mir selbst noch einmal und tiefer verzieh. Aber das konnte ich Ihnen zu Beginn nicht eingestehen. Nicht nur Sie, lieber Hans, haben Komödie gespielt.«

Hans Sahlfeldt dachte an Lenja und sah sie vor sich, wie sie in der ersten gemeinsamen Nacht auf ihn eingeschlagen hatte, und vor ihre wirbelnden, prügelnden Arme schob sich das Bild der Puppe: Neles fahles Gesicht mit den glanzlos gemalten dunklen Augen, die starr durch ihn hindurch sahen, auf eine andere, vergangene Wirklichkeit, in der es kein Licht gab.

»Haben Sie denn nicht mit ihrer Puppe gesprochen?«

»Was halten Sie von mir, Sahlfeldt! Das ist doch der erste Schritt! Natürlich habe ich versucht, mit ihr zu reden! Aber dieses große hölzerne Ding in dem karierten Kleid schwieg genauso wie das Kind in allen vier Sitzungen.«

Sahlfeldt versuchte, sich die Situation zwischen Lenja und Tiefenbach vorzustellen und insistierte auf Details, in einem nervösen Ton, der den Analytiker wieder zweifeln ließ, ob der Therapieprozess tatsächlich beendet war.

»Sie hat doch ihre Puppe damals schon Nele genannt!«

An Tiefenbachs Gesicht erkannte Sahlfeldt, dass der Analytiker nicht begriff, worauf er hinaus wollte.

»Ja, Nele. Und? *Lena* war sie von den Männern genannt worden, also hat sie sich in dem anderen Namen versteckt und eine Art Anagramm gewählt. Alles liegt auf der Hand. Aber *Nele* redete eben nicht mit mir.«

»Aber wo«, fragte Sahlfeldt hörbar erregt, »wo *war* Nele bei den Befragungen?«

»Was?« Tiefenbach blickte auf die Digitaluhr in der Wand hinter Sahlfeldt.

»Ich meine, hat Lenja Nele auf dem Schoß gehabt?«

»Nein, auf dem Tisch, glaube ich, die Puppe lag immer zwischen uns auf dem Tisch, die Beine hingen über die Kante.«

»Gesicht zu Ihnen?«

»Nein«, sagte Tiefenbach fast schon ärgerlich über das Verhör, »nein, ich glaube nicht, nein, Gesicht zum Tisch, also zur Platte, zur Tischplatte, ja, ich bin sicher, Gesicht zur Tischplatte.«

Sahlfeldt schlug mit der flachen Hand auf die Lehne des Sessels. »Sie hat es Ihnen gezeigt, Tiefenbach! Die Position des Kindes auf dem Tisch. *Wollten* Sie das denn nicht begreifen?«

Vor dem maßregelnden Ton, in dem Sahlfeldt sprach, zog Bruno Tiefenbach sich zurück und lehnte sich tief in den Sessel. Voller Skepsis blickte er auf seinen gerade entlassenen Patienten. Dann nickte er und wiederholte sein Nicken mehrfach, als müsse er sich seine Gedanken bestätigen.

»Ja. Alles richtig – hätte, wäre, müsste, sollte, wenn... War nur nicht so. *Ich* war nicht so. Ich sagte schon, dass ich diesem Kind mit Liebe hätte begegnen sollen. Statt es der Lüge zu verdächtigen. Kann mich nicht nachträglich besser machen, als ich war. Und jetzt, lieber Sahlfeldt, habe ich eine Stunde und muss Sie bitten zu gehen. Oder wollen Sie die Patientin übernehmen? Eine herzinsuffiziente Bibliothekarin, die befürchtet, sich verliebt zu haben...«

Hans Sahlfeldt stand auf.

»Und Hanna? Lenja hat doch damals von ihrer Freundin Hanna gesprochen!«

»Ja und nein. In gewisser Weise. Aber davon später. Bitte!«

Als Sahlfeldt, aus dem Therapieraum kommend, ins Vorzimmer trat, wo an einem kleinen Glastisch zwei Ledersessel für wartende Patienten standen, hatte er damit gerechnet, auf die Giraffe zu treffen. Aber das Zimmer war leer, die Tür zum Gang stand offen. Auf halbem Weg durch den Korridor kam ihm die Bibliothekarin dann im weißen Trainingsanzug entgegen, gehetzt und, wie er sehen konnte, verstört. Sie erblickte ihn, blieb für einen Moment stehen und warf sich – während er noch betont unpersönlich grüßte – unvermittelt nach drei hastigen Schritten an seine Brust, schluchzte auf, schlang ihre Arme um seinen Nacken und klammerte sich fest.

Sein erstes Erstaunen steigerte sich zur Bestürzung, als sie halb erstickt unzusammenhängende Wörter ausstieß: »Unehrlich, wie ich mich schäme, es geht nicht, Lüge! Lüge! Heuchler, perludiert mir Liebe, mir! Mir!«

Reflexhaft hatte Sahlfeldt sie in seine Arme geschlossen und dachte

darüber nach, was sie wohl mit *perludiert* meinte, als sie sich, so plötzlich, wie sie ihn umfasst hatte, von ihm freimachte und ihn wegstieß. Sie betrachtete ihn verwundert, als habe sie jemand anderen erwartet. Dann nickte sie, sagte leise: »Ach ja«, und fuhr mit kräftiger Stimme und gefasst fort: »Sie hätten es nicht schlechter treffen können, ich werde Herrn Tiefenbach nichts davon berichten. Sind Sie denn *auch* bei ihm?«
»Nein«, log Sahlfeldt, »ich habe ihn besucht. Er wartet auf Sie.«
»Oh Gott ja, sonst bin ich meistens zu früh. Aber das Leben –«
Mit diesem Halbsatz, an dessen Ende sie die Stimme verblüffend heiter anhob, ließ sie ihn stehen und lief an ihm vorbei ins Wartezimmer. Sahlfeldt wischte sich über den Pullover und spürte die Tränennässe in seiner Hand.

Wie er vorausgesehen hatte, nahmen Schauspieler und Giraffe das Abendessen wieder an getrennten Tischen ein – sie interessiert in einem neben den Teller gelegten Bildband blätternd, er auf sein Smartphone starrend, mit kleinen weißen Kopfhörern in den Ohren. Als er aufblickte und zu ihrem Tisch linste, hob sie den Kopf und lächelte ostentativ zu Sahlfeldt hinüber, der davon nichts mitbekam. Daraufhin klapperte sie mit Messer und Gabel, und als Sahlfeldt sich dem Geräusch zuwandte, führte sie einen Bissen zum Mund, schloss die Augen, hob das Gesicht etwas an, schmeckte nach, als ob sie die größte Köstlichkeit auf der Zunge hätte, und reckte ihre nackte Stirn zu Sahlfeldt hin.
Zurück in seinem Zimmer, fiel ihm seit Wochen zum ersten Mal ein, die Fernsehnachrichten anzusehen. Er fand die Idee befremdlich, meinte aber, sie sei nach der Phase des Rückzugs, die ausschließlich der Therapierung seiner Liebeskrankheit gegolten hatte, ein Zeichen der Genesung und könne der Vorbereitung auf die Rückkehr in Alltag und Beruf dienen.
Auf das tägliche Unheil war er nicht vorbereitet. Während des Klinikaufenthaltes hatte er verlernt, die äußere Welt jenseits des Sanatoriums wahrzunehmen, und gänzlich aus dem Blick verloren, wie Barbarei, Blutgier und Hass sich ausbreiteten, geisteskranke Feiglin-

ge wahllos Zivilisten ermordeten und neuvölkische Bewegungen in die Zeiten von Verrohung und Vorurteil zurückschielten. Sogar die durch nichts gehemmten Genozide, die er noch im Oktober mit Abscheu verfolgt hatte, waren hinter dem Drama seiner verlorenen Liebe unbedeutend geworden und traten nun auf dem Bildschirm in ihrer entsetzlichen Farbigkeit wieder hervor.

Unter dem Eindruck der gemeldeten Ereignisse, bei denen Nähe von Ferne kaum unterscheidbar war und sich die Bedrohung allerorts gleichzeitig erhob, schien die Kraft seiner Erinnerung und seiner Gefühle zu schwinden. Ihm war, als löschten die Nachrichten alles Private in ihm aus. Er fühlte, dass die Tragödien, die auf ihn eindrangen, am Ende auch Lenja aus dem Zentrum seines Daseins verdrängen würden.

Wütend schaltete er das Gerät aus. Aber die Welt blieb im Zimmer, und er ahnte, dass Lenja sich hier nicht mehr einfinden würde.

23

LENJA,
meine Tage hier in diesem angenehmen Sanatorium am See
nähern sich dem Ende, Tiefenbach hält mich für geheilt.
Natürlich bin ich das nicht, denn die Liebe zu dir macht mich
nach wie vor krank vor Sehnsucht, und je weniger ich hoffen
darf, dass du wieder an meinem Leben teilnimmst, um so tiefer
reicht der Schmerz. Aber (insofern hat Tiefenbach recht) ich bin
ihm nicht mehr so ausgesetzt wie zu Beginn meines Aufenthalts.
Der Schmerz ist eher eine Art vertrauter Begleiter geworden,
der mich beim Aufwachen nicht mehr überfällt, sondern mir
seine Hand reicht, und ich sage: »Da bist du ja wieder«. Der
Schmerz ist nicht schwächer, aber ich bin, wenn du so willst,
durch die Stunden mit Tiefenbach etwas stärker geworden – im
Ertragen. Dennoch würde ich die Sehnsucht nach dir um nichts
in der Welt aufgeben.
Wir versinken in Schneemassen. Die Sanatoriumsbauten sehen
aus wie enorme weiße Pilze. Gestern wurde den Patienten
ein Zettel im Zimmerfach hinterlegt, auf dem wir ankreuzen
sollen, ob wir Weihnachten in der Klinik oder bei den Familien
verbringen wollten und ob wir einen Shuttle zur nächtlichen
Weihnachtsmette in der Dorfkirche benötigen. Man werde
zudem in der kleinen, zum Gelände gehörenden Kapelle einen
ökumenischen Abendgottesdienst vorbereiten. Alle irgendwie
und an irgendwas Glaubenden seien eingeladen zur Feier der
Geburt Christi. Kannst du dir denken, was in mir vorging?
Meine Erinnerung an unsere verfrühten Weihnachtseinkäufe
für Hanna ist so hell und real in mir, unsere glücklichen,

verrückten Wege schon Anfang November durch die Läden, als ich noch glaubte, Hanna würde sich über Geschenke freuen. Und benahmen wir uns nicht wie Eltern, die ängstlich und aufgeregt auf der Suche nach der größten Freude für ihr Kind waren? Warum hast du die Illusion noch ausgeschmückt? Warum hast du mir die Hoffnung nicht erspart? Nicht mutig genug? Wolltest du mich schonen? Als Hanna mir die Email schickte – *Ich will lieber hier in England bleiben, wenn Mama kommen kann* – als ich das las, habe ich nicht geahnt, dass du schon vier Tage später den früher schon angekündigten *Umweg über London, wegen der Ausstellung* antreten würdest, die Eröffnung ist doch erst für Februar geplant – ohne Vorwarnung, ohne Abschied, ohne ein Zeichen, eine Flucht! Ich dachte: Vor mir ist sie geflohen – wie sonst hätte ich dein Verschwinden deuten sollen? Und mein Gefühl stimmte ja.

Dann stand ich in deinem Atelier und begriff langsam, entsetzlich langsam, dass du nicht mehr zurück kommen würdest.

Zuerst war ihm zu Hause aufgefallen, dass der weißgepolsterte Korbsessel in seinem Gästezimmer leer war. Warum hatte Lenja Nele mitgenommen? Er fuhr zum Atelier. Aber auch dort, wo sie früher auf der Chaiselongue aus grünem Samt gesessen hatte, war die Puppe nicht. An ihrer Stelle lagen die Tüten mit Weihnachtsgeschenken für Hanna.

Die Mädchenskulpturen fehlten. Hatte Lenja sie fertig gestellt? Die Plastiktröge für neue Schaumblöcke waren leer, die Kartons mit vollen Dosen gestapelt, die Werkzeuge lagen im gelben Staub auf dem Arbeitstisch. Das Bett war ungemacht und sah aus, als sei Lenja eben erst aufgestanden. Er legte seine Hand aufs Laken. Es war kalt.

Langsam wurde seine Furcht zur Gewissheit: Lenja hatte ihn verlassen. Er setzte sich auf das Bett und versuchte, seiner aufsteigenden Panik Herr zu werden, sah sich nach Zeichen um, die auf Rückkehr deuten könnten; zog die Schublade des Nachttischs auf und fand die Zigarettenpackung.

Ihre Zigaretten zu rauchen beruhigte ihn. Er stand auf und sah sich um. Plötzlich hatte er das Gefühl, dass dieses Atelier zur Vergangenheit gehörte, dass sich der gesamte Raum um ihn in einer zurückliegenden Zeit befand und das einzige Stück Gegenwart hier die Glut an der Spitze der Zigarette war.

Auf der Suche nach einem Aschenbecher lief er durchs Atelier, blieb vor Lenjas Computertisch stehen und fand ihre nicht abgeschickten Briefe.

Oben auf lag

Lenjas neunter Brief

Lieber Hans,
wenn du das liest, sind Nele und Hanna und ich schon nicht mehr hier. Meine Skulpturen sind abtransportiert. Ich muss mich um meine Londoner Ausstellung kümmern. Ich lasse dir die Briefe hier, die ich dir in den Wochen, die wir zusammen sein konnten, geschrieben, aber nicht gegeben habe. Du erfährst darin noch das Wenige, was du bisher nicht weißt.
Deine Liebe, sie hat mich erst verstört, dann befreit. Dann hat sie mir Angst gemacht. Ich habe mich so ehrlich wie nur möglich befragt, ob du der Mann bist, den ich lieben könnte. Ja. Ich habe dich ja schon geliebt. Aber mir wurde klar, dass du mich eben deswegen von meiner Rache abhalten würdest.
Du wolltest Hanna zu dir nehmen. Ich verstand, dass ich sie hergeben müsste an dich. Aber das geht doch gar nicht, lieber Hans!
Sie hat mich begleitet, seit ich sie eines Tages plötzlich vorfand. Sie stand einfach im Garten. Nie wurde sie zehn, so alt wie ich war, als ich dem Rektor, dem Kolditz und dem Mallinckroth entkommen konnte.
Erst mit dir ist Hanna frei geworden und kann jetzt weiter leben. Alles, was ich dir erzählt habe, hat *sie* dir erzählt. Ich hätte es

nicht gekonnt. Nur für dich hat sie aufgehört zu schweigen. Nur zu dir hat sie gesprochen. Und jetzt ist alles gesagt, sie braucht keinen Platz mehr in deinem Leben.

Ich weiß, dass du sie in Gedanken als Tochter angenommen und vielleicht geliebt hast. Nun muss ich sie dir nehmen, verzeih mir, bitte, verzeih mir. Verzeih dir auch selbst deine Hoffnung. Ich bin so froh, dass Hanna wieder mit mir spricht.

Hier ist fast alles getan, was ich mir vorgenommen hatte. Bleibt noch Mallinckroth. Nele und ich wissen, wo er ist. Danach bleiben wir in England.

Lieber Hans! Ich werde nicht zurückkommen. Ich kann nicht. Wirst du begreifen, warum? Du bist außer Lucas und Roos der wichtigste Mensch in meinem Leben und bleibst es.

Ich ahne, dass du meinen Weg nicht begreifst. Ich war nicht darauf gefasst, dass ich überhaupt lieben könnte. Ich wollte ursprünglich nur, dass du die Schuld deines Vaters erkennst und sie ihm vor Augen führst. Ich habe Tiefenbach mit seiner Schuld konfrontiert, er hat sich auf die Justiz rausgeredet, wie dein Vater sich auf das Gutachten von Tiefenbach. Auch der hat jetzt daran geglaubt, dass ich eine Tochter habe, und war nicht verwundert, als ich ihm erzählt habe, dass meine Tochter plötzlich schweigt. Ihm schien, dass du der richtige Therapeut für sie wärst. Er hat mich gebeten, ihm zu verzeihen. Und ich konnte es tun.

Seltsame Schlingen sind das in meinem Leben, wie die Wasserpflanzen, von denen ich immer wieder geträumt habe, sie ziehen mich nach unten, ich ertrinke, und dann sehe ich plötzlich, dass vom Grund des Sees ein großer hellbrauner Hund zu mir herauf schaut, als ob er auf mich wartet. Er sieht ein bisschen so aus wie *Lord Nelson*, der Hund von Lucas und Roos in Amsterdam. Ich glaube, Lucas wusste viel von mir, obwohl ich ihm nichts erzählte und er mich nicht fragte. Nur Roos kannte meine Geschichte und behielt sie für sich. Eines Tages, wenige Wochen vor seinem Tod, als ich Lucas im Krankenhaus besuchte, schenkte er mir ein kleines Buch. Es hat mich seit damals immer begleitet. Ich schenke es jetzt dir. Es kann, was ich nicht kann: bei dir sein.

Sahlfeldt ließ den Brief sinken und versuchte, sein Gleichgewicht zu finden. Er ließ die Zigarette in den Aschenbecher fallen und hielt sich am Tisch fest. Der Raum um ihn schwankte. Sein Herz sprang in seinem Brustkorb wie ein Tier. Der Schmerz war eng und scharf und unerträglich. Er holte langsam und tief Luft und zwang sich, regelmäßig zu atmen. Er ging zum Bett, setzte sich und las die anderen Briefe. Nach ungemessener Zeit begann sein Verstand wieder zu arbeiten: *Lenja beging einen Mord oder hatte ihn bereits begangen.* Er lief zum Tisch zurück und nahm das kleine Buch auf, das unter den Briefen lag, *Prometheus Unbound* von P. B. Shelley, gebunden in dunkelblaues Saffianleder.

Er öffnete seine Hand unter dem schmalen Rücken des Bändchens, es fiel von selbst auf, an der Stelle mit dem Gedicht *Ode to the West Wind*, im Vierten Gesang, wo auf der linken Seite zwei Zeilen mit Bleistift unterstrichen waren:

»Oh, lift me as a wave, a leaf, a cloud!
I fall upon the thorns of life! I bleed!«

Er steckte die Briefe und das kleine Buch ein und blickte zum Arbeitstisch mit Lenas Werkzeugen. Das Atelier war ihm schon fremd. Als er es verließ und an dem Tisch vorüberging, fiel ihm ein aufgerissener und halb leerer Karton PU-Schaum-Dosen auf. Er sah sich noch einmal im Raum seiner abgeschlossenen Geschichte um und öffnete die kleine Eisentür im Fabriktor. Das Licht des Vormittags traf ihn wie ein Stein.

24

ZUR »ABRUNDUNG DER THERAPIE«, wie Tiefenbach sagte, hatte er Sahlfeldt für den Abend nach dem Essen zu sich eingeladen. Das Arbeitszimmer wurde von einer alten Stehlampe zwischen den nachtschwarzen Fenstern beleuchtet. Auf dem sonst von Büchern und Manuskripten beladenen Tisch standen, als Sahlfeldt eintrat, zwei Wassergläser und eine Flasche schottischer Whisky mit dem unaussprechlichen Namen *Bunnahabhain*, ein heller Islay Single Malt, den der Analytiker öffnete.

»Er schmeckt ein bisschen salzig, aber ich bin ihm seit Jahren treu.«

Bedächtig goss er die Gläser zu einem Viertel voll, bot seinem Gast den Schreibtischstuhl an und setzte sich selbst in einen dunkelrot bezogenen Lehnsessel.

»Bevor Sie mich und die Klinik verlassen, Hans, möchte ich mit Ihnen auf Du trinken. Es wird, glaube ich, Zeit.«

»Nach all unseren inneren Bewegungen glaube ich das auch, ich habe sogar darauf gewartet und danke Ihnen. Ich heiße Hans.«

»Ich bin Bruno und der letzte meiner Sippe. – Runter damit!«

Sie hoben ihre Gläser und tranken aus.

»Umarmt haben wir uns ja schon im Schnee«, sagte Tiefenbach.

»Jetzt sollst du noch zwei Dinge wissen. Der Abschlussbericht der Gerichtsmedizin im Fall Mallinckroth ist mir zugestellt worden. Der Mann hatte eine Alkohol-Hepatitis und eine ausgeprägte Leberzirrhose, aus der resultierend sich Krampfadern in der Speiseröhre gebildet hatten, Ösophagusvarizen, die gerissen sind. Die Folge war eine massive innere Blutung, zweifelsfrei die Todesursache – und zwar etwa drei Tage, bevor du ihn angeblich umgebracht hast. Dein Feuerchen war nichts als eine unprofessionell durchgeführte Leichenverbrennung. Trotz der Flaschen Doppelkorn, die du über seinen Kopf ausgeschüttet hast. Eine Kopie des Berichts liegt in deinem Fach. So weit das. Gießt du uns noch mal ein?«

Hans Sahlfeldt hielt es nach der pathologischen Diagnose für angebracht, die Gläser nur fingerbreit zu füllen, was sein Gastgeber missbilligte. »Bis zur Zirrhose ist es ein weiter Weg, das schaffen wir heute nicht mehr. Sei nicht so knauserig mit meinem Scotch!«

»Du wolltest mir noch etwas anderes sagen. Es waren *zwei* Dinge, die ich wissen sollte.«

»Es geht um Hanna. Als ich Lena Körber damals fragte, ob sie mir beschreiben könne, was Mallinckroth mit ihr gemacht hat, schrieb sie auf einen Zettel *Hanna weiß es*. Ich fragte zurück, wer das sei, *Meine Freundin*, und wo ich die finden könnte, *Such sie*, so ging der Zettel ein paar Mal hin und her, ich fragte, wo Hanna wohnte, wie alt sie sei, Lena schrieb immer nur *Such sie* oder *Sie weiß es* oder *Immer in der Schule*. Ich hatte natürlich den Verdacht, dass diese Hanna ein Phantasma war. Denn nirgends in den Akten tauchte eine Freundin auf, kein Hinweis auf den Missbrauch eines zweiten Mädchens, es gab keine Hanna in der Schule, folglich ein Wahngebilde.«

»Hanna war ihr zweites Ich.«

»Die stärkere, ich weiß, die unverletzte Lena.«

Tiefenbach nahm einen Schluck, bevor er langsam fortfuhr: »Ich bin jetzt sicher, durch Hanna hat Lenja überlebt. Aber im Gespräch damals ließ sie Hanna schweigen. Die kleine Lena Körber sang die Barcarole, und Hanna schwieg, und Lena sang. Und ihre Puppe lag auf dem Tisch. Ich schäme mich heute dafür, aber ich war tatsächlich überzeugt, dass sich dieses Mädchen, das sich offenbar eine Freundin zurecht phantasierte, auch einen Missbrauch ausdenken konnte. Sie zeigte keine der typischen Verhaltensweisen, weder obszön, noch schreckhaft, du kennst das Register. Ich hielt für möglich, dass sie sich nach dem Tod der Mutter die Zuwendung väterlicher Männer wünschte und sich dafür bestrafte, indem sie diese Männer zu Monstern machte. Manchmal erschien sie mir sogar raffiniert, so, als wüsste sie, welche Gedanken ihr Schweigen zulässt.«

»Du warst voreingenommen.«

»Ich habe versucht, die Wahrheit herauszufinden.«

»Wenn du die Adoptiveltern einbestellt hättest, wäre dir das System aufgefallen. Lenja und ihr Vergewaltiger und seine Frau nebeneinander: Aus ihrer Haltung hättest du die Wahrheit erfahren.«

Tiefenbach griff zu seinem Glas. »Körber war zu diesem Zeitpunkt nicht beschuldigt! Mallinckroth hat erst später ausgesagt, er hätte Körber und Kolditz mit Lena gesehen! Bei der Staatsanwaltschaft galt er als völlig unglaubwürdig, ein Racheakt für die Kündigung seitens der Schule.«

Er trank aus. Sahlfeldt leerte sein Glas ebenfalls. Der *Bunnahabhain* schmeckte tatsächlich etwas salzig.

»Du wolltest einfach nicht wahrhaben, dass angesehene Männer dieser Stadt, Leute aus der Hautevolee wie du selbst, dieses Kind missbraucht haben.«

»Die Herrschaften waren mir egal. Deinem Vater allerdings nicht. Er hat mir mehrfach vorgehalten, welche Folgen meine Diagnose für den Rektor und den Pfarrer haben könnte. Ich habe keine Rücksichten genommen, nein, ich habe tatsächlich geglaubt, dass diese kleine Lena mir und sich selbst etwas vormacht. Ich war blind – herzensblind.«

»Sie musste so sein, wie sie dir am bequemsten war.«

Tiefenbach goss noch einmal nach.

»Im vergangenen September hat Lenja mich aufgesucht, hier in der Klinik. Sie erwähnte, dass sie lange in Holland gewohnt habe und Bildhauerin geworden sei. Und dass sie eine Tochter hätte. Sie hat sie Hanna genannt. Ich war sehr erleichtert. Endlich hat sie eine *wirkliche* Hanna, für die sie leben will – und kann! Ich habe ihr gratuliert und nicht nach dem Erzeuger gefragt. Dass sie ihrer Tochter denselben Namen gab wie damals dem Phantasma, finde ich klug und konsequent. Sie weiß also, dass sie nur durch die eingebildete Hanna überlebt hat und ihr deshalb auch die reale Tochter verdankt! Dann erzählte sie mir, dass ihre Tochter mit acht Jahren plötzlich aufgehört hat zu sprechen – ich war zunächst überrascht, fand das aber dann nicht ungewöhnlich. Wir kennen ja solche Vorgänge zwischen den Generationen. *Gefühlserbschaft*, sagt Freud. Du hast selbst eine Trauma-Übertragung vermutet, und egal, wie wir das nennen: der realen Tochter Hanna kann man helfen.«

Sahlfeldt nickte. »Das wäre schön.«

Jetzt konnte er im warmen Licht, das durch den Pergamentschirm der Stehlampe ins Zimmer drang, Lenja erkennen, die schemenhaft hinter Tiefenbach stand; deutlich und konkret neben ihr ein blasses Mädchen in einem schwarzweiß karierten Kleid – als sei Nele lebendig geworden. Lenja legte die Hand auf Tiefenbachs Schulter, das Kind blickte mit glänzenden Augen zu Sahlfeldt her, neigte den Kopf leicht zur Seite und lächelte, als wollte es fragen: *Hallo, erkennst du mich nicht?* Er sah, dass ihr Tränen zu den Mundwinkeln hinunter liefen. Während seine Phantasie abschweifte und Nele mit Hanna zu einer einzigen Figur verschwimmen ließ, hörte er Tiefenbachs beruhigende Stimme:

»Glaub mir, ich habe es für ausgeschlossen gehalten, dass sie sich in dich verlieben könnte. Zumal sie mich eigentlich nur nach deinem Vater gefragt hat und ich ihr dann erst empfohlen habe, mit dem Schweigekind zu dir zu gehen.«

»Sie ist nicht einfach so abgehauen. Ich habe dir verschwiegen, dass sie mir Briefe hinterlassen hat.«

»Warum?« Tiefenbach sah ihn irritiert an. »Es hätte uns geholfen!«

»Weil man daraus schließen kann, dass sie Mallinckroth ermordet hat. Ich habe das selbst geglaubt und versucht, sie zu schützen.«

»Aber ich sagte dir doch, dass der polizeiliche Bericht – « Sahlfeldt unterbrach ihn: »Sie schreibt auch, dass sie mich liebt.«

»Sie vertraut dir«, sagte Tiefenbach, beruhigte sich und streckte ihm die Hand über den Tisch entgegen, »mehr als irgendwem sonst. Das muss dir genügen.«

Sahlfeldt ergriff die Hand des Älteren und hielt sie fest, während er ihm die Wahrheit sagte:

»Sie gibt zu, dass ihre Tochter Hanna – nicht existiert. Oder nur für sie. Du hattest damals recht mit deiner Vermutung. Aber sie gilt auch heute noch. Es gab und es gibt keine reale Hanna, die schweigt. Nur das Phantasma ist ein Schweigekind geworden. Und Lenja glaubt, dass sie jetzt wieder spricht.«

An Tiefenbachs verwundertem Ausdruck erkannte er, dass er mit dieser Wendung der Dinge nicht gerechnet hatte.

Er wiederholte die Stelle aus Lenjas Brief: »Nun muss ich sie dir nehmen, verzeih mir, bitte, verzeih mir. Verzeih dir auch selbst deine Hoffnung. Ich bin so froh, dass Hanna wieder mit mir spricht.«

Tiefenbach presste die Lippen zusammen. Sahlfeldt lockerte seinen Griff. Der Analytiker zog seine Hand zurück, schloss die Augen und lehnte sich in seinen Sessel. »Schade«, sagte er leise.

»Im ersten Augenblick habe ich mich entsetzlich betrogen gefühlt, ich war wütend auf mich, den alten Idioten, der sich eingebildet hatte, dass eine junge Frau ihn liebt«, sagte Sahlfeldt. »Immer wieder hatte sie es geschafft, meinen Verdacht zu zerstreuen. Erst jetzt kann ich darin ihre Nähe erkennen. Mich auf diese Weise an ihrer Hanna teilnehmen zu lassen, das war das Äußerste an Intimität, das sie mir erlauben konnte.«

Tiefenbach sah ihn nachdenklich an. »Ich wünschte, sie hätte mir so vertraut wie dir. Aber dazu hätte ich ihr vertrauen müssen, vor dreißig Jahren... Wie lange hält eigentlich eine unausgesprochene Verurteilung an?«

»Sie schreibt, dass sie dir verziehen hat.«

Tiefenbach nickte. »Lebenslänglich lohnt sich bei mir ja auch nicht mehr.«

»Aber ich bin im Gefängnis meiner Erinnerungen«, sagte Sahlfeldt.

»Sie hat dich von der Illusion befreit, Hans!«, widersprach Tiefenbach. »Sie will, dass du deine Wünsche wieder selbst bestimmst. Jetzt kannst du sehen und hören, was wirklich da ist – statt dem nachzuhängen, was sein sollte, was gewesen ist, gewesen sein könnte oder erst sein wird.«

»Ich versuche es ja. Aber bevor wir dieses Gespräch beenden, musst du mir noch etwas erklären. Als wir vorhin auf Bruderschaft getrunken haben, hast du gesagt: Ich bin der letzte meiner Sippe.«

»Hab ich das?«

Tiefenbach wollte den Scotch wieder öffnen, Sahlfeldt hielt die flache Hand über sein eigenes Glas, und der Analytiker stellte die Flasche zurück auf den Tisch.

»Was war mit deinem Vater, Bruno?«

»Das ist eine ganz andere Geschichte. Würde dir nicht gefallen. Vielleicht mal in deiner Praxis. Wenn du mir einen Termin gibst. Und jetzt will ich noch wissen, wie das mit Mallinckroth war.«

25

DAS HAUS RIEDHALSSTRASSE 14, in dem Fritz Mallinckroth wohnte, lag im südlichen Teil der Altstadt, am Rand eines Bezirks, der Zug um Zug von Investoren aufgekauft und aufwendig modernisiert wurde. Das vierstöckige Gebäude aus den neunzehnhundertdreißiger Jahren gehörte zu den letzten, die von der Gentrifizierung noch nicht erfasst worden waren und unbewohnt in der Dämmerung ihres Verfalls standen. Die Neubesitzer hatten Wasser und Strom sperren lassen und warteten bei steigenden Mietpreisen und fallenden Zinsen darauf, abreißen zu können.

Sahlfeldt vergewisserte sich an den Nummern der Nebenhäuser, dass er die richtige Adresse gefunden hatte.

Durch den geteerten Hinterhof, an dessen linker Hauswand Einkaufstüten voller Müll mehrere Haufen bildeten, und an dessen Mauer zum rechts angrenzenden Grundstück Gerümpel und kaputter Hausrat von den letzten Mietern hinterlassen worden waren, gelangte er zum Eingang und entzifferte auf den Klingelschildern neben der Tür die Namen längst vertriebener Parteien. Im zweiten Stock: *F.M.* Er hörte Kinderstimmen hinter sich und achtete nicht darauf.

Der Flur im Erdgeschoss roch nach Schimmel. Eine Taube flatterte vor Sahlfeldt auf und hob sich mit lauten Flügelschlägen ins spiralförmige Treppenhaus. Er stieg auf den von Vogelkot bedeckten Stufen zum ersten Stock, durch dessen geöffnetes Etagenfenster Tageslicht einfiel, erreichte nach der nächsten Treppenwindung das zweite Geschoss, wo das Fenster aus dem Rahmen gerissen war und zerbrochen am Boden lag.

Mallinckroths Wohnung stand offen. Sahlfeldt trat in den dämmrigen Flur, ohne zu rufen. Als er die erste Tür links des Korridors aufstieß, stob ein Schwarm Schmeißfliegen mit wütendem Surren aus der Toilette und verteilte sich unter der Decke des Gangs. Sahlfeldt schlug um sich, als werde er angegriffen, lief weiter, blickte rechts in die Küche, deren Boden mit leeren Wasserflaschen bedeckt war, und betrat am Ende einer sich öffnenden Diele das nächstgelegene Zimmer. Durch dessen blindes Fenster drang genug Helligkeit, um ihn sehen zu lassen, was er erwartet hatte.

Die Fliegen begleiteten ihn, setzten sich an die Wände, die Zimmerdecke und auf den räudigen Teppichboden. Sahlfeldt kam es vor, als ob sie ihn mit ihrer nervösen Emsigkeit beobachteten.

Auf dem Bett lag ein vollständig bekleideter, korpulenter Mann, fleckige Jeans, graue Trainingsjacke. Sein Gesicht war nicht zu erkennen, weil ein Mädchen mit gespreizten Beinen darauf saß.

Ein regungsloses Mädchen in einem schwarzweiß karierten Kleid, dessen kurzer Rock nach oben gewunden und in den Gürtel gesteckt war.

Das Kind, das aus matten dunklen Augen ins Zimmer starrte, klebte mit seinem Schoß in ausgehärtetem gelbem Dichtungsschaum auf dem Mund des Toten.

Nele hielt sich aufrecht und lehnte mit dem Rücken an das hohe, eiserne Kopfteil des Bettes. Ihr Blick ging ins Leere. Der Geruch des alten Bettes vermischte sich mit dem Dunst des Toten. Sahlfeldt zweifelte keinen Augenblick daran, im Halblicht Mallinckroth vor sich zu sehen, der daran erstickt war, dass Lenja ihm die Puppe mit Bauschaum auf die Lippen geklebt und den Mund mit dem Schritt des Mädchens verschlossen hatte.

Sahlfeldt starrte auf das Bett: Lenjas letzte Skulptur vor ihrer Flucht. Er überwand sich und fühlte am Handgelenk des Toten nach dem Puls. Die Haut des Mannes war feucht und kalt.

Sahlfeldt sah sich um. Kleidungsstücke am Boden. Ein Suppenteller voller Zigarettenkippen und Asche. Ein Campinggaskocher, daneben ein Topf, eine blaue Ersatzkartusche, ein Löffel. Eine Aldi-Tüte. Er untersuchte sie. Vier Flaschen Doppelkorn. Als er ans Fenster trat, schwärmten die Fliegen auf, und er konnte sehen, dass unten im Hof drei Kinder auf dem Asphalt Himmel und Hölle spielten.

Er öffnete das Fenster und rief den Kindern zu, sie sollten verschwinden. Sie erschraken und rannten davon. Sahlfeldt entließ die Fliegen ins Freie, schloss das Fenster und wandte sich dem Toten zu.

»Lange genug hat es ja gedauert«, begrüßte der Mann im Hof die Polizisten und Feuerwehrleute, als Löschzug, Krankenwagen und Streife eingetroffen waren. Er hielt eine große Puppe im Arm, die ein schwarzweiß kariertes Kleid trug. Die Beamten zogen ihn von der Hauswand weg in die Straßeneinfahrt.

»Zweiter Stock«, rief er und deutete hinauf, »sehen Sie die Flammen am Fenster? Da brennt der Verbrecher Fritz Mallinckroth, ich habe ihn flambiert! Um die Fliegen tut es mir leid, unvermeidlicher Kollateralschaden, aber Mallinckroth hat es verdient, wissen Sie, was er getan hat? Das will ich Ihnen ersparen, löschen Sie ihn nicht, lassen Sie ihn brennen, er übt für die Hölle, glauben Sie mir...«

Eine Verpuffung ließ das Fenster im zweiten Stock bersten, die Splitter der Scheibe flogen herab, von der Straße wurden Schläuche gezogen, zwei Feuerwehrmänner legten Atemschutzanzüge an.

Fortwährend redend präsentierte der Mann den Polizisten seine Ausweispapiere, gab bereitwillig Auskunft über sich und verlangte, in Gewahrsam genommen zu werden. Er sei selbst approbierter Nervenarzt, er wisse, wovon er rede, einem wie ihm sei jetzt alles zuzutrauen.

»Ich will sofort einen Kollegen sprechen! Er wird Ihnen bestätigen, dass ich Arzt bin.«

Sie übergaben ihn den Sanitätern. Seine Puppe ließ er nicht los.

Nach kurzer klinischer Untersuchung wurde Hans Sahlfeldt nach Hause entlassen. Er rief Tiefenbach an und kündigte an, sich selbst einweisen zu wollen.

Wenige Tage später – die Befragungen durch die Behörden waren abgeschlossen, die Protokolle unterzeichnet – fuhr Sahlfeldt mit Gepäck für drei Wochen ins Sanatorium, parkte seinen Wagen auf dem Platz für die Patienten und bezog sein Zimmer.

Die Puppe hatte er im Haus zurück gelassen. Sie saß in den weißen Polstern ihres Korbsessels und sah zu ihm her, als er die Tür des Gästezimmers schloss.

26

AM EINUNDZWANZIGSTEN DEZEMBER, einem Montag, setzte Tauwetter ein. Der warme Südwind trug Saharastaub über die Alpen, schon zwei Tage später hatte sich der Schnee in gelblich schimmernden Matsch aufgelöst und das Eis auf dem See in treibende Schollen zerteilt.

Am Dienstag wurde Sahlfeldt aus der Klinik entlassen.

Der Himmel über der Kurstadt zeigte sich nach Auflösung morgendlicher Nebelfelder gering bewölkt, die Temperatur, die am frühen Vormittag bei sechs Grad gelegen hatte, stieg mittags auf fünfzehn Grad an und sank nach Sonnenuntergang um vier Uhr wieder um die Hälfte ab. Der Fluss führte kein Eis mehr.

Er traf in der Dunkelheit ein und parkte den Wagen auf einem der zwei für die Praxis reservierten Plätze im Garagenhof neben dem Haus, ließ sein Gepäck im Kofferraum, wollte durch den Seiteneingang das Treppenhaus betreten, entschied sich anders und lief durch das Tor hinaus auf den Bürgersteig. Jeder Schritt, jede Handlung war neu und wurde von ihm bewusst wahrgenommen, so, als habe er Monate geschlafen und sei eben erwacht.

Über der nassen Straße schwangen die bunten Lichtgirlanden mit Sternen und Weihnachtsbäumen im Nachtwind, der gelbe Schein der Straßenlampen drang durchs Geäst der Platanen und mischte sich mit dem zuckenden Blauschimmer aus Fenstern der gegenüber liegenden Häuser. Sahlfeldt erinnerte sich an das Paar, das im Unfrieden seine Praxis verlassen hatte, an den Mann, der Asche auf die Schwelle streute, an die Frau, die den Streit als brennende Schleppe hinter sich über den Bürgersteig zog. Damals war er sicher, diese

Bilder gesehen zu haben, und hatte solche willkürlich auftretenden Phantasmen seiner Verbundenheit mit den Gefühlen der Patienten zugeschrieben.

Auf seinem Praxisschild klebte ein weißer, mit Tesafilm befestigter Zettel. *Geschlossen. Verreist.* Die Schrift von Gençay Güler. Er zog den Zettel ab, wischte mit dem Ärmel über die Messingplatte und betrachtete sie, als sei sie ihm unbekannt und er müsse sich vergewissern, wer er war.

Dipl. Psych. Hans Sahlfeldt
Psychotherapeut
Paar- und Familientherapie Mediation
Sprechstunden nach Vereinbarung
Plötzlich hatte er die Idee, Lenja könne in der Wohnung auf ihn warten. Hatte sie seinen Schlüssel mitgenommen? Sofort rief er sich zur Vernunft und wischte die verrückte Hoffnung beiseite. Es half nicht: Sein Herzschlag hatte sich schon beschleunigt.

Er schloss auf, nahm hastig die fünf Stufen zur Vordiele, öffnete die Wohnungstür und schaltete das Flurlicht ein, hängte den Wintermantel an die Garderobe, blieb stehen und horchte. Die Stille war unerträglich. Er fror.

Zuletzt schloss er das Gästezimmer auf und fand Nele unverändert im Korbsessel sitzen. Er blieb in der Tür stehen, die Puppe behielt ihn im Blick.

Auf dem Küchentisch lag, in Stapeln geordnet, seine Post. Frau Güler hatte, wie immer, wenn er längere Zeit abwesend war, Briefe und Zeitschriften sortiert. Lag darunter ein Brief von Lenja? Ihn zu finden, hätte ihre Abwesenheit bestätigt. Was hieß das? Dass sie nicht hier war, bedurfte keiner Bestätigung. Das war die Wirklichkeit. Wozu hatte ihn Tiefenbach zuletzt ermahnt? *Die Freiheit, zu sehen und zu hören, was jetzt wirklich da ist – statt dem nachzuhängen, was sein sollte, was gewesen ist, gewesen sein könnte oder erst sein wird.*

Sein Leben würde unter klaren Regeln neu beginnen und vorwiegend aus Arbeit bestehen, die nächsten paar Jahre zumindest. Die abschließende internistische Untersuchung im Sanatorium hatte seine Gesundheit bestätigt, mit dem Zusatz *altersgemäß*. Er konnte sich nicht vorstellen, sich zur Ruhe zu setzen, weil er kein Bild, keinen Inhalt, keine Definition dieser *Ruhe* hatte, die erstrebenswert wären. Zunächst würde er den Anrufbeantworter des Praxistelefons abhören, die Anfragen aufarbeiten und in den Tagen bis zur Jahreswende ganz für Menschen da sein, die seine Hilfe suchten. Weihnachten häuften sich Seelenunfälle und Familien-Desaster.

In der Therapie-Etage im ersten Stock war es wärmer, die drei Oleanderbüsche, von Frau Güler versorgt, trugen frische Blüten.

Während Sahlfeldt die gespeicherten Anrufe anhörte – ratlose Stimmen, von seiner Abwesenheit verwirrte, gekränkte Patienten, wütend einige, flehentlich andere –, stand er am mittleren der Fenster seines Therapieraums und blickte in die spiegelnde Straße hinunter. Seine ausbleibenden Rückrufe hatten offenbar kaum jemanden davon abgehalten, wiederholt mit ihm sprechen zu wollen. Der Speicher des Anrufbeantworters war voll, weitere Mitteilungen lagen auf der Mailbox des Netzanbieters bereit. Das hatte bis morgen Zeit. Keine Nachricht aus London.

Jetzt würde er zu Ettore gehen, dessen überschwängliche Begrüßung erwidern, Tournedos Rossini bestellen, eine Flasche Brunello, und es sich, *verdammt noch mal*, gut gehen lassen.

Er löste sich vom Fenster, lief durch den Therapieraum, machte das Licht aus und trat in den Flur. Das Wartezimmer lag im Dunkeln. Er wollte die Tür schließen, als er den Schatten sah, der sich am Fenster vor dem Straßenlicht der Weihnachtsillumination erhob, und blieb stehen.

Er erkannte das Bild wieder und wartete auf den Satz.

»Sie sind mir empfohlen worden.«

Er konnte die Stimme deutlich hören. Sie war warm und klang nach einer Raucherin.

»Entschuldigung«, sagte er, »ich habe Sie nicht kommen hören. Haben Sie einen Termin? Dann müsste ich das vergessen haben, tut mir leid, das kommt vor.«

Es war der zweiundzwanzigste Dezember, die längste Nacht des Jahres.

Gert Heidenreich, 1944 in Eberswalde geboren, wuchs in Darmstadt auf. Studium der Literaturwissenschaft in München, dort 1969 Mitbegründer des Theaters in der Kreide TiK. Reisebilder und Reportagen für Rundfunkanstalten, Merian, art, Die Zeit. Seit 1972 auch Sprecher für Medien und Hörbücher. Romane, Erzählungen, Bühnenstücke, Essays. Zahlreiche Literaturpreise. Auszeichnungen für Drehbücher, u.a. Deutscher Filmpreis in Gold 2014 und Menschenrechtspreis von Amnesty International 2017. Jüngste Veröffentlichungen: »Die andere Heimat, Erzählung«, 2013; »Der Fall, Roman«, 2014; »Nächte mit Leonard. Erinnerungen an Leonard Cohen«, 2015; »Das Lied von Kulager, Nachdichtung«, 2016; »Die Wiederkehr der Nashörner, Essay«, 2016.
www.gert-heidenreich.com

© 2018 by :TRANSIT Buchverlag
Postfach 121111 | 10605 Berlin
www.transit-verlag.de

Umschlaggestaltung, unter Verwendung
eines Fotos von plainpicture/Anna Matzen,
und Layout: Gudrun Fröba
Druck und Bindung: CPI Group Deutschland
ISBN 978-3-88747-361-7

LESEN SIE WEITER:

Christoph Nix
MUZUNGU
208 Seiten, gebunden mit Schutzumschlag
ISBN 978-3-88747-361-4. Auch als ebook

Rafael Seligmann
DEUTSCH MESCHUGGE
288 Seiten, gebunden mit Schutzumschlag
ISBN 978-3-88747-347-1. Auch als ebook

Hella Haasse
DAS INDONESISCHE GEHEIMNIS
176 Seiten, gebunden mit Schutzumschlag
ISBN 978-3-88747-323-5. Auch als ebook

Hans Schefczyk
DAS DING DREHN
192 Seiten, gebunden mit Schutzumschlag
ISBN 978-3-88747-342-6. Auch als ebook

Miha Mazzini
DEUTSCHE LOTTERIE
160 Seiten, gebunden
ISBN 978-3-88747-334-1. Auch als ebook

Dietmar Sous
SAN TROPEZ
144 Seiten, gebunden mit Schutzumschlag
ISBN 978-3-88747-348-8. Auch als ebook

www.transit-verlag.de